De beminde

Kiera Cass bij Best of YA:

De *Selection*-serie:
De selectie
De elite
De one
De prinses
De kroon
De prins & de lijfwacht
De koningin & de favoriet
Lang & gelukkig

Siren

De beminde

KIERA CASS

De beminde

Uit het Engels vertaald
door Hanneke van Soest

Best of YA

ISBN 978 90 00 37275 1
ISBN 978 90 00 37276 8 (e-book)
NUR 285

oorspronkelijke titel *The Betrothed*

www.kieracass.com
www.bestofyabooks.nl

vertaling Hanneke van Soest
omslagontwerp ZERO Werbeagentur GmbH, München en Marieke Oele
omslagbeeld PixxWerk®, beeld van Elisabeth Ansley/Arcangel en Shutterstock
zetwerk binnenwerk Mat-Zet bv, Huizen

Hallo lezers!

Dat is lang geleden, hè? Ik ben weg geweest, heb me in mijn kantoor verstopt, brownies gegeten en gewerkt aan veel kleine projecten, waarvan je er nu één in je beeldschone handen hebt. Serieus, gebruik je handcrème of zo? Ze zijn prachtig. Hoe dan ook, welkom bij *De beminde*! Ik vind het geweldig dat je in deze wereld duikt, waarin zo veel dingen samenkomen waar ik van hou, zoals: de zestiende eeuw, sterke meiden die (nog) niet weten dat ze sterk zijn, zoenen. Natuurlijk zoenen. Hoe kon het anders.

In tegenstelling tot Kahlen (*Siren*) en America (*De selectie*), die nu al eeuwen in mijn hoofd wonen, is Hollis een nieuwere vriendin. Het was spannend om haar op dezelfde manier te leren kennen als de anderen: door haar langzaam haar rommelige verhaal te laten vertellen en zichzelf te laten zijn, door alle treffers en missers heen. Ik hoop dat je net zoveel van Hollis (en Valentina en Silas en Delia Grace en ga zo maar door!) zult houden als ik. Kanttekening: heb ik Hollis' naam van mijn buurvrouw gestolen toen ze afgelopen voorjaar haar kindje zo noemde? Ja. Absoluut.

Ik ben zo blij dat ik nog meer verhalen met jullie kan delen! Bedankt dat jullie altijd zo behulpzaam zijn geweest. Jullie zijn geweldig! Blijf op de hoogte, vrienden, want er komt meer!

Veel liefs,

Voor mijn eigenwijze broer, Gerad.
Die me door de Serengeti heen zou dragen.
Zegt hij.

Uit de

KRONIEKEN VAN DE COROAANSE GESCHIEDENIS,

BOEK 1

Leef daarom de wetten na, Coroanen,
Want als we er één tenietdoen, doen we alle teniet.

1

Het was de tijd van het jaar waarin het bij zonsopgang nog vroor. Maar de winter trok weg, de bloemen begonnen te bloeien en de belofte van een nieuw seizoen vervulde me met verwachting.

'Ik heb gedroomd van de lente,' verzuchtte ik, en ik staarde uit het raam naar de vogels die vrijmoedig door de blauwe lucht vlogen. Delia Grace knoopte de laatste veters van mijn jurk vast en leidde me naar de kaptafel.

'Ik ook,' zei ze. 'Toernooien. Vreugdevuren. De Kroningsdag is in aantocht.'

Uit haar toon bleek wel dat ik opgewondener zou moeten zijn dan het gemiddelde meisje, maar ik had nog steeds mijn bedenkingen. 'Ach ja.'

Ik merkte hoe geërgerd ze was door de beweging van haar handen. 'Hollis, je zult ongetwijfeld Zijne Majesteits partner en begeleider zijn bij de festiviteiten! Ik snap niet hoe je zo kalm kunt zijn.'

'De sterren zij dank dat we dit jaar de aandacht van de koning hebben,' zei ik op luchtige toon, terwijl ze de voorste delen van mijn haar naar achteren vlocht. 'Anders zou het hier zo saai zijn als op een kerkhof.'

'Je zegt het alsof je verkeringstijd een spelletje is,' merkte ze op. Ze klonk verbaasd.

'Het is ook een spelletje,' benadrukte ik. 'Hij zal snel op iemand anders overstappen, dus we moeten er zo lang mogelijk van genieten.'

Ik zag Delia Grace in de spiegel op haar lippen bijten. Ze keek niet op van haar werk.

'Is er iets mis?' vroeg ik.

Snel plooide ze haar lippen tot een glimlach. 'Nee hoor. Ik ben gewoon verbijsterd door je nonchalante houding tegenover de koning. Ik denk dat er meer achter zijn aandacht zit dan je denkt.'

Ik keek omlaag en trommelde met mijn vingers op de kaptafel. Ik vond Jameson leuk. Ik zou wel gek zijn als ik dat niet vond. Hij was knap en rijk en nota bene de koning. Hij kon ook vrij goed dansen en was erg vermakelijk gezelschap, zolang hij goedgehumeurd was. Maar ik was niet gek. Ik had hem de laatste maanden van het ene meisje naar het andere zien fladderen. Er waren er minstens zeven geweest, mezelf meegeteld – en dan telde ik alleen degenen van wie iedereen aan het hof afwist. Ik zou hier zo lang mogelijk van genieten en dan de heikneuter accepteren die mijn ouders voor me uitkozen. Ik zou in elk geval deze dagen hebben om op terug te kijken wanneer ik een verveelde oude dame was.

'Hij is nog jong,' antwoordde ik uiteindelijk. 'Hij zal eerst nog een paar jaar op de troon willen zitten voordat hij voor een serieuze relatie kiest. Bovendien zullen ze van hem verwachten dat hij om politieke redenen trouwt. Wat dat betreft heb ik hem niet veel te bieden.'

Er werd op de deur geklopt en Delia Grace ging opendoen. De teleurstelling stond duidelijk op haar gezicht te lezen. Ze dacht echt dat ik kans maakte en opeens voelde ik me schuldig omdat ik zo moeilijk deed. In de tien jaar van onze vriendschap hadden we elkaar altijd gesteund. Maar de situatie was veranderd.

Als dames aan het hof hadden onze families dienstmeisjes. Maar de hoogstgeplaatste edelvrouwen en vrouwelijke royals? Die hadden hofdames. En je hofdames waren meer dan bedienden, ze waren je vertrouwelingen, je volgelingen, je begeleiders... Ze waren alles voor je. Delia Grace stapte in een rol die voor mij nog niet bestond. En toch was ze ervan overtuigd dat dat elk moment kon gebeuren.

Het betekende meer dan ik in woorden kon uitdrukken. Ik kon er niet goed mee omgaan. Een vriendin is toch iemand die denkt dat je tot meer in staat bent dan jijzelf denkt?

Ze kwam terug met een brief in haar hand en een glinstering in haar ogen. 'Er zit een koninklijk zegel op,' zei ze plagerig, en ze draaide het papier om in haar hand. 'Maar omdat het ons niet kan schelen wat de koning voor je voelt, kunnen we hem maar beter niet openen.'

'Laat eens zien.' Ik stond op en stak mijn hand uit.

Met een grijns op haar gezicht trok ze de brief snel terug.

'Delia Grace, doe niet zo flauw, geef hem aan mij!'

Ze deed een stap achteruit en een fractie van een seconde later rende ik gillend van het lachen achter haar aan door mijn vertrekken.

Het lukte me twee keer om haar in een hoek te drijven, maar ze was me steeds te snel af en ontsnapte voordat ik haar te pakken kon krijgen. Ik was bijna buiten adem van het rennen en lachen toen ik haar eindelijk vastgreep om haar middel. Ze hield de brief zo ver mogelijk bij me vandaan. Misschien had ik hem met wat moeite uit haar hand kunnen trekken, maar net toen ik dat wilde doen, stormde mijn moeder binnen door de deur die mijn vertrekken met de hare verbond.

'Ben je gek geworden, Hollis Brite?' vroeg ze.

Delia Grace en ik lieten elkaar los en maakten snel een reverence.

'Meisjes, jullie gilden als speenvarkens, ik kon het door de muren heen horen. Hoe kunnen we nou een passende huwelijkskandidaat voor je vinden, Hollis, als je je zo gedraagt?'

'Sorry, moeder,' mompelde ik berouwvol.

Ik waagde een snelle blik op haar. Ze stond daar met het geërgerde gezicht dat ze meestal trok wanneer ze met mij praatte.

'Het meisje van Copeland heeft zich vorige week nog verloofd, en die van Devaux zijn nu ook in bespreking. Toch gedraag jij je nog steeds als een kind.'

Ik slikte, maar Delia Grace was niet het type dat haar mond hield. 'Denkt u niet dat het een beetje voorbarig is om Hollis aan iemand te koppelen? Ze maakt net zo veel kans als wie dan ook om het hart van de koning te winnen.'

Mijn moeder deed haar best om haar neerbuigende glimlach te onderdrukken. 'We weten allemaal dat het oog van de koning geneigd is te dwalen. En Hollis is niet bepaald koninginnenmateriaal, vind je wel?' zei ze met een scherp opgetrokken wenkbrauw, alsof ze ons uitdaagde er anders over te denken. 'Bovendien,' voegde ze eraan toe, 'wie ben jij om over iemands potentieel te praten?'

Delia Grace slikte moeizaam en trok toen een ijzig gezicht. Ik had haar dat masker een miljoen keer zien voordoen.

'En zo is het,' zei mijn moeder ten slotte. Nu ze had laten merken dat ze teleurgesteld in ons was, maakte ze rechtsomkeert en vertrok.

Ik zuchtte en wendde me tot Delia Grace. 'Sorry daarvoor.'

'Ik heb het allemaal al eens eerder gehoord,' bekende ze. Eindelijk overhandigde ze me de brief. 'Ik moet ook sorry zeggen. Het was niet mijn bedoeling je in de problemen te brengen.'

Ik pakte hem aan en verbrak het zegel. 'Het maakt niet uit. Als dat het niet was, zou het wel iets anders zijn.' Ze trok een gezicht waaruit bleek dat ze me gelijk gaf, en ik las het briefje. 'O jee.' Ik klopte op mijn losgeraakte haar. 'Ik zou wel eens je hulp nodig kunnen hebben om het weer op te steken.'

'Hoezo?'

Ik glimlachte naar haar en zwaaide met de brief als een vlag in de wind. 'Omdat Zijne Majesteit vandaag onze aanwezigheid op de rivier verlangt.'

'Hoeveel mensen denk je dat er zullen zijn?' vroeg ik.

'Wie zal het zeggen? Hij heeft altijd graag veel mensen om zich heen.'

Ik tuitte mijn lippen. 'Dat is waar. Ik zou hem wel een keertje voor mezelf willen hebben.'

'En dat terwijl je volhoudt dat dit allemaal een spelletje is.'

Ik keek haar aan en we glimlachten naar elkaar. Die Delia Grace. Ze leek altijd meer te weten dan ik ooit zou willen toegeven.

We liepen de gang door en zagen dat de deuren al openstonden om de nieuwe lentezon te verwelkomen. Mijn hart ging sneller kloppen toen ik het met hermelijn afgezette rode gewaad om de schouders van een slanke maar gespierde gestalte aan het einde van de gang zag hangen. Hoewel hij niet met zijn gezicht naar me toe stond, was alleen al zijn aanwezigheid voldoende om de lucht te vullen met een warm, kriebelig gevoel.

Ik maakte een diepe reverence. 'Majesteit.'

En ik zag een paar glanzend zwarte schoenen naar me toe draaien.

2

'Lady Hollis,' zei de koning, die zijn beringde hand uitstak. Ik pakte hem vast en kwam omhoog terwijl ik in een mooi stel honingbruine ogen keek. De diepe, doelbewuste aandacht die hij me schonk wanneer we samen waren had iets waardoor ik hetzelfde gevoel kreeg als wanneer Delia Grace en ik dansten en ik te snel ronddraaide: een beetje warm en duizelig.

'Majesteit. Ik ben heel blij met uw uitnodiging. Ik hou van de rivier de Colvard.'

'Dat zei je al. Ik heb het onthouden, zie je,' zei hij terwijl hij zijn vingers om de mijne wikkelde. Hij dempte zijn stem. 'Ik heb ook onthouden dat je zei dat je ouders de laatste tijd een beetje... overheersend zijn geweest. Maar omwille van het fatsoen moest ik ze wel uitnodigen.'

Ik tuurde achter hem en zag een grotere groep dan ik had verwacht voor onze excursie. Mijn ouders waren er, net als een aantal heren van de adviesraad van de koning en behoorlijk wat dames van wie ik wist dat ze vol ongeduld wachtten tot Jameson klaar was met mij, zodat zij aan de beurt konden komen. Ik zag Nora zelfs haar neus voor me ophalen, met Anna Sophia en Cecily vlak achter zich, allemaal zelfvoldaan in hun zekerheid dat mijn tijd er binnenkort op zou zitten.

'Maak je geen zorgen. Je ouders zitten niet bij ons op de boot,' verzekerde hij me.

Ik glimlachte, blij met het korte respijt. Helaas zaten ze wel bij ons in de koets op de kronkelroute naar de rivier.

Kasteel Keresken stond op het plateau van Borady, een prachtig en overbekend gezicht. Om bij de rivier te komen moesten onze koetsen zich langzaam en slingerend een weg door de straten van de hoofdstad Tobbar banen... en dat kostte tijd.

Ik zag de glinstering in mijn vaders ogen toen hij zich realiseerde dat deze koetsrit hem een uitgelezen kans bood op een langere audientie bij de koning. 'Majesteit, hoe gaat het aan de grens?' begon hij. 'Ik heb gehoord dat onze mannen vorige maand gedwongen werden zich terug te trekken.'

Ik moest me inhouden, anders had ik met mijn ogen gerold. Waarom dacht mijn vader dat hij, door de koning te herinneren aan onze recente fiasco's, een goed gesprek met hem kon beginnen? Maar Jameson nam de vraag goed op.

'Dat is zo. We hebben alleen soldaten langs de grens om de vrede te bewaren. Wat moeten die wanneer ze worden aangevallen? Naar verluidt houdt koning Quinten vol dat het land Isolte helemaal tot aan de Tiberische vlaktes loopt.'

'Dat is al generaties lang Coroaans grondgebied,' merkte mijn vader spottend op, maar ik zag aan hem dat hij lang niet zo kalm was als hij leek. Hij speelde altijd met de zilveren ring aan zijn wijsvinger als hij nerveus was, en dat was wat hij nu deed.

'Precies. Maar ik ben niet bang. Bij aanvallen zitten we hier veilig, en Coroanen zijn uitstekende soldaten.'

Ik staarde uit het raampje, want het gepraat over onbeduidende ruzies aan de grens verveelde me. Jameson was meestal prima gezelschap, maar mijn ouders bedierven alle pret in de koets.

Ik slaakte een zucht van verlichting toen we stopten bij de kade en ik de benauwde koets kon verlaten.

'Wat je eerder over je ouders zei was geen grap,' zei Jameson zodra we eindelijk alleen waren.

'Het zijn beslist de laatste twee mensen die ik zou uitnodigen voor een feestje.'

'En toch hebben ze het charmantste meisje ter wereld voortgebracht,' zei hij terwijl hij mijn hand kuste.

Ik bloosde en keek weg. Mijn ogen vonden Delia Grace, die uit haar koets klom, gevolgd door Nora, Cecily en Anna Sophia. Als ik dacht dat mijn rit ondraaglijk was geweest, vertelden haar gebalde vuisten toen ze naar me toe liep dat de hare nog veel erger was geweest.

'Wat is er gebeurd?' fluisterde ik.

'Niets wat niet al duizend keer eerder is gebeurd.' Ze rolde haar schouders naar achteren en maakte zich lang.

'We zitten in elk geval samen op de boot,' verzekerde ik haar. 'Kom. Wat zal het leuk zijn om hun gezichten te zien wanneer je aan boord van de boot van de koning stapt.'

We liepen naar de steiger en ik voelde een warme tinteling door mijn arm omhoogtrekken toen koning Jameson mijn hand pakte om me op onze boot te helpen. Zoals beloofd ging Delia Grace met ons mee, samen met twee adviseurs van de koning. Mijn ouders en de overige gasten werden begeleid naar verschillende andere boten die Zijne Majesteit tot zijn beschikking had. De koninklijke vlag wapperde trots aan de mast. Het felle Coroaanse rood flapperde zo wild in de bries op de rivier dat het wel vuur leek. Voldaan nam ik aan Jamesons rechterkant plaats, zijn vingers nog met de mijne verstrengeld.

Er stond heerlijk eten voor ons klaar en er waren bontvellen om ons mee te bedekken als de wind te koud was. Alles wat ik me maar kon wensen leek er voor me te zijn. Wanneer ik naast de koning zat, had ik alles wat ik wilde – en dat verbaasde me nog steeds.

Zodra we de rivier afdaalden, stopten de mensen die op de oevers stonden en maakten een buiging toen ze de vlag zagen, of ze riepen zegeningen naar de koning. Uiterst beheerst knikte hij met zijn hoofd ter erkenning. Zijn rug was kaarsrecht.

Ik wist dat niet elke vorst knap was, maar Jameson was dat wel. Hij besteedde veel aandacht aan zijn uiterlijk, hield zijn donkere haar kort en zijn gebruinde huid zacht. Hij was modieus zonder frivool te zijn en pronkte graag met zijn mooiste bezittingen. Dat bleek wel nu hij zo vroeg in het voorjaar met zijn boten de rivier op ging.

En dat vond ik leuk aan hem, al was het maar omdat ik hier naast hem mocht zitten en me daardoor onmiskenbaar vorstelijk voelde.

Langs de kant van de rivier, daar waar een nieuwe brug was aangelegd, stond een verweerd standbeeld dat zijn schaduw van de helling omlaagwierp in de richting van het blauwgroene water. Zoals de traditie voorschreef, stonden de heren aan boord van de boten op, terwijl de dames hun hoofd respectvol bogen. Er waren boeken vol verhalen over koningin Albrade die over het platteland reed en de Isoltiërs afweerde terwijl haar man, koning Shane, voor staatszaken in Mooreland was.

Bij zijn terugkeer liet de koning zeven beelden van zijn vrouw door heel Coroa plaatsen, en elk jaar in augustus dansten alle hofdames met houten zwaarden om haar overwinning te herdenken.

Feit is dat de koninginnen in de Coroaanse geschiedenis vaak enthousiaster werden herdacht dan de koningen, en koningin Albrade was niet eens de meest vereerde koningin. Je had koningin Honovi, die langs de verre buitenrand van het land was gelopen om zo de grens te bepalen en de bomen en rotsen die ze als bakens gebruikte met een kus te zegenen. Tot op de dag van vandaag zochten de mensen vooral naar de stenen – aangezien ze door de koningin zelf waren neergelegd – en kusten ze ook, omdat dat geluk bracht. Koningin Lahja was beroemd omdat ze Coroaanse kinderen had verzorgd op het hoogtepunt van de Isoltische pest, zo genoemd omdat mensen die de pest kregen zo blauw werden als de vlag van Isolte. Ze liep dapper de stad in om de kleintjes te vinden die het hadden overleefd en ze bij nieuwe gezinnen te plaatsen.

Zelfs koningin Ramira, Jamesons moeder, stond in het hele land bekend om haar vriendelijkheid. Ze was misschien wel het tegenovergestelde van haar man, koning Marcellus. Waar hij de neiging had meteen toe te slaan, stond zij erom bekend vrede te zoeken. Ik had gehoord dat ze door haar zachtaardige manier van overleggen ten minste drie mogelijke oorlogen had afgewend. De jonge mannen in Coroa waren haar veel dank verschuldigd, net als hun moeders.

De erfenis van de Coroaanse koninginnen liet een stempel achter op het hele continent, en dat was waarschijnlijk deels wat Jameson zo aantrekkelijk maakte. Hij was niet alleen knap en rijk en zou je niet alleen tot koningin maken... Nee, hij zou je tot een legende maken.

'Ik ben heel graag op het water,' zei Jameson, waarmee hij me terughaalde naar de schoonheid van het moment. 'Met mijn vader naar Sabino varen was als kind een van mijn favoriete activiteiten.'

'Ik herinner me dat uw vader een uitstekend zeeman was,' mengde Delia Grace zich in het gesprek.

Jameson knikte enthousiast. 'Het was een van zijn vele talenten. Ik denk soms dat ik meer eigenschappen van mijn moeder heb geërfd dan van hem, maar het zeilen heb ik wel van hem. Ook heb ik zijn liefde voor reizen geërfd. Hoe zit het met jou, Lady Hollis? Hou je van reizen?'

Ik haalde mijn schouders op. 'Ik heb nooit echt de kans gehad om te reizen. Ik heb mijn hele leven in kasteel Keresken en in Varinger Hall gewoond. Maar ik heb altijd al eens naar Eradore willen gaan,' zei ik zacht. 'Ik hou wel van de zee en ik heb gehoord dat de stranden er prachtig zijn.'

'Klopt.' Hij glimlachte en keek weg. 'En ik heb gehoord dat het onder pasgetrouwde stellen mode is om samen een reisje te maken.' Hij keek me weer in de ogen. 'Je moet zorgen dat je echtgenoot je meeneemt naar Eradore. Je zou er stralend uitzien op de witte stranden.'

Hij keek weer weg en stopte bessen in zijn mond alsof praten over echtgenoten, reizen en alleen zijn niets voorstelde. Ik keek naar Delia Grace, die verbaasd terugkeek. Ik wist dat we, als we eenmaal alleen waren, dit moment tot in de details zouden analyseren om uit te zoeken wat het precies betekende.

Wilde hij soms zeggen dat hij vond dat ik moest trouwen? Of zinspeelde hij erop dat ik moest trouwen... met hem?

Dat waren de vragen die door mijn hoofd gingen toen ik mijn rug rechtte en uitkeek over het water. Nora was er ook, met haar zure gezicht. Ze zat met de andere nare meiden van het hof toe te kijken. Ik keek om en zag dat verschillende paren ogen niet gericht waren op de schoonheid van de omgeving, maar op mij. De enige ogen die boos keken waren die van Nora.

Ik pakte een bes, gooide hem naar haar toe en raakte haar midden op haar borst. Cecily en Anna Sophia schoten in de lach en Nora's mond viel open, zo geschokt was ze. Snel pakte ze zelf wat fruit en smeet het naar me toe. Prompt veranderde de uitdrukking op haar gezicht in iets wat op vrolijkheid leek. Giechelend pakte ik meer bessen en begon een soort oorlog.

'Hollis, wat ben je in hemelsnaam aan het doen?' riep mijn moeder vanaf haar boot, net luid genoeg om boven het geklets van roeispanen op het water uit te komen.

Ik keek haar aan en antwoordde in alle ernst: 'Ik verdedig mijn eer, uiteraard.' Ik ving Jamesons gegniffel op toen ik me weer naar Nora toe draaide.

Een stroom van gelach en bessen ging beide kanten op. Ik had al een tijd niet meer zo veel lol gehad. Dat hield op zodra ik iets te ver voorover leunde voor een nogal vastberaden worp en in het water viel.

Ik hoorde de stokkende adem en kreten van de mensen om me heen, maar het lukte me om diep adem te halen en kwam zonder te stikken boven. 'Hollis!' riep Jameson, en hij stak een arm naar me uit. Ik greep hem vast, en binnen een paar tellen had hij me weer veilig aan boord getrokken. 'Lieve Hollis, is alles goed met je? Ben je gewond?'

'Nee,' sputterde ik, rillend van het koude water, 'maar volgens mij ben ik mijn schoenen kwijt.'

Jameson keek naar mijn kousenvoeten en barstte in lachen uit. 'Dat zullen we dan moeten oplossen, hè?'

Nu alles goed met me was, begon iedereen te lachen. Jameson trok zijn jas uit, die hij om me heen wikkelde om me warm te houden.

'Terug naar de wal,' beval hij, nog steeds glimlachend. Hij hield me vast en keek me diep in de ogen. Ik voelde dat hij me op dit moment – doorweekt, zonder schoenen en met mijn haar in de war – onweerstaanbaar vond. Maar met mijn ouders vlak achter zich en een tiental veeleisende heren in de buurt moest hij genoegen nemen met een warme kus op mijn koele voorhoofd.

Die kus zorgde voor nieuwe golven door mijn maag, en ik vroeg me af of elk moment met hem zo zou voelen. Ik verlangde ernaar door hem gekust te worden. Telkens wanneer we even tijd samen hadden, hoopte ik dat hij me naar zich toe zou trekken.

Tot nog toe was dat niet gebeurd. Ik wist dat hij Hannah en Myra had gekust, en als hij een van de anderen ook had gekust, dan hielden ze dat voor zich. Ik vroeg me af of het een goed of een slecht teken was dat hij me nog niet had gekust.

'Kun je staan?' vroeg Delia Grace. Daarmee belandde ik gelijk weer in de werkelijkheid. Ze hielp me de steiger op te stappen.

'Een doorweekte jurk is veel zwaarder,' bekende ik.

'O, Hollis. Het spijt me zo! Het was niet mijn bedoeling je te laten vallen,' riep Nora uit toen ze eenmaal van haar eigen boot was gestapt.

'Onzin! Het was mijn schuld, en ik heb mijn lesje geleerd. Ik zal van nu af aan alleen nog vanuit mijn raam genieten van de rivier,' zei ik met een knipoog.

Ze lachte, al leek ze dat bijna tegen beter weten in te doen. 'Weet je zeker dat het goed met je gaat?'

'Ja. Morgen heb ik misschien een loopneus, maar ik ben helemaal in orde, ook al ben ik drijfnat. Ik ben niet boos. Dat meen ik echt.'

Ze glimlachte, en dat kwam oprecht over.

'Kom, ik zal je helpen,' bood ze aan.

'Ik help haar al,' snauwde Delia Grace.

Nora's glimlach verstrakte en ze ging van heel blij naar onvoorstelbaar geïrriteerd. 'Ja, vast en zeker. Aangezien het je nooit zal lukken om in je eentje Jamesons aandacht te trekken, kan iemand zoals jij niet veel meer doen dan je vasthouden aan Hollis' rokken.' Ze trok een wenkbrauw op en draaide zich om. 'Ik zou me maar stevig vasthouden als ik jou was.'

Ik opende mijn mond om tegen Nora te zeggen dat de situatie waarin Delia Grace zich bevond niet haar eigen schuld was, maar ik voelde een hand op mijn borstkas die me tegenhield.

'Jameson zal het horen,' zei Delia Grace knarsetandend. 'Laten we gewoon gaan.' De pijn in haar stem was onmiskenbaar, maar ze had gelijk. Mannen vochten op open terrein; vrouwen vochten achter hun waaiers. Met haar hand stevig in de mijne liepen we terug naar het kasteel. Na zo veel hoon op één middag vroeg ik me af of ze zich de volgende dag in eenzaamheid zou terugtrekken. Dat had ze vaak gedaan toen we nog jong waren en haar hart het niet kon verdragen nog een woord te moeten horen.

Maar de volgende ochtend kwam ze gewoon weer naar mijn kamer, waar ze zwijgend mijn haar in een of ander ingewikkeld kapsel begon te vlechten. Toen ze halverwege was, werd er op de deur geklopt. Ze deed open en er kwam een legertje dienstmeisjes binnen, met hun armen vol boeketten van de eerste voorjaarsbloemen.

'Vanwaar al die boeketten?' vroeg Delia Grace nadat ze hun de opdracht had gegeven de bloemen op alle lege plekken neer te zetten die ze konden vinden.

Een dienstmeisje maakte een reverence voor me en gaf me een opgevouwen briefje. Ik glimlachte in mezelf toen ik het hardop voorlas. '"Voor het geval je kou hebt gevat en vandaag niet de natuur in kunt gaan, vond ik dat de natuur naar haar koningin moest komen."'

Delia Grace zette grote ogen op. 'Haar koningin?'

Ik knikte met bonzend hart. 'Ga mijn gouden jurk zoeken. Ik vind dat de koning wel een bedankje heeft verdiend.'

3

Met geheven hoofd en Delia Grace vlak achter mijn rechterschouder liep ik de gang door. Ik keek oudere hovelingen aan en knikte glimlachend naar hen ter erkenning. De meesten schonken geen aandacht aan me, wat niet verwonderlijk was. Ik wist dat het voor hen niet veel zin had gehecht te raken aan de laatste scharrel van de koning.

Pas toen we de hoofdgang naar de Grote Zaal naderden hoorde ik iets waardoor ik gespannen raakte.

'Dat is het meisje over wie ik het had,' fluisterde een vrouw luid tegen haar vriendin, op een toon waaruit duidelijk bleek dat de opmerking niet lovend was bedoeld.

Ik verstarde en keek Delia Grace over mijn schouder aan. Aan het samenknijpen van haar ogen zag ik dat zij het ook had gehoord en niet wist wat ze ervan moest denken. Ze konden het over haar hebben. Over haar ouders, haar vader. Maar de roddels rond Delia Grace waren oud nieuws, en het geplaag eromheen was meestal voorbehouden aan jongedames die iets hatelijks wilden zeggen. Alle anderen zochten naar nieuwe, spannende verhalen.

Het soort verhalen dat misschien wel om het recentste liefje van koning Jameson heen hing.

'Haal even diep adem,' beval Delia Grace. 'De koning zal willen zien dat het goed met je gaat.'

Ik raakte de bloem aan die ik achter mijn oor had gestoken om er zeker van te zijn dat hij nog op zijn plaats zat. Daarna trok ik mijn jurk recht en liep door. Ze had natuurlijk gelijk. Het was de strategie die zij al jaren volgde.

Tegen de tijd dat we de Grote Zaal in liepen waren de blikken onmiskenbaar afkeurend. Ik probeerde mijn gezicht uitdrukkingsloos te houden, maar vanbinnen was ik een bevende puinhoop.

Tegen de muur stond een man met zijn armen over elkaar zijn hoofd te schudden.

'Het zou het hele land te schande maken,' mompelde iemand toen hij me passeerde.

Vanuit mijn ooghoek zag ik Nora staan. Tegen alle instincten in die ik tot gisteren had gehad liep ik naar haar toe, met Delia Grace als een schaduw achter me aan.

'Goedemorgen, Lady Nora. Ik weet niet of het je is opgevallen, maar sommige mensen die vandaag aan het hof zijn, zijn...' Ik kon er geen woord voor vinden.

'Ja,' zei ze zacht. 'Het ziet ernaar uit dat iemand die aanwezig was bij ons uitje gisteren het verhaal van onze kleine veldslag heeft doorverteld. Niemand lijkt boos op mij te zijn, maar ik ben natuurlijk niet de favoriet van de koning.'

Ik slikte moeizaam. 'Ik zie het probleem niet. Zijne Majesteit is het afgelopen jaar van de ene dame naar de andere gefladderd alsof het niets was. Hij is vast niet van plan mij nog veel langer als gezelschap aan te houden.'

Ze trok een gezicht. 'Hij heeft je meegenomen naar buiten, het kasteel uit. Hij liet je onder de vlag zitten. Het leek misschien een informeel uitje, maar dat had hij nog niet eerder gedaan met een vrouw.'

O.

'Het komt door de hoge heren, hè?' vroeg Delia Grace aan Nora. 'Degenen die in de raad zitten?'

Dit was de eerste keer in alle jaren dat ik ze kende dat ze beleefd met elkaar omgingen. Nora knipoogde snel en knikte medelevend.

'Wat betekent dat?' vroeg ik. 'Waarom zou het de koning iets kunnen schelen wat anderen vinden?'

Delia Grace, die altijd al een betere leerling was geweest als het om regering en protocol ging, rolde niet al te nadrukkelijk met haar ogen naar me. 'De heren runnen hun graafschappen voor de koning. Hij is van hen afhankelijk.'

'Als de koning vrede wil in de uithoeken van het land en verwacht dat de belastingen op de juiste wijze worden geïnd, dan heeft hij de heren van de raad nodig. Die moeten dat regelen,' voegde Nora eraan toe. 'Als de heren ongelukkig zijn met de manier waarop het eraan toegaat, dat zouden ze laks kunnen worden in hun werk, als je begrijpt wat ik bedoel.'

Aha. Dus de koning zou zowel inkomsten als veiligheid kunnen kwijtraken als hij de dwaze fout maakte zich te verbinden aan iemand die de heren niet goedkeurden. Bijvoorbeeld een meisje dat in de rivier viel toen ze bessen naar een ander meisje gooide – en dat ook nog in het zicht van het standbeeld ter ere van een van de grootste koninginnen die het land ooit had gekend.

Een fractie van een seconde lang werd ik volledig overmand door vernedering. Ik had veel te veel achter Jamesons woorden en aandacht gezocht. Ik had echt gedacht dat ik koningin zou kunnen worden.

Maar toen herinnerde ik het me weer: eigenlijk had ik altijd wel geweten dat ik geen koningin zou worden.

Ja, het zou leuk zijn om de rijkste dame van heel Coroa te zijn, dat er standbeelden ter ere van mij zouden worden gemaakt... Dat was alleen niet realistisch. En Jameson zou zich vast en zeker binnenkort laten meeslepen door weer een andere mooie glimlach. Wat ik het beste kon doen, was genieten van zijn uitgebreide geflirt zolang het duurde.

Ik pakte Nora's hand en ging tegenover haar staan. 'Dank je wel. Zowel voor het plezier gisteren als voor je eerlijkheid vandaag. Ik sta bij je in het krijt.'

Ze glimlachte. 'Over een paar weken is het Kroningsdag. Als de koning en jij dan nog bij elkaar zijn, neem ik aan dat je een dans voor hem gaat choreograferen. Als je dat doet, doe ik graag met je mee.'

Veel meisjes voerden op Kroningsdag nieuwe dansen uit ter ere van de koning in de hoop bij hem in de gunst te komen. Als Jameson dan nog steeds mijn gezelschap wilde, zou ik een dans klaar moeten hebben. Ik meende me te herinneren dat Nora behoorlijk gracieus was. 'Ik zal alle hulp nodig hebben die ik kan krijgen. Je krijgt absoluut een plek in mijn dans.'

Ik vroeg Delia Grace nog een keer met me mee te komen. 'Kom. Ik moet de koning bedanken.'

'Ben je gek geworden?' fluisterde ze ontzet. 'Je laat haar toch niet met ons meedansen, hè?'

Vol ongeloof keek ik haar over mijn schouder aan. 'Ze heeft me net een dienst bewezen. En ze was meer dan beleefd tegen jou. Het is maar een dans, en ze is heel lichtvoetig. Haar elegantie zal op ons afstralen.'

'Wat ze vandaag heeft gedaan kan het onrecht uit het verleden echt niet goedmaken,' hield Delia Grace vol.

'We worden volwassen,' zei ik tegen haar. 'Dingen veranderen.'

Van haar gezicht was af te lezen dat ze niet gerustgesteld was door mijn antwoord, maar ze hield haar mond terwijl we ons een weg baanden door de zee van mensen.

Koning Jameson zat op het stenen podium voor in de Grote Zaal. Het was breed opgezet, met voldoende plaats voor een uitgebreide koninklijke familie. Nu stond er slechts één enkele troon met aan weerszijden een kleine stoel voor wie op dat moment zijn belangrijkste gasten waren.

De Grote Zaal werd voor zo ongeveer alles gebruikt: de ontvangst van gasten, bals en zelfs het dagelijkse diner. Langs de oostelijke muur was er een rij van hoge ramen langs de trap naar de galerij voor de muzikanten, die veel zonlicht binnenlieten. Maar telkens wanneer ik deze ruimte in liep werd mijn blik getrokken naar de westelijke muur, waar zes gebrandschilderde ramen zich over de hele lengte uitstrekten, van de hoogte van mijn middel tot aan het plafond. De ramen verbeeldden scènes uit de Coroaanse geschiedenis, prachtig weergegeven, en verspreidden een waterval van kleur en licht door de hele ruimte.

Er was een raam waarop Estus werd gekroond en een ander waarop vrouwen in een veld dansten. Een van de oorspronkelijke ruiten was vernietigd in een oorlog en perfect vervangen door een scène waarin koning Telau een kniebuiging maakt voor koningin Thenelope. Misschien was dat wel mijn favoriete afbeelding van de zes. Ik wist niet goed wat haar rol in onze geschiedenis was, maar ze verdiende het blijkbaar vereeuwigd te worden in de zaal waar alle belangrijke zaken in het dagelijkse kasteelleven zich afspeelden, en alleen dat al was indrukwekkend.

Terwijl er grote tafels naar binnen en naar buiten werden gedragen voor de diners en mensen met de seizoenen kwamen en gingen, waren de ramen en het podium altijd hetzelfde. Van de afbeeldingen van koningen uit het verleden liet ik mijn blik gaan naar degene die nu op de troon zat. Ik keek toe terwijl hij een diepgaand gesprek aanging met een van zijn heren. Toen het goud van mijn jurk zijn aandacht trok draaide hij zich even om. Zodra hij doorhad dat ik het was, stuurde hij de heer onmiddellijk weg. Ik maakte een reverence en liep naar de troon toe, waar ik werd verwelkomd door een stel warme, sierlijke handen.

'Lady Hollis.' Hij schudde zijn hoofd. 'Je bent als de opkomende zon. Prachtig.'

Bij die woorden verdween al mijn standvastigheid. Hoe kon ik er nou zeker van zijn dat ik niets voor hem betekende als hij zo naar me keek? Ik had niet goed op hem gelet toen hij andere meiden het hof maakte; dat leek me toen niet belangrijk. Maar het voelde volkomen uniek zoals hij zijn duim heen en weer bewoog over mijn hand, alsof één klein plekje niet genoeg voor hem was.

'Uwe Majesteit is te genereus,' zei ik uiteindelijk, terwijl ik mijn hoofd boog. 'Niet alleen met uw woorden, ook met uw gaven. Ik wilde u bedanken voor de hele tuin die u naar mijn kamer hebt gestuurd,' zei ik nadrukkelijk, en daar moest hij om gniffelen. 'En ik wilde u laten weten dat het goed met me gaat.'

'Goed om te horen. Dan moet je vanavond bij het diner maar bij me komen zitten.'

Ik kreeg een knoop in mijn maag. 'Majesteit?'

'Net als je ouders natuurlijk. Ik kan wel wat verandering van gezelschap gebruiken.'

Ik maakte weer een reverence. 'Zoals u wenst.' Ik zag dat er anderen op hem stonden te wachten, dus ik trok me snel terug. Ik was helemaal duizelig en reikte naar Delia Grace' hand om steun te zoeken.

'Je krijgt een plaats naast de koning, Hollis,' zei ze zacht.

'Ja.' De gedachte benam me de adem, alsof ik door de tuin had gerend.

'En je ouders ook. Dit heeft hij nog niet eerder gedaan.'

Ik pakte haar hand zo stevig mogelijk vast. 'Dat weet ik. Zullen... Zullen we het ze gaan vertellen?' Ik keek in de alziende ogen van Delia Grace, die zagen dat ik opgewonden en bang tegelijk was, omdat ik niet begreep wat er gebeurde.

Diezelfde ogen gingen stralen toen ze grijnsde. 'Ik denk dat een dame zo belangrijk als jij gewoon een brief moet laten sturen.'

Lachend liepen we de zaal uit. Het kon ons niet schelen of er iemand naar me keek of opmerkingen maakte. Ik was nog steeds niet helemaal overtuigd van Jamesons bedoelingen en wist dat de mensen aan het hof niet blij waren met mijn aanwezigheid, maar dat deed er nu niet toe. Vanavond zou ik naast een koning dineren. En dat was iets om te vieren.

Delia Grace en ik zaten in mijn kamer. De leestijd die we op haar aandringen dagelijks hadden zat er bijna op. Ze had verschillende interesses: geschiedenis, mythologie en de grote filosofen van het moment. Ik las liever romans. Hoewel ik me normaal gesproken liet wegvoeren naar verzonnen plaatsen in een boek, hield ik die dag mijn oren gespitst. Ik luisterde, keek om de paar minuten naar de deur en wachtte tot ze binnenstormden.

Precies op het moment dat ik eindelijk op een interessant gedeelte stuitte, vlogen de deuren open.

'Is dit een grap?' vroeg mijn vader. Hij klonk zo hoopvol dat het bijna schokkend was.

Ik schudde mijn hoofd. 'Nee. De koning heeft de uitnodiging vanochtend uitgevaardigd. Jullie leken het zo druk te hebben dat ik dacht dat een brief gepaster zou zijn.'

Ik wierp een samenzweerderige blik op Delia Grace, die deed alsof ze nog steeds opging in haar boek.

Mijn moeder slikte moeizaam. Ze kon geen moment stil blijven staan. 'We zitten vanavond dus allemaal bij de koning aan tafel?' vroeg ze.

Ik knikte. 'Inderdaad. U, vader en ikzelf. Omdat ik Delia Grace bij me moet hebben, dacht ik dat haar moeder ook wel bij ons kon komen zitten.'

Meteen hield mijn moeder op met haar opgewonden gewiebel en gedraai. Mijn vader sloot zijn ogen, iets wat ik herkende van de vele eerdere keren dat hij zijn woorden wilde overdenken voordat hij ze uitsprak.

'Bij zo'n belangrijke gebeurtenis wil je toch zeker liever alleen je familie om je heen hebben?'

Ik glimlachte. 'Aan de tafel van de koning is er ruimte voor ons allemaal, en meer. Ik denk niet dat het iets uitmaakt.'

Mijn moeder keek op me neer. 'Delia Grace, kun je even weggaan zodat we met onze dochter kunnen praten?'

We wisselden een vermoeide blik. Delia Grace klapte haar boek dicht en legde het op de tafel neer voordat ze wegliep.

'Echt hoor, moeder!'

Ze liep snel naar waar ik zat en torende boven me uit. 'Dit is geen spelletje, Hollis. Dat meisje is besmet. Ze zou niet met je moeten omgaan. In het begin leek het lief, een beetje alsof je het uit liefdadigheid deed. Maar nu... moet je de band met haar verbreken.'

Mijn mond viel open. 'Dat ga ik zeker niet doen! Ze is hier altijd mijn trouwste vriendin geweest.'

'Ze is een bastaard,' siste mijn moeder.

Ik slikte. 'Dat is een gerucht. Haar moeder heeft gezworen dat ze trouw was. Lord Domnall gooide de moeder van Delia Grace die beschuldiging alleen maar voor de voeten – let wel: acht jaar later – zodat hij een echtscheiding kon regelen.'

'Hoe dan ook, een echtscheiding is genoeg reden om bij haar uit de buurt te blijven!' betoogde mijn moeder.

'Het is niet haar schuld!'

'Je hebt helemaal gelijk, liefje,' zei mijn vader, die mij negeerde. 'Als het bloed van haar moeder niet slecht genoeg is, is het bloed van haar vader dat wel. Gescheiden.' Hij schudde zijn hoofd. 'En er dan ook nog met een andere vrouw vandoor gaan om met haar te trouwen, laat staan zo snel daarna.'

Ik zuchtte. Coroa was een land van wetten, en veel van die wetten gingen over gezin en huwelijk. Door je echtgenoot of echtgenote ontrouw te zijn was je op zijn best een verschoppeling. In het ergste geval zou er een tripje naar de toren plaatsvinden. Scheiden was zo zeldzaam dat ik het nog nooit met eigen ogen had zien gebeuren. Maar Delia Grace wel.

Haar vader beweerde dat zijn vrouw, de voormalige Lady Clara Domnall, een affaire had gehad die resulteerde in de geboorte van hun enige kind, Delia Grace. Op die gronden eiste en kreeg hij een echtscheiding. Binnen drie maanden was hij er met een andere dame vandoor gegaan, waarbij hij de titels die Delia Grace zou erven afstond aan zijn nieuwe vrouw en hun eventuele nakomelingen. Maar goed, wat betekenden titels nou als je een dergelijke reputatie had? Als je er met iemand vandoor ging om te trouwen, wist je dat dat alom afgekeurd zou worden. Het werd gezien als een laatste redmiddel. Sommige paren leefden nog liever apart van elkaar dan zo'n wanhopige actie te ondernemen.

Lady Clara, die nog steeds een edelvrouw was, had haar meisjesnaam weer aangenomen en haar dochter naar het hof gebracht, zodat ze zou kunnen opgroeien onder de invloed van de adel. Wat ze in plaats daarvan moest ondergaan was een eindeloze kwelling.

Ik had het hele verhaal altijd twijfelachtig gevonden. Als Lord Domnall had vermoed dat zijn vrouw ontrouw was geweest en dat Delia Grace niet zijn kind was, waarom had hij dan acht jaar gewacht tot hij het ter sprake bracht? Er was nooit enig bewijs geweest om de beweringen te staven, en toch werd hem die echtscheiding toegekend. Delia Grace zei dat hij als een blok gevallen moest zijn voor de vrouw met wie hij ervandoor was gegaan. Wanneer ik haar probeerde duidelijk te maken dat het onzin was schudde ze altijd haar hoofd naar me.

'Nee. Hij hield vast meer van haar dan van mijn moeder en mij samen. Waarom zou je weggaan voor iemand om wie je minder geeft?' De blik in haar ogen was zo resoluut dat ik haar niet kon tegenspreken. Ik ben nooit meer over het onderwerp begonnen.

Dat hoefde ook niet. Het halve kasteel deed dat wel voor ons. En als ze haar niet recht in haar gezicht veroordeelden, dan deden ze dat op z'n minst in gedachten. Mijn ouders waren daar het bewijs van.

'Jullie denken te ver vooruit,' hield ik vol. 'Het was heel genereus van de koning om ons uit te nodigen voor het diner, maar dat betekent niet dat het een vervolg zal hebben. En zelfs als dat wel zo is, verdient Delia Grace het dan niet aan mijn zijde te blijven? Ze is altijd het toonbeeld van perfectie geweest aan het hof.'

Mijn vader slaakte een zucht. 'De mensen hebben al een oordeel geveld over je escapades op de rivier. Wil je ze nog meer munitie geven?'

Ik liet mijn handen op mijn schoot vallen. Het was zinloos met mijn ouders te bekvechten. Wanneer had ik de strijd ooit gewonnen? Dat lukte me alleen een beetje wanneer ik Delia Grace naast me had.

Ja, dat was het!

Ik zuchtte en keek op naar mijn vader en moeder. Hun gezichten stonden nog steeds vastberaden.

'Ik begrijp jullie zorgen, maar misschien zijn onze wensen niet de enige waarmee hier rekening moet worden gehouden,' opperde ik.

'Ik ben die schandvlek van een meid niets verschuldigd,' snauwde mijn moeder.

'Nee, ik bedoel de koning.'

Daarop hielden ze hun mond. Uiteindelijk waagde mijn vader het iets te zeggen.

'Leg eens uit.'

'Ik bedoel alleen dat Zijne Majesteit behoorlijk dol op me is, en wat mijn dagen deels zo makkelijk maakt is het gezelschap van Delia Grace. Bovendien is Jameson veel barmhartiger dan zijn vader, hij zal vast begrijpen waarom ik haar onder mijn hoede neem. Met jullie toestemming zou ik hem de vraag willen voorleggen.'

Ik had mijn woorden zorgvuldig gekozen en mijn toon afgemeten gehouden. Ze konden me beslist niet nukkig of zeurderig noemen en op geen enkele manier doen alsof ze meer gezag hadden dan een koning.

'Goed dan,' zei mijn vader. 'Waarom vraag je het hem vanavond niet? Maar ze is niet uitgenodigd om bij ons te zitten. Deze keer niet.'

Ik knikte. 'Ik zal het haar nu schrijven, zodat ze het begrijpt. Willen jullie me excuseren?' Nog steeds met een serene uitstraling pakte ik wat perkament van mijn bureau.

Ze vertrokken, met een verblufte uitdrukking op hun gezicht.

Zodra de deur dicht was, giechelde ik in mezelf.

Delia Grace,
Het spijt me zeer, maar mijn ouders hebben stelling genomen over het diner vanavond. Maak je geen zorgen! Ik heb een plan om je voor altijd aan mijn zijde te houden. Kom me later vanavond opzoeken, dan zal ik alles uitleggen.
Houd moed, lieve vriendin!
Hollis

Toen ik naar het diner liep, wierpen mensen nog steeds veroordelende blikken op me, en ik realiseerde me dat ik dat niet fijn vond.

Hoe had Delia Grace al die kritische blikken overleefd? En dat vanaf zo'n jonge leeftijd?

De dreigende blikken lieten mijn ouders koud. Ze liepen naar binnen alsof ze met een rashengst pronkten die ze net hadden geërfd, en dat leverde ons alleen maar meer aandacht op.

Mijn moeder draaide zich om en bekeek me, zelfs nog toen we de hoofdtafel naderden. Ik had mijn gouden jurk aangehouden en er lag een lint met edelstenen over mijn goudblonde haar dat ik van haar had geleend.

'Het valt niet echt op,' zei ze terwijl ze naar het hoofdsieraad keek. 'Ik weet niet hoe je haar zo blond is geworden, maar het bederft gewoon de aanblik van de edelstenen op je hoofd.'

'Ik kan er niets aan doen,' zei ik. Alsof ik dat nog niet wist. Mijn haar was een beetje lichter dan dat van de meeste mensen, en mijn moeder was niet de enige die er een opmerking over had gemaakt.

'Dat is je vaders schuld.'

'Vergeet het maar,' beet hij haar toe.

Ik slikte, omdat ik zag dat ze echt last hadden van de spanning van het moment. In onze familie namen we altijd de regel in acht dat alle gekibbel plaatsvond in de privacy van onze vertrekken. Toen we de hoofdtafel naderden, herinnerden ze zich dat weer en verbeten ze hun verbittering.

Mijn vader begroette de koning met 'Majesteit' en een brede nepglimlach op zijn gezicht. Jameson merkte nauwelijks dat ze er waren. Hij had alleen oog voor mij.

Ik maakte een diepe reverence en toen ik opkeek, kon ik niet meer wegkijken. 'Majesteit.'

'Lady Hollis. Lord en Lady Brite. Jullie zien er goedgeluimd uit. Kom, ga zitten.' Met uitgestoken hand gebaarde hij dat we achter de tafel moesten komen. Mijn ademhaling versnelde zodra ik naast de koning ging zitten en ik kon wel in tranen uitbarsten van vreugde toen hij mijn hand kuste. Ik draaide me om en zag de Grote Zaal zoals ik hem nog niet kende.

Zo hoog op het podium kon je makkelijk de gezichten van de aanwezigen zien en toekijken waar iemand op basis van zijn of haar rang ging zitten. Hoewel de aandacht die ik bij binnenkomst had gekregen me een onbehaaglijk gevoel had bezorgd, kreeg ik er een kick van diezelfde blikken te zien nu ik naast Jameson zat. Zittend aan zijn zijde las ik in elke blik dezelfde gedachte: *ik wou dat ik haar was.*

Nadat Jameson me een ogenblik rustig in de ogen had gekeken, haalde hij diep adem en wendde zich tot mijn vader.

'Lord Brite, ik heb gehoord dat uw landgoederen tot de mooiste van Coroa behoren.'

Mijn vader zette een hoge borst op. 'Dat zou ik wel zeggen. We hebben een prachtige tuin en goede, uitgestrekte landerijen. Er is zelfs een boom met een houten schommel waar ik als kind op zat. Hollis is een keer zelf in de touwen geklommen,' zei hij, om meteen daarna een gezicht te trekken alsof hij wilde dat hij het niet had gezegd. 'Maar het is lastig tijd vrij te maken om ernaar terug te reizen. Keresken is zo mooi. Vooral tijdens de feestdagen. Kroningsdag op het platteland is gewoon niet te vergelijken met Kroningsdag hier.'

'Dat kan ik me voorstellen. Toch zou ik uw landgoederen graag een keer bezoeken.'

'Uwe Majesteit is altijd welkom.' Mijn moeder reikte naar mijn vaders arm en raakte die aan. Een bezoek van iemand van het koninklijk huis vergde veel voorbereiding en was kostbaar, maar het was een hele overwinning voor een familie om een bezoek aan hun landgoederen te verdienen.

Jameson draaide zich weer naar mij toe. 'Dus jij klom in de touwen van je schommel, hè?'

Ik glimlachte en dacht met veel plezier terug aan vroeger. 'Ik zag een nest en wilde zelf heel graag een vogel zijn. Zou het niet heerlijk zijn om te kunnen vliegen? Dus besloot ik dat ik daar zou gaan wonen, bij de moedervogel, om kijken of ze me in haar gezin zou opnemen.'

'En?'

'In plaats daarvan kreeg ik een standje omdat ik mijn jurk scheurde.'

De koning bulderde van de lach en trok de aandacht van het grootste deel van de zaal. Ik voelde de hitte van duizend ogen op me gericht, maar ik kon alleen maar aan de zijne denken. Kleine rimpeltjes in de hoeken van zijn ogen, die oplichtten van vreugde; het was prachtig.

Ik kon Jameson aan het lachen maken. Er waren weinig mensen die dat talent hadden. Het verbaasde me dat hij zo'n dom verhaaltje zo vermakelijk vond.

Eigenlijk was ik heel vaak in de touwen van de schommel geklommen. Ik was nooit ver gekomen, deels omdat ik hoogtevrees had en deels omdat ik de verwijten van mijn ouders vreesde. Maar die dag herinnerde ik me in het bijzonder, met de moedervogel die wegvloog om voedsel voor haar jongen te halen. Ze leek zo bezorgd om haar kroost, zo bereid om in hun behoeften te voorzien. Later vroeg ik me af hoe wanhopig ik moest zijn geweest om een vogel als moeder te willen hebben.

'Weet je wat ik wil, Hollis? Ik wil iemand in de arm nemen om achter ons aan te lopen en elk woord dat je zegt op te schrijven. Elk compliment, elk verhaal. Je bent eindeloos vermakelijk, en ik wil er geen seconde van vergeten.'

Mijn glimlach kwam terug. 'Dan moet u me ook al uw verhalen vertellen. Ik wil alles weten.' Ik liet mijn kin op mijn handpalm rusten en wachtte.

Jamesons lippen krulden zich tot een ondeugende grijns. 'Maak je geen zorgen, Hollis. Je zult alles snel genoeg te weten komen.'

4

‘Waarom ben je niet naar het diner gekomen? Je had er gewoon bij kunnen zijn,’ zei ik terwijl ik mijn armen om Delia Grace heen sloeg. De kasteelgangen waren leeg, waardoor onze stemmen nog meer weergalmden dan gewoonlijk.

‘Ik dacht dat het makkelijker was er niet te zijn dan met mijn moeder mee te gaan en te moeten uitleggen waarom ik voor het eerst in tien jaar niet naast jou zat.’

Ik trok een gezicht. ‘Mijn ouders... Soms denk ik dat ze zo verwaand zijn dat ze niet eens met míj gezien willen worden.’

Ze giechelde even. ‘Hebben ze bevolen dat ik bij je wegblijf?’

Ik sloeg mijn armen over elkaar. ‘Het zou niets uitmaken als ze dat deden. Want Jameson heeft gezegd dat je altijd bij me moet zijn.’

Haar gezicht lichtte op. ‘Echt waar?’

Ik knikte. ‘Nadat je was vertrokken bepleitten mijn ouders dat ik je aan de kant moest zetten – alsof ik ooit een betere vriendin zou kunnen vinden! Ik heb ze er rustig aan herinnerd dat jij me nu door de dagen heen helpt, en als de koning daar blij mee is, zou het ook voor hen goed genoeg moeten zijn. Uiteraard bracht mijn moeder tijdens het diner de kwestie ter sprake, waarbij ze je reputatie aanhaalde. Alsof jij daar iets aan kunt doen.’

Delia Grace rolde met haar ogen. ‘Uiteraard heeft ze dat gedaan.’

‘Maar luister. Luister! Jameson vroeg: “Is haar vriendschap echt zo belangrijk voor je?” En ik zei: “Het allerbelangrijkste, op die van u na, Majesteit." En toen knipperde ik overdreven met mijn wimpers naar hem.'

'Die man vindt het heerlijk om gevleid te worden.' Ze sloeg haar armen over elkaar, wachtend op meer.

'Ik weet het. Dus vroeg hij: "Beschouw je me echt als je vriend, lieve Hollis?" En – ik kan nog steeds niet geloven dat ik dit tegenover zo veel mensen durfde te doen – ik nam zijn hand in de mijne, bracht die naar mijn lippen en drukte er een kus op.'

'Nee,' fluisterde ze opgewonden.

'Ja, en ik zei: "Er is niemand op deze wereld die mij zo veel respect en zorgzaamheid toont als u... al komt Delia Grace er in de buurt." Hij staarde me een ogenblik aan, en, o, Delia Grace, ik denk dat hij me gekust zou hebben als we alleen waren geweest. Toen zei hij: "Als het Lady Hollis gelukkig maakt, dan moet Delia Grace blijven." En dat was dat.'

'O, Hollis!' Ze sloeg haar armen om me heen.

'Dat is het dan. Ik zou wel eens willen zien hoe mijn ouders daar onderuit proberen te komen.'

'Ik weet zeker dat ze een poging zullen doen.' Ze schudde haar hoofd. 'Zo te horen is hij bereid je alles te geven wat je wilt.'

Ik keek omlaag. 'Ik wou dat ik wist wat hij wilde.' Ik slaakte een zucht. 'Maar zelfs als ik dat wist, weet ik niet hoe ik mensen voor me kan winnen. En dat is nodig om te zorgen dat de hoge heren gelukkig zijn met zijn keuze.'

In gedachten verzonken fronste ze haar wenkbrauwen. 'Ga slapen. Ik ben morgenochtend in je kamer. We vinden wel een oplossing.'

Morgenochtend zou ze een plan hebben. Wanneer had Delia Grace ooit geen plan gehad? Ik omhelsde haar en kuste haar op de wang. 'Welterusten.'

De volgende ochtend werd ik allesbehalve opgefrist wakker. Ik had de hele nacht liggen malen en het enige wat ik wilde doen was mijn gedachten stuk voor stuk met Delia Grace analyseren en aan elk los draadje trekken totdat ik de antwoorden vond.

Ik kon nog steeds niet geloven dat Jameson me misschien wel echt tot zijn koningin wilde maken. Maar hoe meer ik erover nadacht of het een reële mogelijkheid was, hoe spannender de gedachte werd. Als ik nou gewoon iets kon doen om te zorgen dat de mensen zich er goed bij voelden als hij mij zou kiezen, zou ik ook aanbeden kunnen worden.

Dan zouden mensen de plaatsen kunnen kussen die ik had bezocht, zoals ze bij koningin Honovi deden, of festivals voor me kunnen houden, zoals voor koningin Albrade. Met uitzondering van koningin Thenelope, die zelf van koninklijke afkomst was geweest, waren alle andere koninginnen Coroaanse meisjes zoals ik. Ze kwamen allemaal uit goede families, werden allemaal met open armen ontvangen en hadden allemaal hun stempel op de geschiedenis gedrukt... Misschien kon dat ook voor mij gelden.

Delia Grace liep met een stapeltje boeken naar binnen terwijl ik nog met mijn knieën opgetrokken tegen mijn borst in bed zat.

'Denk je soms dat je als koningin elke dag kunt uitslapen?' grapte ze. Ik hoorde een zweem van vinnigheid in haar stem, maar besloot er niet op in te gaan.

'Ik heb slecht geslapen.'

'Nou, hopelijk ben je toch klaar om aan de slag te gaan. We hebben een hoop te doen.' Ze liep naar de kaptafel en knikte ernaar – haar manier om me te op te dragen voor de spiegel te gaan zitten.

'Zoals?' Ik gehoorzaamde en liet haar mijn haar uit mijn gezicht borstelen.

'Als het gaat om dansen en mensen vermaken kun je denk ik alle dames aan het hof overtreffen. Maar je kennis over internationale betrekkingen laat te wensen over, en als je de heren van de raad ervan wilt overtuigen dat je een serieuze kandidaat bent moet je met hen kunnen spreken over de politiek van het hof.'

Ik slikte moeizaam. 'Akkoord. Goed, wat gaan we doen? Zolang ik maar geen les krijg van een saaie oude privéleraar, want dat overleef ik niet.'

Delia Grace stak snel spelden in mijn haar. Ze zette de bovenkant van mijn haar vast in een eenvoudige knot en liet de rest loshangen. 'Ik kan je helpen. Ik heb een paar boeken, en alles wat ik niet heb zal de koning je vast en zeker willen geven.'

Ik knikte. Als Jameson echt van plan was mij als bruid te kiezen, zou hij willen dat ik zo goed mogelijk was opgeleid.

'En vreemde talen,' voegde Delia Grace eraan toe. 'Je moet er nog minstens één leren.'

'Ik ben heel slecht in taal! Hoe kan ik nou...' Ik zuchtte. 'Je hebt vast gelijk. Als we ooit Catal bezoeken, wil ik me niet helemaal verloren voelen.'

'Hoe goed is je geografische kennis?' vroeg ze.

'Goed genoeg. Ik ga me aankleden.' Ik sprong op om naar mijn kleerkast te lopen.

'Mag ik Coroaans rood voorstellen?'

Ik stak mijn wijsvinger naar haar uit. 'Goed idee.'

Ik probeerde andere kleine, strategische dingen te bedenken die we konden doen om bij mensen in de gunst te komen, maar zoals Delia Grace al zo scherpzinnig had aangegeven: ik was veel beter in mensen vermaken dan in plannen smeden. Toen ze de laatste veters van mijn lange jurk straktrok, werd er op de deur geklopt.

Ze legde een knoop in de veters en ging opendoen. Ondertussen keek ik naar mezelf in de spiegel om er zeker van te zijn dat alles recht zat voordat degene die voor de deur stond binnenkwam.

Daar stond Lord Seema, met een gezicht alsof hij onlangs een citroen had gegeten.

Ik maakte een reverence en hoopte maar dat de schok niet van mijn gezicht af te lezen was. 'Lord Seema. Waaraan heb ik deze eer te danken?'

Hij kneep met zijn vingers in de papieren in zijn handen. 'Lady Hollis. Het is mij niet ontgaan dat u de afgelopen weken de bijzondere aandacht van de koning hebt genoten.'

'Daar ben ik niet zo zeker van,' zei ik om mezelf in te dekken.

'Zijne Majesteit is erg aardig voor me geweest. Meer kan ik er eigenlijk niet over zeggen.'

Hij keek de kamer rond en zag eruit alsof hij wenste dat hij dit moment met een andere heer kon delen. Toen hij niemand vond die waardig genoeg was, slaakte hij een zucht en ging door. 'Ik weet niet of u zich van de domme houdt of dat u het echt niet weet. Hoe dan ook, u hebt zijn aandacht, en ik hoopte dat u me een gunst zou willen bewijzen.'

Mijn ogen schoten naar Delia Grace, die haar wenkbrauwen optrok alsof ze wilde zeggen: 'Ga door!' Ik vouwde mijn handen voor me ineen in de hoop dat ik er op die manier bescheiden en gedienstig uitzag. Als ik meer moest leren over de politiek aan het hof, vermoedde ik dat dit de beste les 'uit de eerste hand' was.

'Hoewel ik u geen beloftes kan doen, sir, wil ik toch graag horen waarom u gekomen bent.'

Lord Seema vouwde zijn papieren open en overhandigde ze me. 'Zoals u weet ligt Upchurch County aan de buitenrand van Coroa. Om daar of in Royston of Bern te komen, moet je een paar van de oudste wegen van het land nemen, de wegen die zijn aangelegd toen onze voorouders zich langzaam maar zeker een weg baanden in de richting van de bossen en de velden aan de rand van ons grondgebied.'

'Dat klopt,' zei ik. Voor wat het waard was: dat stukje Coroaanse geschiedenis herinnerde ik me wel.

'Het geval wil dat die wegen dringend gerepareerd moeten worden. Ik heb goede koetsen, maar zelfs die hebben het op die wegen zwaar. U kunt zich vast wel voorstellen hoe moeilijk het is voor de allerarmsten in mijn gemeenschap die om welke reden dan ook naar de hoofdstad moeten reizen.'

'Jazeker.' Hij had een goed punt. Thuis in Varinger Hall bezaten en onderhielden wij ook landerijen, waar veel gezinnen op woonden die ons pacht betaalden in geld en goederen. Ik had hun oude paarden en verweerde karren gezien. Het zou een uitdaging zijn om daarmee zelfs vanuit onze dichterbij gelegen provincie naar het kasteel te komen. Ik kon me niet voorstellen hoe het was om dat vanuit de verste uithoeken van het land te moeten doen. 'Wat hebt u in gedachten, sir?'

'Ik wil graag dat de koning een inspectie laat uitvoeren aan alle wegen in Coroa. Ik heb dit jaar twee keer geprobeerd het bij Zijne Majesteit aan te kaarten, maar hij heeft het weggewuifd. Ik vroeg me af of u hem zou kunnen... aansporen er een prioriteit van te maken.'

Ik haalde diep adem. Hoe moest ik dat in vredesnaam aanpakken?

Ik keek even omlaag naar de papieren die ik in de verste verten niet kon begrijpen voordat ik ze teruggaf aan Lord Seema. 'Als ik kan zorgen dat de koning zich hierop focust, wil ik u in ruil daarvoor zelf ook om een gunst vragen.'

'Daar ging ik al van uit,' zei hij, en hij sloeg zijn armen over elkaar.

'Als dit project van start gaat,' begon ik langzaam, 'verwacht ik dat u een goed woordje voor me doet bij iedereen die u passeert en die mijn naam noemt. En als u het met de andere heren hebt over dit gesprek, wilt u ze dan vertellen dat ik u vriendelijk heb ontvangen?'

Hij glimlachte. 'Lady Hollis, zoals u dat zegt klinkt het alsof ik zou moeten liegen. U hebt mijn woord.'

'Dan zal ik alles doen wat ik kan om u te helpen met dit waardige project.'

Tevreden maakte hij een diepe buiging voor me en hij verliet de kamer. Toen de deur dichtging, barstte Delia Grace in lachen uit. 'Hollis, besef je wel wat dit betekent?'

'Dat ik moet leren hoe ik de koning zover krijg dat hij iets om oude wegen gaat geven?' opperde ik.

'Nee, een heer van de koninklijke adviesraad is je net om hulp komen vragen. Zie je hoeveel macht je nu al hebt?'

Ik was even stil en liet die gedachte tot me doordringen.

'Hollis,' zei ze met een grijns, 'we gaan het maken.'

Toen ik deze keer de Grote Zaal in liep voor het diner en Jameson met een handgebaar aangaf dat ik naar de hoofdtafel moest komen, kwam Delia Grace met me mee. Mijn ouders zaten al links van de koning en waren druk in gesprek, dus ik liep erheen met het idee dat ik wel wat tijd zou hebben om uit te vogelen hoe ik het herstel van de wegen terloops zou kunnen laten vallen.

'Hoe moet ik dit in hemelsnaam aanpakken?' vroeg ik Delia Grace zachtjes.

'Niemand heeft gezegd dat het vandaag moet gebeuren. Denk er nog wat langer over na.'

Ik had er geen verklaring voor waarom dit belangrijker voelde dan alleen het verdienen van Lord Seema's loyaliteit. Ik wilde dat Jameson me als een serieus iemand zou zien. Ik wilde hem laten weten dat ik zijn partner kon zijn, dat ik in staat was belangrijke beslissingen te nemen. Als hij dat wist... dan zou een aanzoek vast niet lang op zich laten wachten.

Delia Grace en ik luisterden verveeld naar mijn ouders, die maar doorgingen over mijn moeders favoriete tiara. Die was de afgelopen Kroningsdag verdwenen. Mijn moeder hoopte dat de dader dit jaar met het ding op haar hoofd zou komen opdagen, zodat ze hem eindelijk kon terugkrijgen. Ondertussen dacht ik terug aan hoe ontspannen Jameson en ik de vorige avond hadden gepraat. Hoe zou ik tijdens dat gesprek iets te berde hebben gebracht? Er ging me een lichtje op, en ik wachtte tot mijn moeder de koning na haar ellenlange monoloog eindelijk even met rust liet.

'Er viel me iets in,' begon ik liefjes. 'Weet u nog van die oude schommel in Varinger Hall?'

Jameson grijnsde. 'Wat is daarmee?'

'Ik zou er graag naar teruggaan en me dan door de sterkste handen in heel Coroa laten duwen. Misschien zou ik dan eindelijk het gevoel hebben dat ik een vogel ben,' zei ik plagerig.

'Dat klinkt heel leuk.'

'Er zijn veel plaatsen in Coroa die ik graag samen met u zou willen zien,' ging ik door.

Hij knikte ernstig. 'Dat is je geraden! Ik begin steeds meer te denken dat je goed op de hoogte moet zijn van de hele geschiedenis van Coroa.'

Ik zette een vinkje op de lijst van dingen die de koning had gezegd waardoor ik het idee kreeg dat hij me als zijn koningin wilde hebben.

'Ik heb gehoord dat de bergen in het noorden zo mooi zijn dat ze je tot tranen toe roeren.'

Jameson was het daarmee eens. 'Hoe de mist erop neerdaalt... het is alsof ze tot een heel andere wereld behoren.'

Ik glimlachte dromerig. 'Dat zou ik heel graag willen zien. Misschien is het nu een goede tijd om een rondrit door het land te maken en uzelf aan uw volk te laten zien. Uw fraaie bezittingen te tonen.'

Hij stak zijn hand uit en wond een lokje van mijn haar om zijn vinger. 'Ik heb wel mooie dingen, maar er is één juweel in heel Coroa dat ik de mijne wil noemen.'

Vinkje.

Ik dempte mijn stem. 'Ik zou overal met u heen gaan, Majesteit. Alhoewel...' Ik tuurde om hem heen naar mijn vader. 'Vader, had u geen problemen op de weg, de laatste keer dat u naar Bern ging?'

Nadat hij een veel te grote hap eten had doorgeslikt, kon hij pas antwoorden. 'Er brak een wiel. Het zijn ruige wegen daar.'

'O ja?' vroeg Jameson.

Vader knikte ernstig, alsof alles wat hij met de koning besprak van het grootste belang was. 'Helaas wel, Majesteit. Er zijn niet genoeg mensen om ze te onderhouden. Ik ben er zeker van dat er nog veel meer in dezelfde staat van verval verkeren.'

'Nou, dat kan echt niet,' zei ik. 'Ik zou niet willen dat Uwe Majesteit gewond raakt. Misschien een andere keer.'

Jameson wiebelde met zijn vinger naar me. 'Wie was het... Ah! Lord Seema,' riep hij. In de menigte hief Lord Seema zijn hoofd, en hij haastte zich naar voren om een buiging te maken voor de koning.

Ik ging meer rechtop zitten toen Jameson begon.

'U hebt toch iets gezegd over de wegen in Upchurch?'

Lord Seema's ogen gingen tussen Jameson en mij heen en weer. 'Ja, Majesteit. Ze verkeren in een staat van groot verval.'

Jameson schudde zijn hoofd. 'Ik denk erover om de Brites mee te nemen op hofreis, maar dat gaat niet als deze parel van een dame onderweg ergens zou kunnen stranden.'

'Nee, Majesteit. Met uw toestemming kan ik een commissie samenstellen om de wegen te inspecteren. Daarna kan ik, als u dat wilt, een goed budget regelen. Het ligt me na aan het hart dat alle inwoners van Coroa makkelijk kunnen reizen, waar ze maar naartoe willen. Daarom zou ik er graag zelf toezicht op houden.'

'Prima,' zei Jameson snel. 'Ik verwacht wel rapporten van u.'

Lord Seema stond verbijsterd voor hem. 'Ja. Ja, natuurlijk,' stamelde hij terwijl hij achteruitliep. Zijn ogen waren nog steeds groot van verbazing.

'Wat leuk!' jubelde ik. 'Nu zal ik eindelijk ons geweldige land helemaal zien.'

Jameson kuste mijn hand. 'Heel Coroa. Het hele continent, als je dat wilt.'

Vinkje.

Ik leunde achterover op mijn stoel en keek naar Delia Grace.

Ze hief haar glas en zei met een strak glimlachje: 'Indrukwekkend.'

'Dank je.' Ik keek uit over de mensenmassa en vond Lord Seema. Hij schonk me een schuine hoofdknik, die ik beantwoordde. Misschien kon ik dit toch wel.

5

Binnen een paar dagen veranderde mijn wereld. Jameson stuurde nog steeds bloemen en snuisterijen naar mijn kamer wanneer hij iets zag waarvan hij dacht dat ik het leuk zou vinden, maar ook edellieden lieten nu cadeaus voor me achter. Met alle nieuwe sieraden die ik tot mijn beschikking had was ik echt zoals Jameson zei: zo stralend als de zon. Ik kreeg twee kamermeisjes toegewezen, en wanneer ik door het kasteel liep glimlachten de mensen me in het voorbijgaan toe, zij het soms wat stijfjes. Ik wist niet of ik dat aan Lord Seema te danken had of dat mijn nieuwe pogingen om zo vorstelijk en lieflijk mogelijk te zijn wanneer ik bij Jameson was eindelijk werden gezien, maar ik vond de aandacht zeker niet vervelend. Ik had gedacht dat niets zo leuk kon zijn als het hart van een koning veroveren; dat had ik mis. Het was veel spannender om de harten van talloze mensen tegelijk te veroveren.

Met die gedachte in mijn hoofd liep ik met Delia Grace naar de Grote Zaal. Ondertussen knikte ik naar de hovelingen ter erkenning en wenste ze een goede morgen. Jameson leek een speciaal zintuig te hebben waarmee hij voelde wanneer ik een kamer binnen kwam. Als ik in zijn buurt was, richtte hij zijn volledige aandacht op mij. Wanneer ik nu naar hem toe ging werd ik in het volle zicht van het hof begroet met een kus op mijn wang. En hoewel ik dan een aantal mensen afkeurend zag kijken, vatte ik dat eerder op als een uitdaging dan een teleurstelling.

'Heb je mijn brief ontvangen?' vroeg hij.

'U bedoelt het vel papier met pure poëzie die eindigde met het verzoek vanochtend naar u toe te komen? Jazeker.'

Hij grinnikte. 'Jij brengt woorden in me naar boven waarvan ik niet wist dat ze bestonden,' bekende hij, en hij leek helemaal niet beschroomd om binnen de gehoorsafstand van zo veel mensen zo'n opmerking te maken. 'Zeg eens, is alles goed? Je nieuwe kamermeisjes? Vind je je nieuwe kleren mooi?'

Ik ging een stukje achteruit, zodat hij een van mijn recente geschenken in zijn volle glorie kon bekijken. 'Ik heb nog nooit zulke mooie kleren gehad. En ja, mijn kamermeisjes zijn heel behulpzaam. Zoals altijd bent u veel te gul.'

Hij wiebelde met zijn wenkbrauwen. 'Die geschenken zullen kiezelstenen lijken wanneer...'

Bij het geluid van gehaaste voetstappen hield hij op met praten, en ik draaide me om om zijn blik te volgen. Een oudere heer, een van Jamesons vele adviseurs, haastte zich naar binnen en boog zijn hoofd.

'Majesteit, vergeef me. Er is hier een familie uit Isolte die een toevluchtsoord zoekt. Zij komen hun zaak presenteren.'

Het was in alle koninkrijken op het continent gebruikelijk om toestemming van de koning te vragen voordat je je vestigde in zijn land. Als een familie werd aangetroffen zonder koninklijke toestemming... Tja, als het een goede dag was, zouden ze worden weggestuurd. Ik had gezien wat er gebeurd was op slechte dagen, toen Jamesons vader, Marcellus, op de troon zat.

Zijne Majesteit zuchtte en leek geïrriteerd omdat hij werd afgeleid van ons gesprek. 'Goed, laat ze binnen.' Hij keek mij weer aan, alsof er net een idee bij hem was opgekomen. 'Lady Hollis, wil je hier misschien bij komen zitten?' Hij gebaarde met zijn hand naar de stoel naast zich. De heer die erop zat, Lord Mendel, keek snel tussen ons tweeën heen en weer.

'Majesteit, ik...'

Lord Seema, die naast hem stond, gaf hem discreet een por tegen zijn arm. Lord Mendel zuchtte, maar stond toch op en boog voor zowel de koning als voor mij. Ik knikte dankbaar naar Lord Seema toen ik op mijn plaats ging zitten.

Ik keek naar Delia Grace, die zich stilletjes zelfvoldaan voelde namens mij. Ze had het immers altijd al geweten. Ik hoorde ontevreden geroezemoes om ons heen zwermen – ja, ik had nog steeds harten te winnen – maar richtte mijn aandacht op Jameson. Dit was een kans om te bewijzen waartoe ik in staat was. Ik kon me best ingetogen en intelligent gedragen als het nodig was.

Ik ging zo rechtop zitten als ik kon en hield mijn kin omlaag en mijn ademhaling traag. Ik wilde dat iedereen me als evenwichtig en capabel zou zien. Misschien zou Jameson dan klaar zijn om me tot zijn koningin te maken.

Een oudere heer en zijn vrouw kwamen de ruimte binnen, haar hand sierlijk op de zijne. Achter hen volgden hun vier kinderen, drie jongens en een meisje.

De kinderen hadden allemaal een bleke huid en haar in verschillende blondtinten, en hun ouders begonnen hier en daar al grijs te worden. De jongste jongen was gespannen en hield de hand van zijn zus stevig vast, terwijl zij op een heel andere manier de zaal door keek. Uit haar blik maakte ik op dat ze iets zocht.

De vader knielde en raakte met zijn knie de vloer aan voordat hij omhoogkwam en zich aan de koning presenteerde. Zelfs als ons niet was verteld dat ze uit Isolte kwamen zou dat duidelijk zijn geweest. In de zomer was het vreselijk winderig in het land, en de winter duurde er veel langer dan hier. Het zou me niet hebben verbaasd te horen dat het er nog steeds licht sneeuwde, zelfs nu. Isoltiërs brachten dus meer tijd binnen door en hadden niet de zongebruinde wangen je die overal in Coroa zag.

‘Goedemorgen, sir,’ zei Jameson, waarmee hij de man uitnodigde om te spreken.

‘Majesteit, ik hoop dat u ons onze armzalige toestand zult vergeven, maar we zijn rechtstreeks hiernaartoe gekomen,’ begon de vader nederig.

Ik zou hun uiterlijk niet armzalig hebben genoemd. Alle gezinsleden waren gehuld in weelderige hoeveelheden fluweel. Ik moest mijn lippen op elkaar persen om niet te giechelen. Echt, wie ter wereld had die mouwen ontworpen? Ik kon een extra jurk maken van de meters stof die van hun armen omlaaghingen. En de hoeden! Ik had de mode van Isolte echt nooit begrepen.

Eerlijk gezegd had ik de mensen in Isolte nog nooit begrepen. Het woord dat meestal bij me opkwam was 'onorigineel'. Ja, ik had gehoord van hun grote vondsten op het gebied van astronomie en kruidenkunde, en dat de mensen daar veel baat hadden bij de medicijnen die hun artsen hadden ontdekt. Maar de muziek die ze maakten was in het beste geval saai en de dansen die ze uitvoerden waren kopieën van de onze. De meeste andere verrichtingen op het gebied van kunst waren aangepaste vormen van iets wat elders te zien was. Hun mode leek hun beste poging te zijn tot iets wat niemand anders al voor zichzelf had opgeëist. En waarom zou iemand dat ook willen?

'We komen u om uw genade vragen, om uw toestemming ons in uw land te vestigen, zodat we beschermd zijn tegen onze koning,' vervolgde de vader met een zweem van nervositeit in zijn stem.

'En waar komt u vandaan?' vroeg Jameson, hoewel hij het antwoord al wist.

'Uit Isolte, Majesteit.'

'Hoe heet u?'

'Lord Dashiell Eastoffe, Majesteit.'

Jameson was even stil. 'Ik ken die naam,' mompelde hij, en hij fronste peinzend zijn voorhoofd. Zodra hij het zich herinnerde, keek hij naar de bezoekers met iets wat leek op een mengeling van achterdocht en medelijden. 'Ja, ik begrijp waarom u Isolte wilt verlaten. O, Hollis,' zei hij, met een speelse blik in zijn ogen, 'dank je ooit de goden dat je mij hebt als koning en niet die mopperpot, koning Quinten?'

'Ik dank de goden dat we u hebben, en geen andere koning, ongeacht welke, Majesteit.' Ik knipperde flirterig met mijn wimpers, maar ik dankte echt de hemel dat we hem hadden. Hij was jonger en sterker dan welke koning op het continent ook, veel vriendelijker dan zijn vader en veel minder temperamentvol dan de andere leiders over wie ik had gehoord.

Hij grinnikte. 'Als ik in uw positie had verkeerd, was ik misschien ook wel gevlucht, sir. Veel families hebben er de laatste tijd voor gekozen naar Coroa te emigreren.' Een van die families woonde in het kasteel, al had ik ze nog niet gezien. 'Ik vraag me af wat die goeie ouwe koning Quinten tegenwoordig uitspookt, dat hij zijn onderdanen zo'n angst inboezemt.'

'We hebben ook een geschenk voor Uwe Majesteit,' zei Lord Eastoffe in plaats van de vraag te beantwoorden. Hij knikte naar zijn oudste zoon. De jongeman liep naar voren, boog voor de koning en hield een langwerpig fluwelen pakket omhoog.

Jameson liep de podiumtrap af naar de jongeman toe en sloeg de stof terug. Eronder lag een gouden zwaard met een rij edelstenen in het gevest. Toen Jameson de fluwelen stof optilde, weerkaatste de prille lentezon op het lemmet, waardoor ik tijdelijk werd verblind.

Nadat hij het zwaard nauwkeurig had bekeken, pakte Jameson een lok uit het lange haar van de jongeman en sneed er met zijn geschenk doorheen. Hij grinnikte toen dat met gemak ging en hief het zwaard weer. 'Indrukwekkend. Zoiets heb ik nog nooit gezien.'

'Dank u, Majesteit,' zei Lord Eastoffe. 'Helaas kan ik er niet de eer voor opstrijken. Ik ben grootgebracht als edelman, maar mijn zoon heeft zich toegelegd op dit ambacht. Hij heeft ervoor gekozen zichzelf te kunnen onderhouden, met of zonder land.'

Jameson keek naar de jongen wiens haar hij zo minzaam had afgesneden. 'Heb jij dit gemaakt?'

De jongen knikte met neergeslagen ogen.

'Zoals ik al zei: indrukwekkend.'

'Majesteit,' begon Lord Eastoffe, 'we zijn eenvoudige mensen, zonder ambitie, die gedwongen zijn onze landgoederen te verlaten omdat ons land en ons leven ernstig werden bedreigd. We vragen alleen of we ons hier vreedzaam mogen vestigen. We zweren dat we nooit een hand zullen heffen tegen geboren Coroanen en dat we u net als zij trouw zullen dienen.'

Jameson wendde zich van hen af. Zijn blik ging van bedachtzaam naar gefocust toen hij zijn ogen op mijn gezicht richtte. Hij grijnsde en leek plotseling buitengewoon tevreden met zichzelf. 'Lady Hollis, deze mensen zijn gekomen om toevlucht te zoeken. Wat is jouw reactie op hun pleidooi?'

Glimlachend keek ik naar de familie. Ik liet mijn blik vluchtig over de jongste kinderen en hun moeder gaan en richtte hem toen op de oudste zoon. Hij zat nog steeds op zijn knieën, met de fluwelen omslag in zijn handen. Ineens keek hij me recht in de ogen.

Even bleef de wereld stilstaan. Ik raakte volledig verdwaald in zijn blik en kon niet wegkijken. Zijn ogen waren schokkend blauw – van een kleur die je niet vaak zag in Coroa, die volkomen anders was dan alle kleuren blauw ik ooit eerder had gezien. Het was niet de kleur van lucht of water. Ik had er geen woord voor. Het blauw trok me naar zich toen en weigerde me los te laten.

'Hollis?' vroeg Jameson.

'Ja?' Ik kon niet wegkijken.

'Wat zou je zeggen?'

'O!' Knipperend met mijn wimpers kwam ik terug in het heden. 'Nou, ze zijn in alle nederigheid gekomen en hebben laten zien dat ze door hun vakmanschap een bijdrage zullen leveren aan onze samenleving. Het allerbelangrijkste is dat ze het mooiste koninkrijk hebben gekozen om zich in te vestigen en hun toewijding hebben aangeboden aan de beste koning ter wereld. Als ik moest beslissen?' Ik keek Jameson aan. 'Dan zou ik ze laten blijven.'

Koning Jameson glimlachte. Het leek erop dat ik was geslaagd voor de test. 'Jullie hebben het gehoord,' zei hij tegen de Isoltiërs. 'Jullie mogen blijven.'

De familie Eastoffe keek elkaar vreugdevol aan en omhelsde elkaar. De jongeman boog zijn hoofd naar mij, en ik deed hetzelfde terug.

'Een familie van jullie... kaliber moet in het kasteel blijven wonen,' zei Jameson. Zijn woorden klonken eerder als een waarschuwing dan een uitnodiging, al begreep ik niet waarom. 'Voorlopig, in elk geval.'

'Natuurlijk, Majesteit. We zullen heel blij zijn met de woonplek die u ons toewijst,' antwoordde Lord Eastoffe.

'Breng ze naar de zuidvleugel,' droeg Jameson een wachter op, en hij maakte een korte hoofdbeweging. De Isoltiërs bogen erkentelijk hun hoofd voordat ze zich omdraaiden en achter elkaar aan wegliepen.

'Hollis,' fluisterde Jameson naast me, 'dat heb je prachtig gedaan. Maar je moet je wel aanwennen snel te denken. Als ik je vraag iets te zeggen, moet je er klaar voor zijn.'

'Ja, Majesteit,' antwoordde ik, vechtend tegen een blos.

Hij wendde zich af om met een van zijn adviseurs te spreken, terwijl ik mijn blik op de achterkant van de zaal richtte om de familie Eastoffe na te kijken. Ik wist nog steeds niet hoe de oudste zoon heette, maar hij keek me over zijn schouder aan en glimlachte weer.

Er trok een trilling door me heen doordat hij mijn blik had vastgehouden, en het was alsof een licht trekkend gevoel in mijn borst tegen me zei dat ik die ogen moest volgen. Ik wuifde het weg. Als er iets was wat ik als Coroaanse wist, was het wel dat Isoltisch blauw niet te vertrouwen was.

6

‘Nu dat achter de rug is, moet ik je iets laten zien,’ fluisterde Jameson in mijn oor. Ik draaide me om en keek in zijn ondeugende, opgewonden blik, waardoor ik me herinnerde dat hij me gevraagd had te komen. Ik was blij dat ik iets – wat dan ook – had om mezelf af te leiden van het vreemde gevoel dat door mijn borst zoemde.

Ik pakte dankbaar zijn hand, maar zodra hij zijn vingers met de mijne verstrengelde keek hij bezorgd. ‘Je trilt. Ben je ziek?’

‘Ik weet niet hoe u het kunt verdragen dat u voortdurend door al die ogen wordt aangekeken’ zei ik in een poging het weg te praten. ‘U moet zo veel beslissingen nemen, en zo snel.’

Zijn ogen lichtten op terwijl hij me naar de rand van het podium leidde. ‘Ik had het geluk dat ik in mijn vader een uitstekende leraar had. Mijn bruid, wie ze ook mag zijn, zal haar best moeten doen om het vak van heerser van mij te leren.’

‘Dat is geen geringe taak, Majesteit.’

Hij glimlachte. ‘Nee. Maar ze zal ervoor worden beloond.’

Ik wachtte tot hij meer zou zeggen, maar hij staarde recht voor zich uit. ‘Majesteit?’

Hij bleef glimlachen, met zijn kin geheven, en negeerde mij.

We liepen de trap af en ik ademde scherp in toen hij me naar een van de deuren voor in de Grote Zaal leidde. De wachters lieten ons door, en ik wisselde een blik met Jameson. Hier was ik nog niet eerder geweest. De kamers van de koning – zijn privévertrekken, kamers die gebruikt werden voor het gebed en de vertrekken die hij gaf aan degenen die in zijn persoonlijke adviesraad zaten – werden van iedereen gescheiden door de Grote Zaal. Daardoor kon hij een indrukwekkende entree maken en was het makkelijker om zijn veiligheid te waarborgen.

'Majesteit, waar gaan we heen?'

'Nergens,' zong hij koket.

'Beslist niet nergens,' zei ik met klem. Opwinding borrelde op in mijn maag.

'Goed dan. Het is een plek waar ik je al sinds de avond dat we elkaar echt hebben ontmoet mee naartoe wil nemen. Vanaf dat moment denk ik er al aan.'

Ik rolde met mijn ogen. 'U bedoelt het moment dat ik mezelf compleet voor gek zette?'

Hij lachte. 'Het ogenblik waarop je het charmantste meisje van heel Coroa werd.'

'Ik moet zeggen dat ik heel blij ben te weten dat ik wat vreugde in uw leven heb gebracht,' gaf ik toe. 'Niet iedere dame kan zeggen dat ze een koning aan het lachen heeft gemaakt.'

'In mijn geval kan geen enkel meisje aan het hof dat zeggen. Jij bent de enige, Hollis. De anderen? Die willen allemaal iets. Jij geeft alleen maar.' Hij hief mijn hand om hem te kussen. 'Het verheugt me dat ik je iets kan teruggeven.'

We liepen langs nog twee wachterparen voordat we bij de kamer kwamen die Jameson me wilde laten zien. Toen we er eenmaal waren aangekomen, moest een van de wachters een speciale sleutel pakken en ons een lantaarn geven.

'Er zijn al wel een paar lantaarns in de kamer,' verzekerde Jameson me, 'maar er zijn geen ramen, dus alle beetjes licht helpen.'

'Word ik naar een kerker gebracht?' grapte ik, en ik deed alsof ik bang was.

Hij lachte. 'Vandaag niet. Kom. Ik denk dat dit ooit wel eens je favoriete kamer in het kasteel kan worden.'

Vinkje.

Aarzelend liep ik achter hem aan door de deur. Ik nam even de tijd om mijn ogen te laten wennen aan het weinige licht en vergat prompt hoe ik moest ademhalen.

'Sommige hiervan zijn van mij,' begon hij. 'Je herkent vast wel het zegel dat ik op mijn kroningsdag droeg. Deze ringen hier heb ik al vele malen gedragen. En dit...'

'De Kroon van Estus,' fluisterde ik vol ontzag. 'Van dichtbij is hij zelfs nog mooier dan van veraf.'

Ik stond een hele poos naar de kroon te staren en voelde tranen in mijn ooghoeken opwellen. Iets meer dan zeven generaties geleden werden er in Coroa voortdurend burgeroorlogen gevoerd om de heerschappij. In een handjevol jaren kwamen verschillende heersers aan de macht en werden ze weer afgezet. We waren in oorlog met onszelf en weerloos tegenover andere landen die misschien ons grondgebied wilden veroveren. Uiteindelijk veroverde de Barclay-clan, de Barclays van wie Jameson ook afstamde, wat over was van hun vijanden. Hoewel de gevechten wreed waren, waren de mensen blij dat ze uiteindelijk één duidelijke leider hadden. Het volk verzamelde restjes goud en juwelen, smolt ze en smeedde ze tot een kroon. Een heilige man zegende hem en iedereen kwam kijken hoe koning Estus Barclay werd gekroond. De mensen droegen hun rechten over aan zijn leiderschap.

De Kroon van Estus werd slechts één keer per jaar, op Kroningsdag, uit de kast gehaald, en alleen degenen die het geluk hadden in een adellijke familie geboren te worden vingen er ooit een glimp van op.

'Majesteit, dank u wel. Uw vertrouwen in mij moet wel heel groot zijn om mij zo dicht bij zoiets bijzonders te laten. Ik ben diep onder de indruk.' Ik kon het ontzag dat ik voelde amper onder woorden brengen maar wist hoe bevoorrecht ik op dat moment was. Ik draaide me naar hem toe terwijl tranen mijn zicht vertroebelden.

Hij pakte mijn hand en kuste hem weer. 'Ik vertrouw je, Hollis. Het is zoals ik al zei: jij geeft voortdurend. Je tijd en genegenheid, je lach en je zorgzaamheid. Daarmee heb je mij al duizend geschenken gegeven. Daarom moet ik tegen je zeggen dat het zien van de Kroon van Estus niet je geschenk is... maar dit wel.'

Hij gebaarde naar de muur links van me, vol met planken met nog meer juwelen. Strengen saffier en veters van diamant lagen voor me. In deze kamer hadden we geen ramen nodig – het weinige licht dat we hadden was genoeg om ze verblindend te laten schitteren.

'Dit zijn de juwelen van de koningin. Elk jaar ontmoeten de koningen van Coroa en Isolte elkaar om onze vrede te vernieuwen. Koning Quinten zal aan het eind van de week hierheen komen voor zijn jaarlijkse bezoek, en ik wil dat je er dan uitziet als een koningin.'

Een deel van me wilde flauwvallen. Een ander deel van me wenste dat mijn ouders hier waren om dit te zien. En met heel mijn wezen wilde ik die ketting bezet met roze edelstenen en diamanten dragen.

Ik liep er dichter naartoe, bang om zelfs maar naar een van die prachtige sieraden te wijzen. 'Weet u het zeker? Ik weet hoe kostbaar ze zijn.'

'Ik vertrouw er niemand méér mee dan jou. En echt, sinds die avond in de balzaal heb ik me jou voorgesteld met zoiets moois als deze sieraden om je hals.' Hij gebaarde naar de muur van juwelen, alsof hij ze me allemaal aanbood.

Tevreden perste ik mijn lippen op elkaar en bracht ik mijn vingers omhoog om de gladde, koude stenen aan te raken, die een kleur hadden die het midden hield tussen roze en rood in. 'Deze.'

'Perfect.'

Het gaf me een kick te weten dat ik iets zou dragen wat duidelijk gemaakt was met een koningin in gedachten. Ik draaide me om en sloeg mijn armen om Jameson heen. 'Je bent te goed voor me.'

'Ben je gelukkig?'

'Bijna té gelukkig.' Ik hield hem stevig vast en realiseerde me toen iets. 'Majesteit. We zijn nog nooit helemaal alleen geweest.'

Hij glimlachte. 'Tja, je bent een nogal deugdzame dame. Ik ben verbaasd dat het me is gelukt je zover te krijgen dat je nu met me weg bent geglipt.'

'U bent heel slim.'

En omdat we zo dicht bij elkaar waren, en alleen, in ons eigen wereldje, boog ik me naar hem toe toen hij me kuste. Het was heerlijk eindelijk gekust te worden, en het was nog opwindender gekust te worden door een koning. Jameson trok me dicht tegen zich aan, hield mijn kin vast en liet me los zodra hij vond dat de kus lang genoeg had geduurd.

Er veranderde iets in zijn ogen, alsof hij tot een beslissing was gekomen. Zijn toon werd heel serieus.

'Je moet je schrap zetten, Hollis. Er gaat veel voor ons veranderen.'

Ik slikte. 'Voor ons beiden, Majesteit?'

Hij knikte. 'De komende weken ben ik van plan om tot heel Coroa te laten doordringen hoezeer ik je aanbid. Dat zal veel betekenen. Sommigen zullen om je gunst smeken, anderen zullen je naam vervloeken. Dat doet er allemaal niet toe, Hollis. Ik wil jou als bruid.'

Het kostte me alle kracht om zelfs maar een antwoord te fluisteren. 'En ik zou vereerd zijn... Ik maak me alleen zorgen dat ik niet waardig genoeg ben.'

Hij schudde zijn hoofd en haakte voorzichtig een losse krul achter mijn oor. 'Ik denk dat velen die met iemand van een koningshuis trouwen dat gevoel hebben. Je hoeft je geen zorgen te maken. Denk aan mijn overgrootmoeder, Albrade. Ze zeggen dat ze zo bleek was als een Isoltiër toen ze haar geloften aflegde,' grapte hij, 'en kijk eens wat een legende zij is geworden.'

Ik probeerde te glimlachen, maar kon me niet voorstellen dat ik zoiets moedigs zou doen als een oorlog winnen.

'Ik ben geen soldaat,' antwoordde ik deemoedig.

'Dat wil ik ook niet. Het enige wat ik van je vraag is alles te zijn wat je al bent. Dat, mijn lieve Hollis, is waarom ik van je hou.'

Waarom ik van je hou, waarom ik van je hou, waarom ik van je hou...

De woorden weerklonken in mijn hart, en ik wenste dat ik een manier had om ze in een fles te bewaren. Hij was zo vriendelijk me nog een moment te geven om mezelf te kalmeren voordat hij verder praatte.

'Ik ben opgegroeid zonder broers en zussen. Mijn ouders zijn allebei veel te vroeg gestorven. Jij hebt me boven alles het gezelschap gegeven waar ik in dit leven naar verlangde. Dat is het enige wat ik van je vraag. Alles wat anderen willen is overbodig. Als je denkt dat je gelukkig kunt zijn als mijn partner in deze wereld, komt alles goed.'

Hij sprak zo oprecht, met zo veel gevoel, dat er weer tranen in mijn ogen opwelden. Zijn genegenheid was overweldigend en toen ik hem aankeek, slechts een paar centimeter van de mijne vandaan, vertrouwde ik erop dat ik elke taak kon uitvoeren die zich voordeed, zolang ik maar naast hem stond.

Het was zo'n vreemd gevoel, zo nieuw. Op dat moment wist ik dat dit liefde moest zijn. Het was meer dan knikkende knieën. De niet-aflatende vastberadenheid die hij bij me opwekte... Dat kon alleen Jameson.

Ik knikte. Meer kon ik niet doen. Voor hem was dat genoeg.

'Ik vraag je dit voorlopig geheim te houden. De heren proberen me nog steeds over te halen met de prinses uit Bannir te trouwen, omwille van de grens. Maar dat idee kan ik niet verdragen. Ik heb wat tijd nodig om ze ervan te overtuigen dat jij en ik met zijn tweeën kunnen zorgen dat Coroa veilig blijft.'

Ik knikte opnieuw. 'Dat zal ik doen.'

Hij zag eruit alsof hij me weer ging kussen, maar hij bedacht zich. 'Ik moet je terugbrengen voordat iemand de kans schoon ziet je eer in twijfel te trekken. Kom, lieve Hollis, we gaan de waanzin weer in.'

Toen de deuren van de Grote Zaal opengingen, bloosde ik bij alle blikken die op ons gericht werden. Mijn hart klopte genadeloos snel en ik vroeg me af of ze het konden zien.

Ze keken naar hun koningin.

7

De dagen daarna liet Delia Grace me geen moment met rust. Soms neuriede ik, alsof ik niets had gehoord van wat ze zei, of hield ik me bezig met heel andere taken. En ondertussen glimlachte ik voortdurend. Die dag zat ik over wat borduurwerk op een nieuwe jurk gebogen, maar hoe geconcentreerd ik ook probeerde te werken, Delia Grace liet zich niet voor eeuwig negeren.

'Waarom vertel je me niet op z'n minst wat je hebt gezien?'

Ik giechelde. 'Het is niet meer dan een verzameling kamers. Kamers waar Jameson toevallig in woont.'

'Waarom duurde het dan zo lang?'

Ik trok voorzichtig aan mijn gouden draad in een poging het ontwerp netjes te houden. 'We waren niet meer dan vijf minuten weg.'

'Vijftien!'

Ik keek haar over mijn schouder geschokt aan. 'Nee toch?'

'Ik stond met de rest van het hof in de Grote Zaal te wachten. En ik kan je verzekeren dat we allemaal de tijd bijhielden.'

Glimlachend schudde ik mijn hoofd. 'Je zult alles snel genoeg te weten komen.'

'Is hij met je getrouwd?'

Ik prikte bijna in mijn vinger. 'Denk je zo min over me? Koning of geen koning, trouwen zonder getuige is net zo erg als ertussenuit piepen om stiekem te trouwen. Denk je nou echt dat Jameson mijn reputatie op zo'n manier zou bezoedelen?'

Ze had tenminste het fatsoen om schuldbewust te kijken. 'Nee. Sorry, Hollis. Maar waarom vertel je me dan niet de waarheid?'

'Mag ik niet af en toe genieten van een kleine verrassing? Of van een geheim? De hemel weet dat dingen onmogelijk geheim te houden zijn aan het hof.'

Ze rolde met haar ogen. 'Dat is een waarheid als een koe.' Met een zucht liep ze naar me toe, en ze legde haar handen op mijn schouders. 'Als er iets belangrijks gebeurt, vertel je het me toch wel, hè?'

'Geloof me, ik zou willen dat ik je alles kon vertellen.' Ik trok weer aan een borduursteek. De jurk zag er mooi uit, en het was een welkome afwisseling om me eens met iets anders bezig te houden.

'Vertel me dit dan: gaan de dingen zoals ik vermoed?'

Ik perste mijn lippen op elkaar en keek haar van onder mijn wimpers aan. Haar glimlach als reactie was genoeg.

'Oké,' zei ze. 'Dan heb je hofdames nodig.'

Ik legde de jurk neer. 'Nee. Ik wil geen kring van nepvriendinnen opbouwen. De meeste meiden aan het hof kijken me sinds de avond van het bal vernietigend aan; ik wil ze niet de hele tijd om me heen hebben.'

'Je hebt mensen nodig die je bijstaan.'

'Nee,' zei ik. 'Een koningín heeft mensen nodig om haar bij te staan. Die titel heb ik niet... op dit moment.'

'Hollis.'

'En als ik probeer een hofhouding op te bouwen zullen de heren gaan kletsen. Blijkbaar aarzelen ze nog steeds, en ik wil niets doen waardoor Jameson het misschien moeilijk krijgt.'

Ze slaakte een zucht. 'Goed dan. Als je nog één ander persoon aan het hof zou kunnen vragen om in je behoeftes te voorzien, wie zou het dan zijn? En in Estus' naam: waag het niet te zeggen dat het die Anna Sophia met haar varkensneus is.'

Ik zuchtte. 'Mag ik er even over nadenken?'

'Ja, maar niet te lang. Dit is geen spel, Hollis.'

Ik herinnerde me dat ik het een paar weken geleden nog wel als een spel had beschouwd. Delia Grace had gelijk: dit waren de paden van ons leven, die voor onze neus werden gevormd. Daar moest je geen spelletje van maken.

'Waar denk je dat ik meer garen kan vinden?'

Delia Grace stond op. 'De koninklijke naaister heeft er vast een hoop van. Ik kan haar wel gaan zoeken.'

'Nee, nee,' zei ik. 'Ik doe het zelf wel. Jij hebt vast een heleboel plannen te smeden voor mijn leven,' voegde ik er met een knipoog aan toe.

Ik liep door de zijdeur van mijn kamer in de vertrekken van mijn familie en kwam uit in het midden van het kasteel, een druk kruispunt waar het wemelde van de mensen. Ik nam even de tijd om rond te kijken. Ook al had ik veel tijd doorgebracht in kasteel Keresken, toch had ik nog altijd ontzag voor mijn omgeving.

De brede gangen waren groots en rijkversierd, het steenwerk was egaal en mooi, en overal waren er spectaculaire bogen die luifels vormden boven elke ruimte die er breed genoeg voor was. Ze deden me vaak denken aan omgekeerde bruggen, met spijlen die naar beneden hingen alsof ze de topjes van onze verwachtingsvolle vingers wilden aanraken. Prachtige wenteltrappen wonden zich door de drie bovenverdiepingen van het kasteel omhoog, en er was ons verteld dat de hier gehuisveste beelden- en schilderijencollecties alle andere overtroffen die buitenlandse ambassadeurs elders op het continent hadden gezien.

De vertrekken van mijn familie bevonden zich aan de binnenrand van de oostvleugel, een respectabele locatie. Heel belangrijke hovelingen woonden in de zeer kleine noordvleugel, die het dichtst bij de Grote Zaal en dus het dichtst bij de koning lag. In de noordvleugel bevonden zich ook lege vertrekken die gereserveerd waren voor edelen en hoogwaardigheidsbekleders. Daar verbleef koning Quinten wanneer hij op bezoek kwam.

Daarna volgden families met Coroaanse bloedlijnen die eeuwen teruggingen. Zij woonden aan de binnenrand van de oost- en westvleugel, en aan de buitenrand verbleven families met kortere lijnen maar waardevolle banden en landerijen. Dan minder belangrijke families, en als je voorbij een bepaald punt in de gangen kwam, nou ja, dan was het duidelijk dat het de meeste mensen niets kon schelen of je al dan niet aanwezig was. Een hoge verdieping betekende dat je mocht blijven, maar dat niet per se van je werd verwacht dat je gezien werd, en de bedienden woonden op de verdiepingen onder de begane grond.

Achter het kasteel, op de hoge top van de heuvel die bij het kasteel hoorde, stonden bijgebouwen, provisiekamers en andere ruimten waar de massa's mensen die het kasteel draaiend hielden het grootste deel van hun werk deden. Ik hoopte dat ik daar de naaister zou vinden.

'O!' bracht ik happend naar adem uit toen ik iets te snel een hoek omging.

De twee jonge mannen tegen wie ik bijna was aan gebotst, keken me aan en maakten een diepe buiging. Alleen al door hun haar waren ze makkelijk te herkennen: dit waren de jongens uit Isolte. Ze droegen zeer wijde hemden, het soort dat mannen in Coroa ónder hun doublet droegen, en hadden allebei een leren tas waar gereedschap uit stak.

'O, alsjeblieft, dat is niet nodig,' zei ik met klem, om ze aan te sporen overeind te komen.

De jongen met de verblindende blauwe ogen hief zijn hoofd. 'Misschien wel, Lady Brite.'

Ik glimlachte. 'Ik zie dat je hebt gehoord hoe ik heet. Maar mijn moeder is degene die Lady Brite wordt genoemd. Ik ben gewoon Hollis.'

Hij kwam overeind en bleef me in de ogen kijken. 'Hollis,' zei hij. Zo bleven we even staan, terwijl het woord tussen ons in hing. Opnieuw merkte ik dat ik het moeilijk vond om weg te kijken. 'Ik ben Silas,' voegde hij er uiteindelijk aan toe. 'En dit is mijn broertje Sullivan.'

Het broertje boog alleen zijn hoofd.

Silas legde een hand op zijn schouder. 'Waarom ga je niet alvast die spullen naar het bijgebouw brengen? Ik kom zo.'

Woordeloos maakte Sullivan nog een stuntelige buiging, waarna hij snel wegliep.

'Sorry daarvoor,' zei Silas, die weer zich naar me toe draaide. 'Sullivan is erg verlegen als hij je niet kent. Eigenlijk is hij ook verlegen als hij je wel kent.'

Ik giechelde. 'Zeg hem alsjebieft dat het me spijt. Het was niet mijn bedoeling jullie aan het schrikken te maken.'

'Sinds wanneer moet u zich voor iets verontschuldigen, milady? Ze zeggen dat u koningin wordt.'

Ik zette grote ogen op.

'Is het niet waar dan?' zei hij verschrikt. 'Ik wilde niet aanmatigend zijn. Het is gewoon zo dat iedereen het zegt wanneer u langsloopt.'

Ik sloeg mijn ogen neer. 'Die mensen... Klinken ze blij als ze het zeggen?'

Hij knikte. 'Velen wel. Als ze toevallig van ongeveer onze leeftijd zijn is de toon... laten we zeggen: eerder jaloers dan vol ontzag.'

Ik zuchtte. 'Begrepen. Tja, ik heb geen ring aan mijn vinger, dus niemand kan het echt zeggen.'

'Dan hoop ik, áls het allemaal gebeurt, dat u en de koning heel gelukkig zullen zijn. Isolte heeft een koningin, maar het wordt algemeen erkend dat ze niet de kracht en grootmoedigheid heeft die je van een leider mag verwachten. Uw volk mag zich gelukkig prijzen met u.'

Ik keek naar mijn voeten, want ik voelde een blos opstijgen, en zag weer het gereedschap in zijn handen.

'Vergeef me, maar waarom ben je nog aan het werk nu je hier bent? Je hebt Isolte verlaten – wat trouwens een van de slimste dingen is die een mens kan doen – dus waarom begin je niet opnieuw als edelman, zoals je vader? Dan blijf je beslist schoner.'

Hij lachte. 'Ik ben trots op wat ik kan. Ik ben het best met zwaarden en harnassen, maar als Sullivan het niet erg vindt om met me samen te werken, kan ik ook sieraden maken.' Hij haalde zijn schouders op, nog steeds erg zelfvoldaan. 'Na de presentatie van dat zwaard aan uw koning heb ik...'

'Hij is nu ook jullie koning,' merkte ik op.

De jongen – Silas – knikte. 'Vergeef me. We zijn ons allemaal nog aan het aanpassen, en op dit moment ben ik een beetje achterdochtig ten opzichte van koningen.'

Hij was even stil voordat hij doorging met ons gesprek. 'Sinds we ons zwaard aan de koning hebben overhandigd, hebben we verschillende verzoeken ontvangen om meer te maken. Volgens mij is mijn moeder er zelfs in geslaagd iemand over te halen een ketting te bestellen.'

Ik zette mijn handen in mijn zij en staarde hem aan. Ik was onder de indruk. 'En ik dacht nog wel dat Isoltiërs geen kunstenaars waren.'

Hij glimlachte en haalde zijn schouders op.

'Dat is een heel nuttige vaardigheid. Hoe heb je het geleerd, als je zelf hoveling was?'

'Ons landhuis stond zo dicht bij het kasteel dat we met gemak konden komen en gaan, dus het grootste deel van onze tijd brachten we thuis door.' Er trok een weemoedige glimlach over zijn gezicht. 'Waar mijn vader het meeste spijt van heeft is dat hij in zijn jeugd geen praktische vaardigheid heeft ontwikkeld. Dus toen ik zei dat ik geïnteresseerd was in metaalbewerking, zorgde hij ervoor dat ik het vak kon leren. Het eerste zwaard dat ik maakte was voor mijn neef Etan.' Hij zei het alsof ik misschien wel wist over wie hij het had. 'Hij had een goed gevechtszwaard nodig voor een toernooi. Het gevest trilde zo erg dat hij er niet veel vertrouwen in had en bij zijn allereerste zwaai kwam er een enorm stuk los, en toch gebruikte hij het de rest van het toernooi.' Dat alles zei hij met een gezichtsuitdrukking waaruit wel bleek dat hij de hele scène voor zich zag. 'Dat was drie jaar geleden, en ik ben trots op wat ik kan, maar ik probeer altijd beter te worden. Dat doen we allemaal. Zelfs mijn zus doet metaalwerk, al maakt zij vooral sierlijke spullen. Zij legt de laatste hand aan de sieraden die Sullivan en ik maken.' Hij hield zijn handen omhoog. 'Daar zijn onze vingers te groot voor.'

Ik bekeek zijn handen en zag dat ze droog waren. Er zat roet rond zijn nagelbedden. Hij mocht dan als edelman zijn grootgebracht, zijn handen waren allesbehalve die van een edelman. En daardoor waren ze in mijn ogen opvallend mooi. Ik stopte de mijne achter mijn rug en zei met een zucht van bewondering: 'Dat is geweldig.'

Hij haalde zijn schouders op. 'In Isolte is dat niet zo indrukwekkend. De kunsten zijn daar niet zo belangrijk.'

Ik trok mijn wenkbrauwen op en ging daar niet op in. 'Is het er zo koud als iedereen zegt?'

'Als u het over de wind hebt, ja, die kan soms guur zijn. En als u het over het grote publiek hebt...' Hij trok zijn wenkbrauwen op. 'Ik merk dat bij de omgang met sommige mensen in Isolte de temperatuur zelfs nog verder kan dalen.' Hij gniffelde om zijn eigen grap. 'Weet u niet hoe het daar is? Bent u er zelf nog nooit geweest?'

Hij klonk oprecht verrast. Als Coroanen ergens naartoe wilden reizen konden ze het makkelijkst naar Isolte gaan, al was het misschien niet het meest gastvrije land.

'Nee. Mijn vader is altijd aan het werk en als hij reist, gaat hij liever alleen of met mijn moeder. Ik heb gevraagd of ik naar Erador mocht gaan – ik heb gehoord dat de stranden daar adembenemend zijn – maar dat is er nooit van gekomen.' Ik wilde niet zeggen dat ik al jaren geleden was gestopt met het te vragen, toen duidelijk werd dat ze mijn gezelschap niet zo erg zouden vinden als ik het gezonde verstand had gehad om als jongen geboren te worden, of op z'n minst ter wereld was gekomen nadat er een broer was geboren. Maar dat was niet gebeurd, en ik wist niet bij wie de schuld daarvoor lag. Helaas hadden zij besloten dat het mijn schuld was.

Gelukkig had ik Delia Grace. Zij was beter dan een lange rit in een muffe koets, ongeacht de bestemming. Althans, dat hield ik mezelf voor.

Hij sjorde de tas weer om zijn schouder. 'Ik weet zeker dat Zijne Majesteit u overal mee naartoe zal nemen waar u maar naartoe wilt. Het klinkt alsof hij alles wel wil doen voor een dame die hij uit een ijskoude rivier heeft gered.' Hij trok er een plagerig gezicht bij.

'Dat is voor jullie komst gebeurd! En hij was niet bevroren! Ik verdedigde mezelf tegen een bessenaanval. Als ik iets verkeerd heb gedaan, was het mezelf niet goed genoeg verdedigen.'

'Dat had ik graag gezien,' merkte hij speels op. 'De dames in Isolte bukken niet eens om water met hun handen aan te raken, laat staan dat ze het risico nemen erin te vallen.'

'Dat is waarschijnlijk maar goed ook. Die rivier heeft een zeer dierbaar paar schoenen voor zich opgeëist.'

Hij lachte en schopte doelloos tegen de stenen vloer. 'Nou, ik kan Sullivan beter gaan zoeken. Het personeel is zo vriendelijk geweest een ruimte voor ons te vinden waar we kunnen werken, en het zal fijn zijn om me... nuttig te voelen.'

'Ik weet wat je bedoelt. Dat doet me eraan denken: heb jij hier ergens de kamer van een naaister of kleedster gezien? Ik ben op zoek naar garen.'

'Ja,' antwoordde hij enthousiast. 'Neem de volgende trap naar de eerste verdieping. Er zit geen deur in de kamer, dus u moet het kunnen zien.'

'Oké. Nou, hartelijk bedankt, Silas.'

Hij schonk me een hoofdknik. 'Geen dank, Lady Hollis.'

Snel liep hij door. Ik liep terug naar het trappenhuis en bedacht dat het hier veel donkerder was dan ik gewend was. Toen ik de trap op liep, dacht ik aan de talloze bezoeken van koningen en hoogwaardigheidsbekleders, van afgezanten en vertegenwoordigers die waren afgelegd sinds mijn familie van kasteel Keresken onze hoofdverblijfplaats had gemaakt. Ik had mensen van over het hele continent gezien. En toch was dat praatje in de gang met Silas Eastoffe de eerste keer dat ik ooit met een buitenlander had gepraat.

Het verbaasde me dat hij niet heel anders was dan ik. Het was niet zo moeilijk voor me te zien dat hij binnen deze kasteelmuren op zijn plek was.

8

De volgende ochtend werd er precies op tijd op de deur geklopt.

'Wat of wie denk je dat het is?' vroeg Delia Grace zich hardop af. 'Geschenken van Zijne Majesteit of nog weer een heer die je om een gunst komt vragen?'

Ik ontweek haar blik, want ik wist niet hoe dit zou uitpakken. 'Geen van beide.'

'Lady Nora Littrell,' kondigde het dienstmeisje aan toen mijn gast om de hoek kwam.

'Wat doet zij hier?' vroeg Delia Grace op gedempte toon.

'Ik heb haar uitgenodigd,' verklaarde ik, en ik stond op om mijn gast te begroeten. 'Bedankt voor je komst, Lady Nora.'

'Ik ben blij hier te zijn. Wat kan ik voor je doen?'

Ik slikte moeizaam, want ik wist dat Delia Grace zou schrikken van wat er nu kwam. 'Ik heb je gevraagd hierheen te komen om je een baan in mijn hofhouding aan te bieden.'

En ja hoor, Delia Grace keek volkomen verbijsterd. Ze sputterde: 'Wat? Waarom zij?'

'Omdat ze nobel genoeg was zich te verontschuldigen toen ze iets doms had gedaan en hoffelijk genoeg om mijn eigen dwaasheid niet tegen me te gebruiken.' Ik keek naar mijn beste vriendin. 'Onze reikwijdte aan het hof is beperkt. Lady Nora kent mensen die wij niet kennen en ze is slim. Zoals je al zei, heb ik alle hulp nodig die ik kan krijgen.'

Daarop sloeg Delia Grace blozend haar ogen neer. Ze zag eruit alsof ze achter haar lippen haar tanden kapot beet.

'Toegegeven, ik heb de plek officieel nog niet,' begon ik weer, kijkend naar Nora, 'maar als je dat wilt, zou ik jullie graag allebei in mijn entourage hebben. Delia Grace, jij bent natuurlijk de eerste hofdame. En Nora, als je je bij ons wilt aansluiten, kun jij ook mijn hofdame zijn. Als het zo doorgaat en Jameson me ten huwelijk vraagt, zal ik jullie om hulp vragen bij het samenstellen van de rest van mijn personeel, zodat we er zeker van kunnen zijn dat het een zo gelukkig mogelijke hofhouding wordt. En elke gunst die mij wordt verleend zal ik natuurlijk graag met jullie delen.'

Nora liep naar me toe en pakte mijn handen. 'Ik zou heel graag je hofdame willen zijn! Dank je wel, Hollis!' Haar glimlach was oprecht. Alle wrok die ze tegenover mij had gekoesterd omdat ik Jamesons hart had gewonnen was duidelijk verdwenen. Misschien was ze zelfs nooit wrokkig geweest.

Maar Delia Grace was nog steeds razend.

Ik staarde haar kalm aan. 'Dit werkt alleen als jullie twee kunnen samenwerken. Jullie zijn heel verschillend, met andere persoonlijkheden en talenten, en ik weet niet hoe ik zonder jullie beiden hierdoorheen kan komen. Alsjeblieft.'

Delia Grace had haar armen over elkaar geslagen en liet me met haar gezichtsuitdrukking onmiskenbaar weten dat ik haar net op de ergste manier had verraden.

'Ik moest toch andere hofdames zoeken? Je hebt het zelf voorgesteld,' bracht ik haar in herinnering.

'Dat weet ik. Ik dacht alleen niet... Dan moet ze aan mij gehoorzamen, hè?' vroeg Delia Grace.

'Jij bent de eerste hofdame,' zei Nora voordat ik kon antwoorden. 'Iedereen moet aan jou gehoorzamen.'

'Ik verwacht wel dat je redelijk bent,' waarschuwde ik haar, 'maar ja, je staat boven iedereen die na jou komt.'

Ze zuchtte. 'Prima.' Ze keek me aan, met ogen die duidelijk teleurgesteld stonden. 'Wil je me excuseren, milady? Ik heb hoofdpijn. En het lijkt erop dat je nu iemand anders hebt om je te verzorgen.'

Daarop stormde ze weg. De dichtslaande deur weergalmde in haar kielzog.

'Tja, ik had niet verwacht dat ze er anders op zou reageren,' bekende Nora.

'Het zal veel tijd kosten om alles wat er tussen jullie twee is gebeurd achter jullie te laten,' zei ik.

'Ja. Eerlijk gezegd verbaast het me dat je me überhaupt een kans wilt geven, gezien hoe... afstandelijk we ons allemaal hebben gedragen tegenover haar.'

Ik draaide me naar haar toe. 'Ik ben een groot voorstander van tweede kansen. Ik hoop dat Delia Grace je er ook een zal geven. En dat je zult proberen een nieuwe start met haar te maken.'

Haar onbehagen stond op haar gezicht geschreven toen ze moed verzamelde om daarop te reageren. 'Dat zou fijn zijn. Soms... is het leven aan het hof makkelijker wanneer alle negatieve aandacht op iemand anders is gericht, als je begrijpt wat ik bedoel.'

Ik zuchtte. 'Ja. Jazeker.'

Treurig haalde ze haar schouder op. 'Mijn familie heeft haar eigen schandalen – dat hebben bijna alle adellijke families – maar het maakte het leven hier makkelijker te weten dat er iemand was op wie je alle roddels kon richten.'

'Ik begrijp het. Dat is nu allemaal verleden tijd. Vroeg of laat zul je haar je verontschuldigingen moeten aanbieden. Ik heb je hulp nodig, maar ik kan niet zonder haar.'

Ze knikte. 'Ik zal je niet teleurstellen. Ik ben blijer dan ik in woorden kan uitdrukken dat ik hier deel van mag uitmaken. Je komt in de geschiedenisboeken te staan. Besef je dat wel?'

Door mijn glimlach heen haalde ik trillend adem. 'Ja... Volgens mij ben ik daarom zo nerveus.'

Nora kuste me op mijn wang. 'Maak je geen zorgen. Je hebt Delia Grace, en nu heb je mij.'

Voordat ik haar kon bedanken stormde mijn moeder de kamer

binnen. Ze zag eruit alsof ze klaar was voor een oorlog.

Ze keek tussen Nora en mij heen en weer. Ik had Nora's handen nog vast. Met een beschuldigende vinger wees mijn moeder naar mij. 'Heb jij die meid echt in je hofhouding toegelaten?'

Even schrok ik. Toen begreep ik het. 'Ik neem aan dat u Delia Grace tegen het lijf bent gelopen.'

'Klopt.'

'Ik vraag me af waarom u het eindelijk gepast vond om iets wat ze zegt serieus te nemen. Zou het kunnen zijn omdat ze een deel van mijn leven ter sprake bracht waar u nog geen grip op hebt, omdat u dat was vergeten?'

Dat ontkende ze niet. Ze zei niet dat ze het beste met me voorhad of dat er een betere manier was om dit aan te pakken, die ik nog niet had overwogen. Het was gewoon weer iets wat van mij hoorde te zijn maar dat in haar ogen niet was.

'Waarom denk je dat jij in staat bent je eigen hofhouding te regelen?' beet ze me toe. 'Ik verwachtte wel dat je Delia Grace zou houden. Daar kon ik niet omheen.' Ze rolde met haar ogen, verbitterd omdat de enige vriendin die ik in het kasteel had ervoor koos bij me te blijven. 'En ik zal dit toestaan omdat Nora lid is van een familie die achtenswaardiger is dan de meeste andere. Maar vanaf nu zullen je vader en ik je hofdames kiezen. Is dat begrepen?'

Het was uitputtend de last van haar constante eisen te dragen. Was het niet genoeg dat ik zo goed als verloofd was met een koning? Niemand anders kon haar dat geven. Een zóón zou haar dat niet hebben kunnen geven.

Ze snoof en stormde net zo snel weer weg als ze was gekomen.

'Maak je geen zorgen,' fluisterde Nora. 'Ik heb een idee.'

Delia Grace zat in de tuin, waar ze bloemblaadjes van bloemen trok die ze op de grond gooide. Het was een plek waar we allebei van hielden en waar we ons vaak terugtrokken. In een wereld waar alles snel ging en mensen altijd achter iets aan joegen bood de tuin een beetje rust.

Maar niet voor lang.

'Jij hebt bij mijn moeder over mij geklaagd. Hoe kón je?' riep ik terwijl ik over het gras beende. 'Ze eist nu dat zij mijn hele hofhouding mag samenstellen. Denk je niet dat haar keuzes veel slechter zullen uitpakken dan die van mij?'

Delia Grace rolde met haar ogen. 'Je moeder heeft tenminste nog een beetje gezond verstand. Dat is meer dan ik van jou kan zeggen.'

'We kunnen niet eeuwig alleen in mijn kamer blijven zitten! We zullen moeten uitzoeken wie we wel of niet kunnen vertrouwen.'

Ze lachte schril. 'En jij denkt dat je dan het best kunt beginnen met degene die me de afgelopen tien jaar het meest heeft gepest?'

'Dat was verkeerd van Nora, en dat heeft ze ook tegen me gezegd. Ik denk dat ze zich te erg schaamt om het tegenover jou toe te geven, maar ze weet dat ze veel heeft goed te maken.'

'O, vast. En die plotselinge omslag heeft natuurlijk niets te maken met jouw aanbod om lid te worden van je hofhouding.'

Ik slaakte een zucht. 'Zelfs als het wel zo is, moeten we de kans grijpen. Daarom heb ik je niet verteld wat ik dacht. Nora is op jou na de enige dame aan het hof die ik om hulp kan vragen. Maar ik wist dat je het zou tegenhouden, als je kon.'

Ze bleef hoofdschuddend zitten.

'Zei jij niet dat ik een hofhouding moest samenstellen?' bracht ik haar in herinnering. 'Was jij niet degene die wilde dat ik meer leerde en hier beter in werd?'

Toen stond ze eindelijk op. 'Wil je alsjeblieft ophouden me mijn eigen ideeën voor de voeten te gooien?' Ze haalde een paar keer diep adem en veegde over haar gefronste voorhoofd alsof ze daarmee de zorgen kon wegwissen. 'Wil je het me de volgende keer alsjeblieft vertellen? Wil je het me laten weten voordat je iemand toevoegt? Dan kan ik me schrap zetten.'

Ik liep naar haar toe en pakte haar handen, blij dat ze dat toeliet. 'Je zegt het alsof ik dit gedaan heb om je te kwetsen. Dat is niet zo. Dat zweer ik. Ik dacht dat het ons zou helpen Nora erbij te halen. En ik denk dat ze oprecht spijt heeft van hoe ze je heeft gekwetst.'

Delia Grace ging voor me staan en schudde haar hoofd weer. 'Ze kan bijzonder goed toneelspelen. Je bent gewoon te simpel om door alles heen te prikken.'

Ik slikte de pijn van die belediging weg. 'Nou, ik mag dan simpel zijn, maar ik zit ook aan de rechterhand van de koning. Dus je moet me vertrouwen. En ik heb je hulp nodig. Je weet dat ik dit niet alleen kan.'

Ze zette haar handen in haar zij en dacht na. Even vroeg ik me af of ze me in de steek zou laten.

'Zorg dat ze niet vergeet wat haar plaats is, hè?'

Ik schudde mijn hoofd. 'Je hoeft haar niet aardig te vinden.'

'Mooi, want op dit moment vind ik jou ook niet zo aardig.' Daarop stoof ze weg. Ik zat dan wel op mijn lievelingsplek, maar dat kon het gevoel van onvrede waarmee ze me achterliet niet tegengaan. Ze liet me met groot gevoel van onvrede achter op mijn lievelingsplek.

9

'Lady Hollis,' fluisterde het dienstmeisje met trillende stem. Ik lag nog in bed terwijl zij vers water haalde en het vuur oppookte. 'Zijne Majesteit eist dat u onmiddellijk naar de Grote Zaal komt voor een dringende zaak.'

Ik draaide me om en zag een wachter achter haar schouder staan. Geen wonder dat het arme kind zo nerveus was. Wat betekende het dat iemand me moest begeleiden? Niets goeds, zei mijn onderbuik. Toch slaagde ik erin mijn stem rustig te laten klinken toen ik zei: 'Als Zijne Majesteit dat eist, ben ik er klaar voor. Mijn kamerjas, graag.'

Het dienstmeisje hielp me in mijn kamerjas en stak snel de voorste lokken van mijn haar naar achteren vast. Ik had me veel beter gevoeld als Delia Grace dat had gedaan. Want zij zou hebben gepraat, omdat ze binnen een paar tellen een plan zou hebben gehad. Ik plensde wat water in mijn gezicht zodat ik er wat wakkerder uitzag en haalde diep adem.

'Wijs me de weg,' zei ik tegen de wachter, alsof ik op de een of andere manier mijn eigen weg naar de Grote Zaal niet kon vinden. Het galmde altijd zo in de gangen wanneer ze leeg waren. Meestal klonk het in mijn oren als een speciaal soort muziek. Maar nu ik om een onbekende reden in mijn nachtkleding werd geëscorteerd, verdween dat idee volledig uit mijn hoofd.

Toen ik er aankwam zag ik Jameson met een brief in zijn hand op zijn troon zitten. Hij zag er boos uit. Mijn ouders waren er ook, geescorteerd door hun eigen wachter. Ze keken me aan alsof ik degene was die hen op dit vroege tijdstip had opgeroepen. Hun aanwezigheid was niet onverwacht, maar die van de hele familie Eastoffe wel. Iedereen in de zaal had zo te zien snel iets aangetrokken, zelfs Jameson. Al moest ik toegeven dat hij er met zijn warrige haar en loshangende hemd heel aantrekkelijk uitzag.

Te oordelen naar zijn gezichtsuitdrukking was nu niet het beste moment om dat te zeggen. Ik maakte een reverence voor hem. 'Majesteit, hoe kan ik u van dienst zijn?'

'Alles op zijn tijd, Hollis. Ten eerste heb ik een aantal vragen.' Zowel zijn gezichtsuitdrukking als zijn toon was kalm, berekenend. Hij keek naar de gezichten in de zaal alsof hij uitkoos met wie hij wilde beginnen. 'Jullie,' zei hij uiteindelijk, en hij wees naar de Eastoffes.

'Majesteit,' begon Lord Eastoffe, die op één knie viel.

'Hebben jullie contact gehad met jullie voormalige koning?'

Vurig schudde hij zijn hoofd. 'Nee, Majesteit, zeker niet.'

Jameson tuitte zijn lippen een beetje en en hield zijn hoofd scheef. 'Dat vind ik moeilijk te geloven nadat ik dit heb ontvangen,' zei hij, en hij hield de brief omhoog. 'De koningen van Coroa en Isolte ontmoeten elkaar jaarlijks, zoals u weet. Ik vermoed dat u de afgelopen jaren lid bent geweest van de entourage van die goeie ouwe koning Quinten.'

Lord Eastoffe knikte.

'Dit is mijn tweede ontmoeting met hem nu ik zelf vorst ben. Is het niet interessant dat hij plotseling heeft besloten zijn koningin mee te nemen?' Jameson trok zijn wenkbrauwen op. 'Kunt u een reden bedenken waarom hij dat doet?'

'Wie kan zijn motieven raden, Majesteit? Zoals u weet is hij erg impulsief, en de laatste tijd is hij steeds minder voorspelbaar geworden.' Lord Eastoffe stond duidelijk te zweten. 'Ik vind het even verrassend als u, want hij laat de koningin maar zelden meegaan naar het buitenland.'

'Ik denk dat hij heeft gehoord dat iemand eindelijk mijn hart heeft gestolen,' verkondigde Jameson. 'Ik denk dat hij weet dat ik van plan ben Coroa een koningin te geven, en hij brengt die meid mee om haar te vergelijken met de mooiste dame van ons koninkrijk.'

Hij schreeuwde de woorden niet, maar het kwam er dicht bij in de buurt, dus was het moeilijk in te schatten of het al dan niet bedoeld was als een compliment. Na al dat gepieker in mijn kamer kon ik niet begrijpen waarom ik me zo druk had gemaakt, alleen maar om iets wat zo gewoon leek. Koningen reisden toch wel vaker met hun vrouw? Wat deed het ertoe of we naast elkaar zaten?

Toen duwde ik de enige reden weg die bij me opkwam waarom dit een slechte zaak zou kunnen zijn: dat ik er dwaas zou uitzien wanneer ik naast een echte koningin werd neergezet en dat we dan de steun van alle heren die we aan onze kant hadden gekregen zouden verliezen.

Ik boog mijn hoofd toen hij verderging.

'Ik ben gewoon heel benieuwd hoe hij pas een week na jullie aankomst te weten is gekomen hoe belangrijk ze voor me is.' Hij leunde achterover op zijn troon. 'Ik ken die man mijn hele leven al. Na zijn aankomst zal hij Lady Hollis op alle mogelijke manieren in diskrediet willen brengen. Dat kan ik weten, want hij heeft dat ook geprobeerd bij mij.'

'Majesteit, ongeacht wat hij denkt...'

'Stilte!'

Lord Eastoffe liet zijn hoofd nog dieper zakken in een buiging, het zweet parelde op zijn voorhoofd. Achter hem reikte zijn vrouw naar de hand van haar dochter en greep die stevig vast.

Jameson stond op en ijsbeerde als een gekooid dier over het podium, op zoek naar een zwakke plek in de tralies zodat hij kon uitbreken.

'Jullie zullen bij alle evenementen zichtbaar aanwezig zijn, als nieuwe Coroáánse burgers... en je onberispelijk gedragen. Mocht Quinten iets aan jullie opmerken waarover hij kan klagen, dan zullen jullie een kopje kleiner worden gemaakt.'

'Ja, Majesteit,' zeiden de Eastoffes ademloos in koor. Zelfs ik had het benauwd.

'Ik geloof dat er drie of vier andere hooggeplaatste families uit Isolte in het kasteel zijn. Jullie geven deze instructies aan hen door. Als jullie hier willen blijven, verwacht ik volmaakte loyaliteit.'

'Ja, Majesteit.'

'Lady Eastoffe, u moet Lady Hollis onderrichten in de Isoltische omgangsvormen. Ik wil dat ze zorgt dat die meid die Quinten op de troon heeft gezet een domkop lijkt.'

'Ja, Majesteit.' Deze vrouw, die ik slechts één keer in het voorbijgaan had gezien, schonk me een kleine maar geruststellende glimlach. Iets in haar gezichtsuitdrukking zei me dat ze me niet zou laten falen.

'Lord en Lady Brite,' zei Jameson tegen mijn ouders. 'Ik draag jullie op te zorgen dat Hollis genoeg afweet van de huidige gebeurtenissen in Mooreland en Groot-Perine om erover te kunnen praten als ze wordt benaderd.'

Mijn vader slaakte een hortende zucht terwijl hij weer met zijn zilveren ring speelde. Het was een bijzondere ring, een van de honderden die waren doorgegeven voor mannen die direct onder bevel van koning Estus hadden gestreden. 'Dat omvat een hoop, Majesteit.'

'En eventuele tekortkomingen op dat gebied zijn uw verantwoordelijkheid, sir. Ik weet heel goed hoe capabel Lady Hollis is en ik laat me niet voor gek zetten,' bulderde Jameson.

'Ja, Majesteit.' Mijn vader maakte een diepe buiging.

'Heeft nog iemand anders iets te zeggen?' vroeg Jameson terwijl hij ons met zijn donkere ogen zoekend aankeek. Ik stak aarzelend mijn hand op, en hij knikte naar me.

'Omdat de Eastoffes ambachtslieden zijn is het misschien leuk om iets te laten maken om de gelegenheid luister bij te zetten? Twee dezelfde voorwerpen, een voor koning Quinten en een voor u, iets waaruit blijkt dat u elkaars gelijken bent. Vooral als hij zich geïntimideerd voelt door uw jeugd en kracht, wat heel goed de reden kan zijn dat hij met zijn vrouw wil pronken. Misschien stelt het hem gerust wanneer u een gebaar maakt van... verzoening.' Snel wierp ik een steelse blik op Silas. Omdat hij zo snel zijn bed uit had moeten komen waren zijn lange haren nog een vogelnest. Net als zijn moeders ogen stonden die van hem geruststellend. Ik zuchtte en hoopte maar dat dit voor ons beiden een goed idee zou zijn.

Jameson glimlachte, al was het killer dan gewoonlijk. 'Ziet u wel, Lord Brite? Het brein van uw dochter is sneller dan dat van u, hoe u ook uw best doet.' Hij wendde zich tot de Eastoffes. 'Doe wat ze zegt. En snel een beetje. Op vrijdag zijn ze hier.'

Ik kreeg een dikke knoop in mijn maag. Vrijdag? Dat was... Dat was mórgen. Jameson had me verteld dat ze aan het eind van de week zouden komen. Hoe kon het dat ik de tijd volledig uit het oog was verloren? En erger nog, hoe moest ik alles in één dag voorbereiden?

Hij stond op, wat betekende dat de samenkomst ten einde was, en iedereen ging uiteen.

Ik drukte mijn hand tegen mijn maag en keek naar Jamesons rug terwijl hij boos wegstormde. Ik wist niet wat ik moest. Behalve het feit dat de Isoltiërs al lang vijanden van Coroa waren, wist ik niet veel over ze. Lessen in hun omgangsvormen? De continentale politiek begrijpen? Ik betwijfelde of zelfs Delia Grace dat allemaal in zo'n korte tijd voor elkaar zou kunnen krijgen.

'Wanneer zal ik naar u toe komen, milady?' vroeg Lady Eastoffe terwijl ze een diepe reverence maakte, iets waaraan ik nog steeds moest wennen.

'U hebt vast nog niet de kans gehad om te eten. Doe dat eerst, en kom dan zo snel mogelijk.'

Ze knikte en vertrok met haar gezin. De allerkleinste snifte. Lord Eastoffe ging weer op een knie zitten om met hem te praten. 'Je hebt niets te vrezen, Saul,' beloofde hij. 'Dit is een andere koning, een vriendelijker koning. Zie je dat hij ons om hulp vraagt? Alles komt goed.'

Achter die kleine stonden Silas en Sullivan, die met hun vingers door zijn haar woelden om hem te troosten. Silas keek op van zijn broertje en schonk me nog een glimlach, vergelijkbaar met die van zijn moeder. Wel moest ik toegeven dat haar ogen niet zo sprankelden als die van hem. Eigenlijk had ik nog nooit iemands ogen zo zien sprankelen als de zijne.

'Je kunt maar beter zorgen dat je hier klaar voor bent,' waarschuwde mijn vader me in het voorbijgaan. Daardoor besefte ik dat ik had staan staren. 'Je zult ons niet nog eens vernederen tegenover de heren.'

Ik slaakte een zucht. Ik was van de dame met wie Jameson tijdens diners danste overgegaan naar zijn officiële metgezel voor een bezoek van een buitenlandse koning. Van wat ik me herinnerde van Jamesons moeder had ze bij staatsbezoeken tientallen taken gehad. Werd van mij verwacht dat ik alles zou doen wat een koningin deed? Ik schudde mijn hoofd. Ik kon dit niet alleen aan. Ik had mijn dames nodig.

10

‘Nee,’ zei ik toen Nora een andere jurk pakte. ‘Te donker.’

‘Ze heeft gelijk,’ beaamde Delia Grace met tegenzin. ‘Misschien moeten we hem iets veranderen. De Isoltiërs hebben andere mouwen.’

‘Met die mouwen zou ik alle bekers op tafel omvergooien,’ zei ik met een lach, en ze lachte al snel mee.

‘En eruitzien als een nar,’ voegde ze eraan toe.

Ik schudde mijn hoofd. ‘Ik wil gewoon vorstelijk overkomen. Ik wil eruitzien alsof ik naast Jameson thuishoor.’

‘Ik denk dat je bij jouw kleur moet blijven: goud,’ zei Delia Grace met klem. ‘En later, bij het toernooi, zal de dieproze jurk er mooi uitzien in de zon.’

Daar was Nora het mee eens. ‘Dieproze kleurt prachtig bij je teint. En Delia Grace en ik kunnen eens kijken welke jurken wij moeten dragen om de aandacht niet van jou af te leiden.’

Delia Grace ademde zichtbaar langzaam in door haar neus. Ze leek er niet blij mee dat iemand voor haar sprak. ‘Ik denk dat alles in een crèmekleur er mooi zal uitzien. Of het voor de hand liggende Coroaanse rood. Wat je maar wilt, milady.’

Haar boosheid was deels weggetrokken, maar nog niet helemaal.

Er werd aangeklopt en Delia Grace ging opendoen. Ik liep achter haar aan, want ik wist dat het Lady Eastoffe zou zijn. Ze kwam snel naar binnen, gevolgd door haar dochter, en ze maakten allebei een reverence.

'Lady Hollis, ik wil mijn dochter Scarlet graag aan u voorstellen.'

'Heel fijn om formeel kennis met jullie te maken. Kom alsjeblieft binnen.'

Onder het lopen verstrengelde ze haar handen. 'Waar wilt u graag mee beginnen?'

Ik zuchtte. 'Dat weet ik niet zo goed. Ik... Ik ben niet de beste leerling, maar ik moet gewoon genoeg leren over Isolte om niet compleet voor gek te staan.'

Lady Eastoffes gezicht stond net zo lief als serieus terwijl ze haar woorden woog. 'Alle vrouwen in uw positie hebben zo'n moment gehad toen hun tijdperk als het ware begon. Wij zullen er alles aan doen om u te helpen schitteren.'

Mijn schouders zakten af, want met die woorden verbrak ze de spanning die ik al voelde vanaf het moment dat ik die ochtend wakker was geworden. 'Dank u wel.' Ik gebaarde dat ze aan mijn tafel konden plaatsnemen.

Lady Eastoffe ging het dichtst bij me zitten. 'We hebben heel weinig tijd, dus we moeten eerst de belangrijke zaken behandelen. Ik moet u vertellen over koning Quinten,' zei ze met een ernstige gezichtsuitdrukking.

Ik ging ook zitten.

'Hij is een gevaarlijke man. U weet misschien al dat de bloedlijn van de familie Pardus bijna net zo oud is als die van de familie Barclay.'

Ik knikte, hoewel ik me daar amper van bewust was. Jameson was de zevende afstammeling van koning Estus, en niemand op het continent kon zich op een directe lijn beroemen die zo lang was als die van de Coroanen. Dat wist ik.

'Zoals alle landen hebben ook wij goede en slechte koningen gehad, maar koning Quinten heeft iets... duisters. Hij is altijd een machtswellusteling geweest. Als kind ging al hij onzorgvuldig om met macht. Door angst is dat met de jaren erger geworden, en nu is hij oud en paranoïde. Zijn eerste vrouw, koningin Vera, heeft meerdere malen een miskraam gehad en is al zes jaar dood. Prins Hadrian is zijn enige kind en is ziekelijk. Koning Quinten is onlangs met een heel jonge vrouw getrouwd in de hoop op meer erfgenamen...'

'Valentina?'

'Ja. Tot nu toe is het huwelijk kinderloos gebleven. Al zijn hoop is dus op prins Hadrian gevestigd. Ik heb gehoord dat volgend jaar een prinses met tegenzin met hem zal trouwen. De arme jongen ziet eruit alsof hij elk moment kan sterven.'

'Is hij echt zo ziek?' vroeg ik.

Lady Eastoffe trok een gezicht naar haar dochter, die voor hen antwoordde.

'Het is hem tot nog toe gelukt in leven te blijven, dus wie zal het zeggen?' antwoordde Scarlet om een slag om de arm te houden. 'Misschien hoort hij gewoon een bleekgroene teint te hebben.'

Ik glimlachte even om die opmerking voordat ik weer achteroverleunde op mijn stoel. 'Dus jullie koning maakt zich zorgen omdat zijn bloedlijn misschien wel eindigt bij zijn zoon of bij zichzelf?'

'Ja,' antwoordde Lady Eastoffe.

'En er is niemand om de lijn op te pakken en de vrede te bewaren?'

Ze aarzelde. 'Hij heeft de neiging degenen die zich zijn troon kunnen toe-eigenen uit te schakelen.'

'O... dus... Volgens mij snap ik het niet helemaal. Wat schiet hij daarmee op?'

'Niets, voor zover iemand met enig gezond verstand kan zien,' antwoordde Scarlet snel. 'Zoals we al zeiden is hij door angst gek geworden, en het beste wat iedereen nu kan doen is hem uit de weg gaan.'

Lady Eastoffe ging verder. 'Natuurlijk moet u uw koning gehoorzamen. Schitter, wees de beste versie van uzelf. Maar blijf ook uit de buurt van koning Quinten, als u kunt.'

Ik knikte. 'Hoe zit het met Valentina?'

'Helaas kennen we haar niet goed,' begon Scarlet, en ze wisselde een bezorgde blik met haar moeder. 'Weinig mensen kennen haar. Ze is jong, net als wij, dus als u haar kunt vermaken, komt u misschien in een goed boekje bij haar te staan.'

Ik wendde me tot Nora en Delia Grace. 'Mensen vermaken is over het algemeen mijn sterke kant. Maar ik weet niet zeker hoe ik dat moet doen zonder te weten wat haar interesses zijn.'

Nora zuchtte. 'Misschien kunnen we haar meenemen naar de stad, haar wat winkels laten zien?'

'Oké. Ja. En we zullen nog wel iets anders proberen te bedenken,' beloofde ik Lady Eastoffe.

'Ik zal er ook over nadenken,' voegde Scarlet eraan toe. 'Als me iets te binnen schiet, zal ik het u zeker vertellen. En omdat er veel hovelingen met de koning meekomen, kunnen we altijd iemand vragen of zij een idee hebben.'

Ik slaakte een zucht van verlichting. 'Dank je. Mijn hele leven lang is me verteld dat Isoltiërs meer op stenen dan op mensen lijken. Zo te horen ben ik verkeerd geïnformeerd.'

Lady Eastoffe glimlachte samenzweerderig. 'Misschien moet u even wachten met het bijstellen van uw mening totdat u de koning hebt ontmoet.'

Ik lachte ontspannen, en Scarlet en zij lachten met me mee. Ik was blij dat ik naar iemand toe kon gaan als ik vragen had over het bezoek.

'Ik bewonder u,' gaf Lady Eastoffe toe. 'Zo jong en zo dapper.'

Ik trok een gezicht. 'Dapper?'

'Het is niet niks om koningin te worden. Zelfs Valentina bewonder ik daarom, ongeacht wat ik verder van haar denk.'

Ik slikte moeizaam. 'Ik zou liegen als ik zei dat ik niet nerveus ben.'

'Wie zou dat niet zijn? Maar u doet nu al het beste wat iemand zou kunnen doen door uw koning aan te moedigen de vrede te bevorderen.' Ze schudde haar hoofd. 'Niemand kan meer doen dan dat.'

Ik knikte en sloeg mijn ogen neer. Haar woorden waren genereus, maar ze namen mijn angst niet weg dat ik de zwakke schakel in de keten zou zijn, waardoor er elk moment chaos kon uitbreken.

'Koning Jameson lijkt aardig van u in de ban,' merkte Scarlet op. 'Hoe bent u erin geslaagd zijn aandacht te trekken?'

Ik zag Delia Grace een hand in haar zij zetten. Haar zelfgenoegzame grijns zei alles.

'Vooral door toeval,' antwoordde ik. 'De koning had met een paar meisjes aan het hof geflirt, al was het voor de meeste mensen wel duidelijk dat het niet serieus was. Zijn vader was al zo'n anderhalf jaar daarvoor overleden. Zijn moeder was een kleine drie maanden na koning Marcellus overleden.'

'Ja,' zei Lady Eastoffe. 'Mijn man en ik waren bij beide uitvaarten.'

Dat maakte me nieuwsgierig. Ze moesten wel een zeer hooggeplaatste familie zijn als ze koning Quinten op zo veel internationale reizen hadden begeleid.

'Delia Grace en ik dansten op een avond samen in de Grote Zaal. We hielden elkaar bij de polsen vast en draaiden en tolden zo wild rond dat we ons evenwicht verloren en achterovervielen. Delia Grace viel in de armen van een paar dames en ik viel in die van Jameson.'

Ik moest even lachen. Het was eigenlijk belachelijk dat ik Jamesons hart op die manier had gewonnen.

Lady Eastoffe zuchtte en Scarlet liet haar hoofd op haar handen rusten, zo ging ze op in het verhaal.

'Ik was zo overweldigd door de hilariteit van het moment dat ik begon te lachen. Ik wist niet wie me vasthield. Tegen de tijd dat ik opstond om hem te bedanken, lachte hij ook. Iedereen zei dat het de eerste keer was sinds het overlijden van zijn ouders dat ze hem hoorden lachen, en sindsdien leef ik om hem aan het lachen te maken. Volgens mij dacht iedereen dat hij uiteindelijk wel weer een ander zou kiezen...'

'Niet iedereen,' bracht Delia Grace me in herinnering.

'Bijna iedereen,' merkte Nora met een knipoog op.

Daar moest ik om grijnzen, waarna ik me tot Delia Grace wendde. 'Tja, jij hebt altijd meer vertrouwen in mij gehad dan ikzelf. Maar het was echt allemaal toeval. Als we nog een kwartslag hadden gedraaid, waren we allebei op de grond beland. Nog een halve draai en dan zou Delia Grace jullie vandaag hebben ontvangen, met mij als haar trouwe dienares.'

Nora knikte. 'Nou ja, als ze ons als hofdames had willen hebben.'

Daar had ze een punt. Weer moest ik lachen.

Zelfs Delia Grace had een kleine geamuseerde grijns op haar gezicht. 'Dan zou ik natuurlijk blij moeten zijn dat ik jullie twee had,' zei ze plagerig.

'Het is goed om een hechte groep vriendinnen te hebben,' zei Lady Eastoffe. 'Het is verstandig precies te weten wie je kunt vertrouwen. Zelfs koningin Valentina heeft maar één hofdame.'

'Echt waar? Misschien moet ik haar daar eens naar vragen. Ik zou mijn hofhouding ook liever klein houden. Wanneer de tijd daar is, bedoel ik.'

Lady Eastoffe trok een grimas. 'Misschien kunt u beter even wachten met die vraag.'

'Waarom?'

'Het protocol. Alleen het hoofd van het huis spreekt als eerste. Omdat u niet getrouwd bent, zouden uw ouders u moeten voorstellen. De koning kan ze ook omzeilen en het zelf doen. Beide is prima. Maar meestal spreekt de hogergeplaatste persoon het eerst, en als dat niet gebeurt...' Er viel een lange stilte. Zou ik die vrouw helemaal niet te spreken krijgen? 'Als u twijfelt, behandel Quinten en Valentina dan alsof ze in elke situatie superieur zijn. Zelfs als ze dat niet zijn, zullen ze de vleierij waarderen en meer geneigd zijn om vriendelijk te reageren.'

'Goed. Hoe zit het met de maaltijden? Ik heb aan de rechterkant van de koning gezeten, maar ik neem aan dat dat nu koning Quintens plaats zal zijn. Zal ik proberen...'

Mijn ouders stormden zonder te kloppen binnen, mijn vader met een stapel boeken en rollen in zijn handen.

'U kunt gaan,' zei mijn moeder snel tegen Lady Eastoffe.

'Moeder, vader, Lady Eastoffe is mijn gast. Wees alstublieft...'

'De koning heeft me een opdracht gegeven,' onderbrak mijn vader me. 'Moet ik die soms negeren?'

Met een glimlach stond Lady Eastoffe op uit haar stoel. 'U kunt altijd naar me toe komen, Lady Hollis. Als we nog iets anders bedenken met betrekking tot de koningin, sturen we een bericht. Het was me een genoegen, Lord Brite. Lady Brite.'

Mijn vader duwde mijn bloemen opzij en rolde een kaart uit. 'Ga zitten. We hebben veel te bespreken. Groot-Perine balanceert op de rand van een burgeroorlog en ik weet niet eens waar ik moet beginnen wat Mooreland betreft.'

Zuchtend keek ik naar de modderkleurige kaarten. Het maakte niet uit van wie ik les kreeg – al na een minuut of twintig zat mijn brein vol. Na protocol en actualiteit was er geen ruimte meer voor iets anders. En wat nog erger was: ik wist nog lang niet alles wat ik morgen zou moeten weten.

11

Nadat mijn ouders waren vertrokken, overhoorden Nora en Delia Grace me de rest van de dag over wat ik tot dan toe had geleerd. Voor elk goed antwoord mocht ik een hapje taart nemen, dus tegen etenstijd rammelde ik natuurlijk van de honger.

Onderweg naar de Grote Zaal fluisterde Nora over mijn schouder: 'Probeer niet zo somber te kijken. Dit is een grote eer.'

'Ik kan er niets aan doen. Ik kan dit nooit allemaal goed doen, niet op zo'n korte termijn.'

Delia Grace boog zich naar me toe. 'Ze heeft gelijk. Glimlach nou maar. Het belangrijkste is dat je Jameson tevreden houdt.'

Ik zuchtte en zodra we binnenkwamen en mensen voor ons bogen en beleefd naar ons glimlachten maakte ik mezelf langer. Zoals altijd was Jameson blij me te zien. Ik dacht aan zijn woorden toen hij me had meegenomen naar de juwelenkamer. Hij had gezegd dat hij alleen maar wilde dat ik helemaal mezelf zou zijn. Hoe moest ik de balans bewaren met wat anderen van me verwachtten? Als ik hem teleurstelde voor de ogen van een net-niet-vijand zou zijn genegenheid vast verdwijnen.

Een deel van me vroeg zich af of dat zo erg zou zijn.

Ik schudde mijn hoofd in een poging mezelf te herpakken. Alleen een idioot zou een koning laten schieten.

'Mijn hartendief,' begroette Jameson me, en in het bijzijn van het hele hof kuste hij me op mijn wang. 'Hoe was je dag?'

‘Ik hoop maar dat koning Quintens gehoor begint te verslechteren, zodat hij niet zal weten hoe weinig ik van mijn lessen heb onthouden.’

Daar moest Jameson om lachen, en ik wilde maar dat ik dat zelf ook kon.

‘O, het is goed een gezonde angst voor Quinten te hebben. In mijn jeugd was ik ook bang voor hem. Toen ik de troon overnam moest ik daaroverheen stappen,’ zei hij terloops, en hij reikte naar zijn bokaal.

‘Wat had uitgerekend u van hem te vrezen? U bent de koning.’

Hij trok een gezicht. ‘Nou, dat was ik bij onze eerste ontmoeting nog niet. Voor mij heeft hij er altijd uitgezien als een schurk uit een oud verhaal. Zodra ik hem in actie zag, realiseerde ik me dat “schurk” misschien wel een te vriendelijk woord is.’

‘Lieve hemel.’ Ineens had ik geen eetlust meer. ‘Wat heeft hij gedaan waardoor u dat denkt?’

Jameson antwoordde niet meteen. Zo te zien vond hij het moeilijk de juiste woorden te kiezen. ‘Het is niet één ding. Het is alles bij elkaar. Hij gedraagt zich alsof de wereld hem diep heeft beledigd en besteedt al zijn wakende uren aan pogingen tot wraak.’

‘Waarop? Op wie?’

Jameson hief zijn naar me alsof ik een heel goed punt had gemaakt. ‘Dat weet niemand zeker, liefste Hollis. Mijn vader was altijd voorbereid op een oorlog met Quinten, en als mijn moeder er niet was geweest zouden ze vaker hebben gevochten dan ze al deden. Maar als ik ten strijde moet trekken wil ik duidelijk iets te winnen hebben; niet meer van die onnozele ruzies. Ik weet zeker dat er een tijd komt dat ik om een heel goede reden achter Quinten aan ga, maar tot die tijd streef ik naar vrede.’

Ik glimlachte met diepe genegenheid naar hem. ‘U bent een geweldige koning. Dat meen ik uit de grond van mijn hart.’

Hij reikte naar mijn hand, nam die in zijn beide handen en kuste hem hartstochtelijk. ‘Dat weet ik,’ fluisterde hij. ‘En ik twijfel er niet aan dat jij een opmerkelijke koningin zult zijn.’

Bij dat woord sloeg mijn hart nog steeds op hol. De dag dat ik een kroon op mijn hoofd kreeg zou onvoorstelbaar worden.

'Dat doet me eraan denken dat ik een verrassing voor je heb,' zei hij.

Ik keek Jameson scherp aan. 'Ik zweer het, als u voor de festiviteiten van morgen nog een of andere koning hebt uitgenodigd en ik vanavond een heel ander protocol moet leren, spring ik weer in de rivier. En deze keer blijf ik erin. Dat meen ik!'

Hij lachte uitgelaten. Ik wist niet of hij het leuk vond om me onder druk te zien staan of dat ik hem gewoon heel goed voor de gek kon houden. 'Nee, zoiets is het niet. Het is gewoon iets om je te helpen. Maar,' zei hij met een blik achterom naar Nora en Delia Grace, 'ik denk wel dat ik wat hulp nodig heb.'

Toen hief hij zijn servet.

12

‘Waag het niet te spieken,’ zei Jameson met klem, terwijl hij het stuk stof strak over mijn ogen hield.

Ik giechelde. ‘Zolang u belooft me niet te laten vallen!’

‘Maak je geen zorgen,’ fluisterde Delia Grace, die mijn hand vasthield. ‘Ik zal op je letten. Zoals altijd.’

Ik greep haar hand een beetje steviger beet toen we een bochtige trap op gingen, dankbaar dat ik ondanks onze ups en downs van de laatste tijd nog altijd op haar kon rekenen.

‘Majesteit, waar neemt u me in hemelsnaam mee naartoe?’

‘Nog een paar treden,’ zong hij in mijn oor, waarbij zijn adem mijn hals kietelde. ‘Nora, kun je de deur opendoen?’

Ik hoorde haar zuchten – een verstild geluid waaruit ontzag sprak – en voelde dat Delia Grace bleef staan en mijn hand stevig vastpakte. Ik reikte met mijn hand hoger naar Jamesons jas en pakte een handvol fluweel vast in de hoop niet te vallen.

‘Goed, Hollis. Deze kant op.’ Delia Grace sloeg een arm om me heen om me in de juiste positie te manoeuvreren. Het duurde even tot ze tevreden was.

Met een snelle handbeweging trok Jameson het servet weg. Het eerste wat ik zag was hem. Ik had me omgedraaid om zijn gezichtsuitdrukking te zien, in de hoop hem te zien stralen van tevredenheid. En dat deed hij absoluut.

O, die sprankelende honingbruine ogen, die de sterren jaloers maakten. Zelfs aan het eind van een vreselijke dag werd alles goedgemaakt door die glimlach, en door de wetenschap dat ik die op zijn gezicht had getoverd.

Het tweede wat ik zag was waar ik precies stond. Ik nam de vertrekken van de koningin in me op en mijn hart bleef bijna stilstaan. 'De laatste vier koninginnen van Coroa hebben in deze vertrekken geslapen. Aangezien je morgen koningin Valentina en haar gevolg ontvangt, is het niet meer dan gepast dat ze voor jou zijn.'

'Majesteit,' fluisterde ik. 'Nee.'

'Als je naar de rivier kunt kijken heb je misschien niet de behoefte er weer in te springen,' merkte hij nonchalant op, en hij leidde me naar het raam. De maan hing laag aan de hemel, groot en vol. Het maanlicht werd glinsterend weerkaatst door de rivier en verlichtte de stad. Ik herinnerde me het uitzicht dat Delia Grace en ik ooit op een nacht op de rivier de Colvard hadden gehad, vanuit lege vertrekken een verdieping of twee hoger dan deze. Met een fles honingwijn en heel dikke sjaals waren we weggeglipt naar boven, waar we hadden zitten praten in afwachting van de zonsopkomst. En toen de zon opkwam, werd het licht door de rivier weerkaatst en was het alsof de hele stad bedekt was met goud. Ik wist nog dat ik dacht dat geen andere kamer in het kasteel deze kon evenaren. Dat had ik mis.

'Ik heb uiteraard gezorgd voor nieuw linnengoed,' zei Jameson terwijl hij met me naar binnen liep. 'En die tapijten aan de muren zijn ook nieuw. Ik dacht dat ze misschien wel zouden helpen tegen de tocht.'

Mijn hart sloeg her en der slagen over en probeerde wanhopig bij te blijven. Ik boog me naar hem toe. 'Majesteit... ik ben geen koningin.'

Hij glimlachte weer, heel ingenomen met zichzelf. 'Maar dat word je wel.' Hij kuste mijn hand. 'Ik schenk je gewoon wat je toekomt... een paar maanden eerder dan gepland.'

Ik kon nauwelijks op adem komen. 'U bent veel te goed voor mij, Majesteit.'

'Dit is niets,' fluisterde hij. 'Wanneer je koningin bent, zul je verdrinken in sieraden, geschenken en lof, tot aan je dood. En nog vele jaren daarna, vermoed ik,' voegde hij er met een knipoog aan toe. 'Kijk om je heen. Installeer je hier. Mijn mannen zullen al je spullen morgenochtend verhuizen, voor Quintens aankomst.'

Ik was nog steeds verbijsterd. Ik ging in de vertrekken van de koningin wonen. Ze waren van mij.

'Het lijkt dwaas om de zon goedenacht te zeggen, maar dat doe ik toch. Welterusten, Lady Hollis. Ik zie je morgenochtend weer.'

Zodra de deuren dicht waren gingen Nora en Delia Grace voor het eerst echt vriendschappelijk met elkaar om. Ze pakten elkaars handen vast, sprongen op en neer en gilden alsof de vertrekken aan hén waren geschonken.

'Kun je dit geloven?' riep Delia Grace uit. Ze pakte mijn handen beet en trok me uit de vestibule, waar de koningin haar gasten ontving, naar de eigenlijke slaapkamer. Rechts van het grote hemelbed was een groot raam dat uitzicht bood op de stad en de rivier, en in de muur links was een doorgang naar een voorkamer. Ik wist van mijn weinige bezoeken aan de vertrekken van de koningin dat haar hofdames in die kamer sliepen. Maar in de muur achter het bed zat nog een andere deur, een deur waar ik nog nooit doorheen was geweest.

Nora en Delia Grace volgden me met stil ontzag toen ik de zware deur openduwde. Er kwam geen einde aan de vertrekken. Er waren schrijftafels en kamers voor privévergaderingen, en in een andere voorkamer stond een verzameling grote kasten voor mijn kleren.

Ik voelde me duizelig, alsof de vloeren op de rivier zelf dreven, meeverend met de getijden.

'Delia Grace, wil je met me teruglopen naar het bed?' vroeg ik terwijl ik een arm uitstak. Ze kwam naar me toe en pakte hem snel beet. Haar gezicht stond bezorgd.

'Hollis?'

'Hier.' Nora schoof de gordijnen om het bed opzij.

Ik ging zitten en probeerde mijn ademhaling te vertragen.

'Ben je niet blij?' vroeg Delia Grace. 'Je krijgt wat elk meisje in het koninkrijk wil hebben!'

'Natuurlijk wel. Het is gewoon...' Ik moest stoppen met praten om naar adem te happen. 'Het is zo veel tegelijk. Ik moet een koningin vermaken, al die lessen nemen en naar nieuwe vertrekken verhuizen? In één dag?' klaagde ik. 'Ze zijn morgen al hier!'

'Wij zijn hier om je te helpen,' opperde Nora.

Ik schudde mijn hoofd en begon te huilen. 'Ik denk niet dat ik dit wil.'

'Je hebt slaap nodig,' zei Delia Grace, waarna ze zich tot Nora wendde. 'Pak haar schoenen.'

'Ik heb niet eens een nachtjapon,' snotterde ik.

'Ik ga er een halen. Blijf gewoon rustig.' Nora was in een oogwenk verdwenen en ik bleef achter met Delia Grace, die al bezig was mijn schoenen uit te trekken.

Er zat geen water in de kan, er brandde geen vuur in de haard. Het linnengoed was klaargelegd en de kaarsen waren aangestoken, zodat de kamer geschikt was om gepresenteerd te worden, maar de vertrekken waren nog niet klaar om bewoond te worden.

'Laten we vanavond teruggaan naar mijn kamer,' mompelde ik. 'We kunnen dit morgenochtend wel doen.'

'Nee,' zei ze met klem, en ze duwde me terug op het bed. 'De koning zal dat als een belediging zien. Je hebt de op een na beste woning in het hele kasteel gekregen en je wilt die verlaten voor een handvol persoonlijke spullen? Heb je je verstand verloren?'

Ik wist dat ze gelijk had, maar het voelde alsof ik van de ene op de andere dag vanuit Delia Grace' goede zorgen was overgeheveld naar de rechterkant van de troon, en ik wist niet hoe ik daarmee moest omgaan.

Ik lag op mijn zij terwijl Delia Grace korte metten maakte met het losmaken van mijn jurk. Binnen een paar minuten was Nora terug met een nachtjapon, kamerjas en pantoffels. Ze had ook mijn borstel en een kleine vaas bij zich.

'Ik dacht dat je het leuk zou vinden om hier iets van jezelf te hebben,' zei ze. 'Zal ik ze op de kaptafel leggen?'

Ik knikte en slaagde erin te glimlachen terwijl ze de spullen op hun plek legde. Delia Grace hielp me overeind toen Nora het gordijn terugtrok om de voorkamer in te kunnen kijken. 'Ruimte voor vier of vijf, denk ik, als je wilt doorgaan met het kiezen van je dames.'

'Als ik er meer wil dan jullie twee, mogen jullie kiezen. Maar vandaag niet.'

'Nora, ga eens kijken of je wat dienstmeisjes kunt vinden,' beval Delia Grace. 'Ik ga haar in bed stoppen en verdere toebehoren halen, zoals brandhout en bloemen.'

'Kunnen we niet beter naar haar kamer teruggaan om nog wat meer van haar bezittingen hierheen te verhuizen?'

'De koning zei dat hij dat morgenochtend zou doen. Zo lang kan het wel wachten.'

Ze planden om me heen, alsof ik er niet eens bij was, alsof dit niet allemaal voor en vanwege mij gebeurde. En omdat ik het niet kon verdragen die dag nog ergens aan te denken, liet ik het toe. De gordijnen rond mijn bed waren dichtgetrokken, waardoor een gezellige, kalme plek was ontstaan, al hielden ze niet helemaal het geluid tegen van hun voetstappen terwijl ze rondliepen of van de dienstmeisjes die een haardvuur aanlegden.

Ik ging niet slapen. Wel hoorde ik dat Delia Grace en Nora dat uiteindelijk deden. En toen vond ik op de tast mijn schoenen en glipte ik stilletjes de kamer uit.

13

Ik wist dat de maan tegen deze tijd op een heldere nacht door de gebrandschilderde ramen van de Grote Zaal zou schijnen. Ik kwam langs hoeken waar stelletjes fluisterden en giechelden. Wachters en bedienden die zelfs op dit late tijdstip nog aan het werk waren, bogen voor me.

In de Grote Zaal was het vuur in de brede haard niets meer dan een laag gloeiende sintels, en een eenzame bediende stookte ze op om er het laatste beetje warmte uit te krijgen. Ik stond in het midden van de overwelfde doorgang en keek naar de explosie van kleuren op de vloer. Niets kon natuurlijk tippen aan hoe de kleuren dansten in het felle licht van de zon, maar er was iets anders, iets bijna gewijds aan hoe ze bij maanlicht op de vloer vielen. Nog steeds dezelfde ontwerpen, dezelfde patronen, en toch stiller, behoedzamer.

'Bent u dat, Lady Hollis?'

Ik draaide me om. De persoon van wie ik dacht dat hij een dienaar bij het vuur was bleek Silas Eastoffe te zijn.

Natuurlijk was hij hier. Op het moment dat ik me afvroeg of het de moeite waard was mijn koning in de steek te laten, kwam ik iemand tegen die iets dergelijks had gedaan bij zijn eigen koning. En wie kon zeggen wie van ons de grootste misdadiger was?

Hij was misschien wel de slechtste persoon die ik kon tegenkomen. Niet alleen omdat ook hij ertoe verleid was het leven van een verrader te leiden, maar omdat er iets aan die blauwe ogen was wat me deed denken aan... Ik kon er de vinger niet op leggen.

Ik probeerde er waardig uit te zien, alsof mijn nachtjapon in mijn ogen hetzelfde was als een jurk. Dat was moeilijk onder de intensiteit van zijn blik. 'Ja. Wat doe jij op dit late tijdstip uit bed?'

Hij glimlachte. 'Ik kan u hetzelfde vragen.'

Ik richtte me op. 'Ik vroeg het het eerst.'

'U wordt echt koningin, hè?' zei hij op een plagerig toontje. 'Als u het wilt weten: het leek iemand een goed idee om in één dag twee bij elkaar passende stukken metaalwerk te maken voor twee grote koningen... Sullivan en ik zijn pas twintig minuten geleden gestopt met werken.'

Ik beet op mijn lip, en mijn pogingen afstandelijk te doen maakten plaats voor schuldgevoel. 'Het spijt me zo. Toen ik dat zei was de datum van het bezoek me volledig ontgaan. Het heeft mij ook verrast.'

'O ja? Mijn moeder zei dat u vandaag een heel gewillige leerling was.' Hij sloeg zijn armen over elkaar en leunde zijwaarts tegen de muur, alsof dit een alledaagse ontmoeting was, alsof hij me heel goed kende.

'Gewillig, ja, maar goed? Dat valt nog te bezien.' Ik trok mijn kamerjas een beetje strakker om me heen. 'Ik ben nooit het slimste meisje aan het hof geweest. Als ik dat wel eens vergeet, word ik er meteen aan herinnerd door Delia Grace. Of door mijn ouders. Gelukkig hadden je moeder en Scarlet vandaag veel geduld met me. Misschien heb ik ze morgen wel weer nodig. Vandaag, bedoel ik.'

'Dat kan ik wel tegen ze zeggen, als u wilt.'

'Dan moet je ook tegen ze zeggen dat ik verhuisd ben.'

'Verhuisd? In een dag?'

'In een uur.' Ik veegde mijn haar naar achteren, slikte en probeerde niet zo geïrriteerd te klinken als ik me voelde. 'Koning Jameson heeft me vanavond naar de vertrekken van de koningin verhuisd. Volgens mij zijn mijn ouders er nog niet eens van op de hoogte. Ik heb geen idee hoe de adviesraad het zal opvatten als het nieuws eenmaal openbaar wordt.' Ik wreef over mijn voorhoofd in een poging de zorgrimpels weg te strijken. 'Hij wil dat ik er voor koning Quintens aankomst uitzie als een koningin. Er komen sieraden aan. Hij had het over een paar nieuwe jurken. En plotseling heb ik nieuwe vertrekken. Het is allemaal een beetje veel,' bekende ik.

'Is dit niet wat u wilt? U zult de best verzorgde vrouw van het koninkrijk zijn.'

Ik zuchtte. 'Dat weet ik. Dus ik weet niet goed wat...' Even was ik stil. Ik vertelde deze jongen veel te veel. Hij was een vreemde, en een buitenlander bovendien. Wie was hij om naar mijn leven te vragen? Op datzelfde moment realiseerde ik me dat ik liever met hem over mijn problemen praatte dan met wie dan ook, zelfs met de mensen die echt alles over me hoorden te weten. 'Het gaat niet om de geschenken die ik krijg, maar om het tempo waarin ze komen. Je hebt helemaal gelijk: ik heb alles waar ik om zou kunnen vragen, en meer.'

Zijn glimlach leek niet zo oprecht als voorheen. 'Mooi.'

Ik voelde een einde aankomen waar ik niet klaar voor was, dus ik veranderde snel van onderwerp. 'Heb je hier een beetje je draai gevonden? Bevalt Coroa je tot nog toe?'

Hij glimlachte. 'Ik wist dat het eten anders zou zijn, dat de lucht anders zou ruiken en dat de wetten anders zijn. Maar wanneer ik hier vroeger op bezoek was, wist ik altijd al dat ik weer naar huis zou gaan. Ik wil niet ondankbaar overkomen. Om meer redenen dan ik kan noemen ben ik Zijne Majesteit dankbaar dat we mogen blijven. Maar er zijn momenten dat ik verdrietig ben omdat ik weet dat ik Isolte nooit meer zal zien.'

Ik boog mijn hoofd en verzachtte mijn toon om hem over te halen positiever te zijn. 'Je gaat er vast wel weer eens naartoe voor een bezoek. Je hebt er toch nog familie?'

Hij schonk me een heel mager glimlachje. 'Klopt. En ik zal ze missen. Maar als we morgen koning Quinten zien, hoop ik met heel mijn hart dat het de laatste keer is dat ik die man zie.'

Iets in zijn woorden bezorgde me een koude rilling, en ik besefte dat Jameson merkwaardig genoeg vrijwel hetzelfde had gezegd.

'Als hij zo vreselijk is, dan hoop ik dat ook voor mezelf. En voor het geluk van je familie, zolang jullie in Coroa wonen.'

'Dank u, milady. U bent echt een juweel, zoals iedereen zegt.'

Ik wilde tegen hem zeggen dat alleen Jameson me een juweel vond, voor zover ik wist. Maar ik vond het zo aardig van hem dat ik het niet wilde verpesten.

Hij streek een losse haarlok achter zijn oor. De rest was vastgebonden met een koord, en ik besefte dat het de lok moest zijn die Jameson had afgesneden. Nu had Silas een pluk haar die niet wilde gehoorzamen. Ik realiseerde me nu ook dat Silas niet was teruggedeinsd toen het zwaard in de buurt van zijn gezicht was gekomen.

'Ik ga maar eens,' zei hij. 'Ik wil u niet ophouden.'

'Wat deed je hier trouwens?' flapte ik er snel uit. Ik was er niet klaar voor hem te laten vertrekken, nog niet. 'Deze zaal is een heel eind van jullie hoek van het kasteel vandaan.'

Hij wees naar boven. 'Zoals ik al zei, zijn we in Isolte grote denkers maar geen grote scheppers. De kunst hier, de architectuur... Die heeft iets. Ik zou het beschrijven als ik het kon; ik heb er alleen de woorden niet voor.' Hij keek weer naar de ramen. 'Ik kijk graag naar het licht in het glas. Het is... rustgevend.'

'Ja, hè? Al het licht dat naar beneden valt lijkt gebroken, maar als je omhoogkijkt, zie je dat er een plan achter zit.'

Hij knikte. 'En dan zegt u dat u geen goede leerling bent. Ik bewonder uw manier van denken, Lady Hollis.' Hij maakte een buiging. 'Ik zal tegen mijn moeder zeggen dat ze na het ontbijt naar u toe moet komen. Scarlet hebben we waarschijnlijk nodig om ons te helpen de stukken af te maken.'

'Het spijt me echt.'

Hij haalde zijn schouders op, en zijn uitdrukking was weer ontspannen. 'Het was een goed idee. Zeker gezien het roerige verleden van de koningen. Alleen: kunt u het me de volgende keer dat u een briljante inval hebt iets eerder laten weten? Ik beschik niet over bovenmenselijke vermogens.'

Ik giechelde. Zonder erbij na te denken reikte ik naar hem om hem daarvan te verzekeren en pakte zijn hand. 'Dat beloof ik.'

Overrompeld richtte hij zijn blik omlaag en staarde naar onze handen. Maar hij haastte zich niet om de zijne weg te trekken. En ik ook niet.

'Dank u, milady,' fluisterde hij, en hij knikte snel voordat hij in de gangen van het kasteel verdween. Ik keek hem na tot hij weer een schaduw van Keresken werd die versmolt met de nacht. Toen keek ik naar mijn hand en strekte mijn vingers uit alsof ik het warme gevoel dat erin zat kon verwijderen.

Hoofdschuddend duwde ik het gevoel weg. Wat er net was gebeurd, daar maakte ik me op dit moment nog het minste druk om. Ik draaide me om en keek weer naar de wirwar van kleuren op de vloer.

Als ik wilde kon ik door de zaal lopen en op de deur van Jamesons vertrekken kloppen. Ik kon een wachter vertellen dat ik dringend de koning moest spreken. Ik kon tegen Jameson zeggen dat ik meer tijd nodig had, dat ik, als iemand die niet in deze rang was geboren, moeite had om het tempo bij te houden.

Maar.

Peinzend keek ik de Grote Zaal door. Ik gaf om Jameson. Echt waar. Alleen al daarom wilde ik beter mijn best doen, om te kijken of ik het allemaal aankon, ook al lukte het nog niet helemaal.

De liefde van een koning kon een drijfveer zijn om alles te proberen. En niets was zo bedwelmend als aanbeden te worden door hem en door de mensen die mij aanbaden vanwege hem. Morgen zou ik het voorrecht hebben mijn ouders over mijn nieuwe vertrekken te vertellen. Ik zou de heren zien terwijl ze aan Jamesons wensen toegaven. Ik zou weten dat ik niet alleen boven alle meiden in het koninkrijk was verheven, maar ook boven alle beschikbare prinsessen op het continent. Heel binnenkort zou ik koningin zijn.

Ik keek nog een laatste keer omhoog naar het raam en liep toen terug naar mijn nieuwe vertrekken. Het was een beetje spannend om de trap op te lopen naar een kamer die niet alleen voor royalty was gemaakt, maar ook een ruimte vrij van mijn ouders was. Dat alleen al was iets om dankbaar voor te zijn. En door al die dingen bij elkaar was ik er helemaal klaar voor.

14

De volgende ochtend was het een drukte van belang, omdat al mijn wereldse goederen naar mijn nieuwe vertrekken werden gebracht. Te midden van de chaos kwam er een page met een doosje binnen. Hij werd geflankeerd door twee wachters die toekeken terwijl hij de doos zorgvuldig op een tafel neerzette. Nora en Delia Grace wisselden een verwarde blik en ik knipoogde naar de page om aan te geven dat hij de doos kon openen. Ik genoot er volop van dat de meiden gezamenlijk naar adem hapten toen ze de verblindende schittering van de rozerode halsketting in zich opnamen.

'Mijn hemel, Hollis!' zei Delia Grace, die een blik in het doosje wierp maar de ketting niet durfde aan te raken.

'Daarom was ik die dag in de vertrekken van de koning. Hij liet me iets uitkiezen voor vandaag.'

'Je hebt een uitstekende keus gemaakt,' merkte Nora op.

'Ik ken die ketting,' zei Delia Grace vol ontzag. 'Ze is gemaakt voor koningin Albrade zelf, Hollis. Ze is gemaakt voor een krijger.'

Ik glimlachte; ik kon wel iets gebruiken wat gemaakt was om mee ten strijde te trekken. Ik wilde net de ketting oppakken toen een andere page met een doos binnenkwam. 'Vergeef me, Lady Hollis,' zei hij. 'Zijne Majesteit dacht dat deze goed zou passen bij uw halsketting.'

Hij wachtte niet op instructies om zijn pakje open te maken, vermoedelijk op bevel van de koning om me te laten schrikken. Ik reikte naar voren en greep Delia Grace' hand vast toen ik de tiara die Jameson had uitgezocht in me opnam. Ze was adembenemend, met dezelfde edelstenen op de punten als de ketting, uitwaaierend als de zon die over de horizon barst.

Zoals de zon. Hij had deze tiara duidelijk met zorg uitgekozen.

'Help me, dames. We mogen niet te laat komen.' Ik ging aan mijn kaptafel zitten terwijl Delia Grace de tiara pakte en Nora de ketting.

'Tegen de middag zul je uitgeput zijn! Hij is heel zwaar.' Nora maakte de sluiting dicht en toen het gewicht van de ketting volledig op me rustte dacht ik dat ze misschien wel gelijk had. Maar, moe of niet, ik zou dit ding vóór zonsondergang niet van mijn hals halen.

'Zo,' zei Delia Grace, die de tiara op mijn haar zette en het sieraad met een paar extra spelden vast stak.

Ik zat aan de kaptafel en keek naar mezelf. Ik had mezelf nog nooit zo mooi gevoeld. Al wist ik niet zeker of ik eruitzag als mezelf, ik kon niet ontkennen dat ik er koninklijk uitzag.

Ik slikte. 'Ik reken erop dat jullie me redden als jullie me op iets doms betrappen. Ik moet verstandig en mooi zijn, zodat koning Quinten nergens kritiek op kan hebben.'

Nora bracht haar gezicht naast het mijne en keek me in de spiegel aan. 'Ik beloof het.'

'Uiteraard,' voegde Delia Grace eraan toe.

Ik knikte. 'Dan gaan we.'

Tijdens de korte wandeling van de vertrekken van de koningin naar de Grote Zaal hield ik mijn handen sierlijk voor me in elkaar geslagen. Met elke zucht en elk gebogen hoofd dat we passeerden voelde ik me zelfverzekerder worden. Ik kon in de ogen van omstanders zien dat mijn doel was bereikt: in mijn beste goudkleurige jurk en met de tiara op mijn hoofd die Jameson had uitgekozen zag ik eruit als een stralende koningin.

Meer aan de voorkant van de zaal stonden de Eastoffes te wachten, goed zichtbaar, zoals Jameson had verzocht. Lady Eastoffe schonk me een warme glimlach, terwijl ze met haar mond het woord 'mooi' vormde en haar hand naar haar hart bracht. Naast haar struikelde Silas toen hij een buiging maakte en ondertussen zijn blik zowel op de vloer als op mij gericht probeerde te houden. Ik onderdrukte een glimlach en deed daarna mijn best om mijn gezicht in de plooi te houden terwijl ik doorliep naar Jameson.

Zijn mond hing een beetje open en het kostte hem een ogenblik om te bedenken dat hij zijn hand moest uitsteken om me te ontvangen.

'Lieve help, Hollis. Ik was even vergeten hoe ik moest ademhalen.' Hij schudde zijn hoofd en staarde me aan terwijl ik bloosde. 'Mijn hele leven lang zal ik nooit vergeten hoe je er op dit moment uitziet: als een opkomende koningin en een opkomende zon.'

'Dank u, Majesteit. Een deel van de eer komt u toe. Deze is prachtig,' zei ik, en ik raakte de tiara aan. 'Ik ben er weg van.'

Hij schudde zijn hoofd. 'Ik ben blij dat je de juwelen mooi vindt, maar ik verzeker je dat ze bij geen enkele andere vrouw in deze zaal zo tot hun recht zouden komen.'

We keken elkaar nog steeds in de ogen toen trompetgeschal in de verte de komst van koning Quinten aankondigde. Jameson gaf aan dat de muzikanten klaar moesten gaan staan. Ik richtte mijn blik op Delia Grace, die gebaarde dat ik mijn halsketting recht moest leggen, met de grootste edelsteen in het midden.

Tegen de tijd dat koning Quinten en zijn gezelschap aankwamen waren we erop voorbereid. We zagen eruit als een schilderij toen hij over de rode loper liep die door het midden van de grote zaal lag. Ik had hem voor het laatst gezien bij de begrafenis van koningin Ramira en wenste wanhopig dat ik destijds nota van hem had genomen. Het enige wat ik me herinnerde was dat mijn zwarte jurk over mijn arm had geschuurd en ik het grootste deel van de dienst bezig was geweest het probleem met die mouw op te lossen. Maar dat maakte niet uit, want ik had het gevoel dat ik hem nu kende; hij was alles wat Lady Eastoffe me had verteld.

Zijn haar werd dunner en hoewel er een zweem van blond in zat, was het meeste grijs. Hij liep met behulp van een stok, zijn schouders waren licht gebogen en ik vroeg me af of het gewicht van zo veel stof een deel van het probleem vormde. Maar waar ik het koud van kreeg was zijn gezichtsuitdrukking. Ik keek in zijn ogen en voelde mijn hart verkillen. Er was iets aan hem, alsof hij zowel alles als niets te verliezen had, en de macht die daarmee gepaard ging maakte hem angstaanjagend om te zien.

Ik keek zo snel mogelijk weg en richtte mijn blik op koningin Valentina. Ze was echt niet veel ouder dan ik en dat maakte het leeftijdsverschil tussen koning Quinten en haar inderdaad heel groot. Ze glimlachte maar hield haar lippen daarbij stevig op elkaar en hield haar rechterhand beschermend tegen haar buik.

Aan de andere kant van de koning zat onmiskenbaar prins Hadrian. Goed, de meeste Isoltiërs zagen eruit alsof ze nodig wat zon moesten krijgen, maar hij had meer weg van een geest. Ook ik vroeg me af of hij er snel een zou worden. Hij hield zijn lippen stevig op elkaar geperst, alsof hij de inspanning die al dat bewegen met zich meebracht wilde verhullen, maar het zweet stond duidelijk op zijn voorhoofd. Die man zou in bed moeten liggen.

Met die drie voor me realiseerde ik me dat ik niet bang hoefde te zijn. Hoewel Coroa een veel kleiner land was dan Isolte, was onze koning veel grootser.

'Koning Quinten,' zei Jameson luid, en hij spreidde zijn armen. 'Ik ben zo blij dat u en uw familie in veiligheid naar Coroa zijn gereisd. Lady Hollis en ik heten u welkom zoals mijn vader dat vroeger deed, als collega-vorst, aangesteld door de goden, en als goede vriend.'

Er gebeurden meerdere stille dingen tegelijk. Koning Quinten rolde met zijn ogen bij de vermelding van de goden, prins Hadrian hief een trillende hand om het zweet van zijn bovenlip te vegen en ik slaakte een zucht van verlichting omdat we allemaal aan elkaar waren voorgesteld.

Jameson liep het podium af, dat voorzien was van voldoende zitplaatsen voor onze gasten, en begroette koning Quinten. Hij schudde zijn medesoeverein met beide handen de hand, waarna er een groot applaus losbarstte in de zaal. Mijn blik bleef teruggaan naar

Valentina. Ze stond met kaarsrechte rug, maar ik wist niet wat haar omhooghield. Blijdschap niet, blijkbaar, en ook trots niet. Ze was ondoorgrondelijk.

Jameson nodigde koning Quinten, Valentina en Hadrian uit om bij ons te komen zitten, en de mensen in Quintens gezelschap begonnen zich te mengen met Jamesons hovelingen. Het bezoek was officieel begonnen.

Ik wendde me tot Valentina, die naast me was geplaatst, in de hoop dat ze zich dan op haar gemak zou voelen.

'Majesteit, Isolte is een heel groot land. Waar bent u geboren?' vroeg ik.

Zelfvoldaan keek ze terug. 'Jij mag niet als eerste spreken. Dat doe ik.'

Ik stond paf. 'Mijn excuses. Ik ging ervan uit dat het voldoende was dat ik door de koning aan u ben voorgesteld.'

'Nee.'

'O.' Ik was even stil. Ik was er vrij zeker van dat ik dat recht had. 'En nu? Aangezien u al tegen me gepraat hebt?'

Ze rolde met haar ogen. 'Ach ja. Wat vroeg je? Waar ik vandaan kom?'

'Ja,' antwoordde ik, en ik toverde weer een glimlach op mijn gezicht.

Ze bekeek de vele ringen om haar vingers. 'Als ik het je zou vertellen, zou je de naam dan überhaupt herkennen?'

'Nou...'

'Ik betwijfel het. Ik heb gehoord dat je je hele leven ofwel in het landhuis van je familie ofwel in kasteel Keresken hebt gewoond,' zei ze, en ze trok een wenkbrauw op.

'En in die twee bij elkaar genomen heb ik altijd alles gehad wat ik me op de wereld kon wensen,' gaf ik toe. 'Misschien kan ik u later wat van de architectuur laten zien? Een deel van het steenwerk in de...'

'Nee,' antwoordde ze snel om me af te kappen. Ze legde weer een hand tegen haar buik. 'Het is heel belangrijk dat ik mijn rust krijg.'

Met een verveeld gezicht leunde ze achterover op haar stoel en ik was er zeker van dat ik Jameson teleurstelde. Met een zucht keek ik weg. Het grootste deel van de afgelopen vierentwintig uur had ik me zorgen gemaakt dat ik helemaal niet met Valentina zou kunnen praten, en nu zou ik het prima vinden als ik haar nooit meer iets hoorde zeggen.

Ik zocht tussen de gasten naar mijn ouders. Zij zouden wel weten hoe ik het gesprek weer op gang kon brengen. Delia Grace had misschien ook wel een idee... Maar ik zag niemand die ik kende, behalve de Eastoffes.

Ik verliet mijn plek om hun hulp in te roepen en onderschepte ze terwijl ze een ander gezin warm begroetten.

'Ik wist niet dat jullie zouden komen,' zei Lord Eastoffe, die een oudere heer stevig beetpakte. 'Ik ben blij dat we jullie persoonlijk kunnen vertellen hoe het hier met ons gaat. In een brief kun je nooit alles precies overbrengen.'

De heer en zijn vrouw stonden er met een jongeman die duidelijk hun zoon was: dat kon je zien aan zijn neus en jukbeenderen. Hoewel het echtpaar een en al glimlach was nu ze herenigd waren met hun vrienden, zag hun zoon eruit alsof hij liever een stal zou uitmesten.

'Scarlet,' fluisterde ik.

Ze draaide zich om. 'Lady Hollis, u ziet er stralend uit!' Ze glimlachte breed, met een bijna zusterlijke warmte op haar gezicht.

'Dank je wel,' zei ik. Bij haar voelde ik me een beetje meer op mijn gemak. 'Luister, ik heb je hulp nodig. Vertel me alsjeblieft dat je iets hebt bedacht om tegen de koningin te zeggen. Ze heeft duidelijk geen zin om met me te praten.'

Scarlet zuchtte. 'Zo is ze bij iedereen. Dat is waarschijnlijk ook de reden waarom ze maar één hofdame heeft. Vanochtend herinnerde ik me wel dat ik iemand hoorde zeggen dat ze geïnteresseerd is in eten. Als er een kans is om haar een nieuw gerecht te laten zien, zal ze dat waarschijnlijk wel leuk vinden. Kom.' Ze pakte me bij een arm beet en trok me naar voren. 'Oom Reid, tante Jovana? Dit is

Lady Hollis. Ze wordt koningin.' Scarlet straalde van trots, en ik legde een hand op die van haar.

'Het is een genoegen kennis met u te maken, milady,' zei Scarlets tante. 'Het nieuws over uw aanstaande verloving heeft Isolte bereikt. Mensen hebben vaak over uw schoonheid gesproken maar hebben uw verschijning geen recht gedaan.'

Ik voelde mijn hart iets sneller kloppen terwijl ik het allemaal in me op probeerde te nemen. Het was onwerkelijk te weten dat mensen in andere landen van mij hadden gehoord, dat ze wisten hoe ik heette.

'Dat is heel aardig van u,' zei ik snel, in de hoop dat ik evenwichtiger overkwam dan ik me voelde.

'Dit zijn de Northcotts,' legde Silas uit. 'Onze tante en oom. En dit is onze neef Etan.'

Ik keek naar de jongeman, die blijkbaar graag kwaad naar me keek.

'Leuk om kennis met je te maken,' zei ik.

'Ja,' zei hij kortaf.

Tjonge, hij was zo ongeveer net zo onsympathiek als Valentina. Er verscheen een miniem glimlachje op zijn gezicht toen Saul naar hem toe kwam en zijn armen om hem heen sloeg. Sauls hoofd kwam amper tot aan zijn borst, en Etan woelde met zijn handen speels door het haar van zijn neefje. Na dat moment was hij weer zo onbewogen als een harnas.

'We hoorden dat er een steekspel komt,' zei Lord Northcott. 'Ik hoop dat ik een van jullie daarbuiten zal zien.' Hij wees van Sullivan naar Silas en terug.

Sullivan boog alleen zijn hoofd, en Silas sprak voor hen beiden. 'We staan deze keer misschien aan de zijlijn, maar ik vind het heel spannend om toe te kijken. Dit is de eerste keer dat we hier voor zoiets feestelijks zijn. Ik weet niet of het er in Coroa anders aan toe gaat dan bij ons. Ik heb het hier nog niet eerder gezien.'

Hij keek naar mij voor een bevestiging. 'Ik betwijfel het,' zei ik plagerig. 'Aangezien zoveel in Isolte, nou ja, laten we zeggen geïmporteerd is uit Coroa, zal het vast allemaal heel vertrouwd zijn.'

De meesten van hen voelden zich niet aangesproken en grinnikten om de opmerking. Etan niet.

'Isolte is net zo soeverein als Coroa. Onze tradities zijn net zo waardevol en onze mensen net zo heilig.'

'Absoluut. Door het voorrecht je neven en nicht te kennen heb ik al veel geleerd over de wereld buiten Coroa,' zei ik, en ik wierp Scarlet een glimlach toe. 'Ik hoop zelf ooit een bezoek te brengen aan Isolte.'

'Dat hoop ik ook,' gooide Etan er op sarcastische toon uit. 'Ik weet zeker dat u aan de grens met trompetgeschal begroet zult worden.'

'Etan,' snauwde zijn vader.

Er werd met voeten geschuifeld en hoofden werden gebogen, maar de opmerking ging me boven mijn pet.

'Ik begrijp het niet.'

Etan keek me aan alsof ik een klein kind was. 'Nee, natuurlijk niet. Waarom zou u?'

'Etan,' fluisterde zijn moeder dringend.

'Heb ik je ergens mee beledigd?' vroeg ik. Het verwarde me oprecht dat zowel Valentina als hij me zo snel afkraakten.

Hij glimlachte. 'U? U kunt niemand beledigen.' Hij gebaarde naar mijn tiara, die nog steeds bij elke stap die ik zette het licht deed dansen. 'U bent een ornament.'

Ik ademde scherp in en vond het vreselijk dat ik mezelf rood voelde worden.

'Pardon?'

Hij gebaarde naar het podium, waar koningin Valentina naast mijn lege stoel zat. 'Wat ziet u daarboven?'

'Een koningin,' antwoordde ik resoluut.

Etan schudde zijn hoofd. 'Dat is een leeg vat, gekozen als iets moois om naar te kijken.'

'Zo is het genoeg, Etan,' gromde Silas.

Maar zijn neef liet zich niet afschrikken. 'Als u niet weet wat er aan uw eigen grens gebeurt, wat er met uw eigen volk gebeurt, kan ik alleen maar concluderen dat u, milady, precies hetzelfde bent: decoratie voor uw koning.'

Ik slikte en wenste dat ik zo koel en slim was als Delia Grace. Zij zou geen spaan heel hebben gelaten van deze jongen. Toch had ik ergens het gevoel dat hij gelijk had. Als ik spoedig koningin werd, moest ik kijken naar de lijn van vrouwen waar ik deel van zou uitmaken.

Ik was geen krijger. Ik was geen landkaarttekenaar. Ik had geen boekenwijsheid, was niet buitengewoon vriendelijk of opmerkelijk op een manier die ooit iemand was opgevallen.

Ik was knap. En daar was niets mis mee, maar op zich had dat weinig waarde. Zelfs ik wist dat.

Toch weigerde ik me te schamen omdat ik niet meer kon zijn dan knap.

'Beter een ornament van Coroa dan een schelm uit Isolte,' siste ik, en ik hief mijn hoofd. 'Welkom in Coroa, Lord en Lady Northcott. Ik ben heel blij dat jullie konden komen.' Daarop draaide ik me op mijn hakken om en liep terug naar mijn stoel. Ik hoopte dat Etan zag dat die in feite een troon was. In mijn hoofd tekende ik het beeld van de zon die boven de rivier opkwam en dacht aan dingen die me gelukkig en kalm maakten.

Ik zou niet huilen. Niet hier, niet nu. Ik was niet van plan om iemand in deze zaal – vooral niet iemand uit Isolte – reden te geven te denken dat ik niet verstandig en geduldig en goed genoeg was om aan de rechterhand van een koning te zitten.

15

'Alsjeblieft,' smeekte ik. 'Ze is verschrikkelijk.'

Jameson gniffelde terwijl hij door zijn privévertrekken liep, waarbij hij een paar van de zwaardere accessoires die hij droeg afdeed nu de opening van ons bezoek officieel voorbij was. 'Ze zijn allemaal verschrikkelijk,' zei hij.

'Ze denkt dat ze ver boven me staat. Ik kan geen hele avond met haar doorbrengen.' Ik sloeg mijn armen over elkaar en dacht terug aan haar sikkeneurige gezicht. 'Ik eet nog liever in de stallen.'

Daar lachte hij ronduit om, een geluid dat het gebrul evenaarde van de mensenmassa die zich nog steeds aan de andere kant van de deur bevond. 'Ik ook! Maar maak je geen zorgen, mijn liefste Hollis. Dit is een kort bezoek, en ze zullen snel genoeg weg zijn.' Hij kwam dichterbij en sloeg zijn handen om mijn middel. 'Dan kunnen we weer belangrijker dingen gaan doen.'

Ik glimlachte. 'U bent het belangrijkste in mijn wereld. Dus als u erop staat dat ik met die ellendige dame eet, dan doe ik dat.'

Hij legde een hand onder mijn kin en hief mijn gezicht naar het zijne toe. 'Ik zal het je besparen. Deze keer,' voegde hij eraan toe op een toon die bijna serieus was. 'Ik moet vanavond helaas wel bij het diner met Quinten aanwezig zijn om met hem te praten over een paar overeenkomsten en transacties... Zaken die jou zouden vervelen. Dus ga je gang, breng de avond met je dames door.'

Ik pakte de hand onder mijn kin en hief hem zodat ik hem kon kussen. 'Dank u, Majesteit.'

Ik zag tevredenheid in zijn ogen glinsteren en het was moeilijk me te concentreren onder het gewicht van zijn blik.

'Je kunt beter teruggaan,' zei hij. 'Maak je geen zorgen, ik zal je vanavond excuseren.'

'Zeg maar tegen haar dat ik onder een stapel jurken uit Isolte ben gestikt,' grapte ik, en ik vertrok met het geluid van zijn gelach in mijn oren.

Buiten stonden Delia Grace en Nora vol spanning op me te wachten. 'Kom, dames, ik voel me niet goed,' zei ik gemaakt ernstig. 'Ik denk dat het beter is dat ik me voorlopig terugtrek.'

Delia Grace snapte het meteen en sloot zich bij me aan toen ik voorzichtig door de menigte liep. In een hoekje kreeg ik eindelijk mijn ouders in het vizier. Mijn moeder haalde haar neus op voor mensen die naar haar toe kwamen, vermoedelijk om mijn vader en haar te feliciteren met hun grote succes. Zou het niet geweldig zijn iedereen te vertellen dat ik door de koning was uitverkoren door het tegenovergestelde te zijn van alles waarin ze hadden geprobeerd me te veranderen?

Zelfs na alles wat er was gebeurd praatten ze amper met me, behalve om me te corrigeren of om te proberen beslissingen namens mij te nemen. Door hun afstandelijkheid was het des te gemakkelijker voor me om ze te trotseren.

Ik keek over mijn schouder naar Nora. 'Waarom verzamel je niet nog een paar dames om mee te nemen naar mijn kamer? Het zal fijn zijn om wat meer mensen daar te hebben.'

'Natuurlijk, milady,' antwoordde ze vrolijk.

'Ik zal eens kijken of we een paar muzikanten te pakken kunnen krijgen. Dan maken we er een gezellige middag van,' dacht ik hardop. Dit plan klonk met de minuut beter. Ik onderschepte Nora voordat ze te ver weg was. 'En probeer Scarlet Eastoffe ook te bereiken, als dat kan. Als de hele Eastoffe-familie wil ontsnappen aan de aanwezigheid van hun voormalige koning, zeg dan dat ze welkom zijn in mijn vertrekken.'

Ze knikte en liep weg om een feestje voor ons te bouwen. Deze dag kon in elk geval een kleine positieve wending krijgen; ik was gered van een avond in Valentina's gezelschap en mocht in plaats daarvan dansen.

Nora opende de deur voor Yoana en Cecily terwijl ik Delia Grace hielp de laatste stoelen tegen de muur te zetten.

Het grootste deel van de begroetingsruimte was nu vrijgemaakt voor dansen en praten, en ik had een van de hofmuzikanten opgeroepen zodat we muziek zouden hebben. Na de waanzin van de verhuizing en de stress van de ontmoeting met Valentina zou dat een traktatie zijn.

'Bedankt voor de uitnodiging.' Cecily kwam naar ons toe en begroette ons met een kleine reverence.

'O, graag gedaan. Je herinnert je Delia Grace vast nog wel,' zei ik met een gebaar naar haar toe. Delia Grace stond met opgeheven hoofd, want ze wist dat ze eindelijk een positie had waarvan niemand kon ontkennen dat die verheven was.

'Ja.' Yoana, die naast haar stond, slikte moeizaam. 'Erg leuk om je te zien.'

'Delia Grace, lieverd, wil jij ze laten zien waar de versnaperingen staan?'

Ze knikte. Ze hoefde met niemand te praten met wie ze op dat moment niet wilde praten. Ik wist zeker dat ze genoot van de wetenschap dat, als iemand ook maar verkeerd haar kant op ademde, ik ze de kamer uit zou gooien.

Er werd opnieuw geklopt, en Nora deed de deur weer open.

'Scarlet!' riep ik. 'Fijn dat je kon komen.'

Ik was blij haar ouders en Saul achter haar naar binnen te zien lopen maar was verbaasd te zien dat de Northcotts zich ook bij haar hadden gevoegd. Daarna kwam Silas Eastoffe binnen, alsof hij vastberaden was als bijzaak te worden gezien. En daar ging mijn hart. Het sloeg over alsof het een beetje al te ver van hem vandaan was doordat het gevangen zat in mijn borstkas.

Ik schraapte mijn keel en draaide me om om mijn gasten te begroeten.

Lord Eastoffe kwam naar me toe en maakte een buiging. 'Bedankt dat we mochten meekomen. Het was... zenuwslopender dan we hadden verwacht om koning Quinten weer te zien.'

Uit medeleven schonk ik hem een schuine hoofdknik. 'Jullie mogen je hier allemaal verschuilen zolang als jullie willen. Er komt geen einde aan deze vertrekken en we hebben genoeg eten voor iedereen. We zullen hier ons kamp opslaan,' grapte ik. 'Maak het jullie alsjeblieft gemakkelijk.'

Delia Grace bewoog al op de muziek en ik deed met haar mee. We voerden een dans uit die we vorig jaar zelf hadden gechoreografeerd.

'Wat een mooie dans,' merkte Nora op toen Delia Grace en ik elkaars polsen aanraakten en om elkaar heen liepen.

'Dank je,' zei Delia Grace. 'We hebben er weken aan gewerkt.'

'Je zou eens moeten proberen de dans voor Kroningsdag te choreograferen,' voegde Nora eraan toe.

Delia Grace leek bijna verbijsterd door de vriendelijke suggestie. 'Als Lady Hollis het wenst. Dank je.'

Toen de dans ten einde was en er een nieuw lied werd gespeeld, keek ik toe terwijl Nora aan een eigen dans begon. Echt, als Delia Grace en zij onze dans zouden choreograferen, zou het waarschijnlijk een van de beste zijn die ik ooit had uitgevoerd.

Meer dan eens werd ik afgeleid door een paar blauwe ogen die tevreden toekeken vanuit een stoel tegen de muur. Meedeinend op de muziek zei ik tegen Silas: 'Danst u, heer?'

Hij ging een beetje meer rechtop zitten. 'Af en toe. Maar van iedereen in de familie is Etan de beste danser,' zei hij met een hoofdknik naar zijn neef aan de overkant van de kamer. Ik zocht hem met mijn blik en zag dat hij met gefronste wenkbrauwen de wandtapijten bekeek, met de handen op zijn rug. Hij zag eruit alsof hij hier heel erg tegen zijn zin was.

'Dat meen je niet.'

Silas gniffelde. 'Jazeker wel.'

'Nou, wees alsjeblieft niet beledigd als ik hem niet ten dans vraag.'

Hij trok een gezicht. 'Ik denk niet dat hij in zijn huidige stemming ja tegen u zou zeggen als u het vroeg.'

Ik zuchtte, want dat geloofde ik wel. 'En jij?'

Hij slikte in en keek naar de vloer. 'Ik wel... maar misschien niet vandaag.' Toen hij me weer aankeek, zag ik een zweem van een blos op zijn wangen. Ik kon het hem niet kwalijk nemen dat hij niet wilde dansen ten overstaan van zo'n intiem gezelschap.

'Kom eens kijken, Lady Hollis,' riep Cecily. Ik liep rustig de kamer door, wat me gelukkig de tijd gaf om de steeds breder wordende glimlach op mijn gezicht te onderdrukken. Wat was het toch aan Silas Eastoffe dat de lucht in de kamer in iets zoeters veranderde? Hij zorgde ervoor dat alles... makkelijker leek. Woorden kwamen er helderder uit, gedachten werden minder wazig. Ik had me niet gerealiseerd dat mensen daartoe in staat waren, dat ze alles scherper konden maken.

Er vormden zich twee groepen in de kamer: de een voerde ontspannen gesprekken en de andere giebelde onder elkaar, waardoor ik in een heerlijk blije stemming raakte. En toen ik op de een of andere manier uiteindelijk kleine Saul als danspartner kreeg, leek dat volkomen natuurlijk. Ik zwierde met hem rond, wat ons veel applaus opleverde, en het was leuk om te zien dat zijn tranen van de vorige dag waren vervangen door een lach. Nadat het lied was geëindigd, boog ik me voorover en kuste Saul op zijn wang. 'Dank u, sir. U bent een uitstekende danser.'

De violist speelde op de achtergrond verder, en iedereen praatte honderduit. Nu we allemaal bij elkaar zaten te kletsen voelden de nieuwe vertrekken aan alsof ze uiteindelijk best een comfortabele plek konden worden. Die belofte hing in de lucht.

'De koning moet wel heel veel om u geven,' zei Silas, die naast me kwam staan. 'Deze vertrekken zijn geweldig. Ze doen me denken aan onze kamers in het Chetwin-paleis. Maar de Coroaanse architectuur is heel anders. Ik denk dat alles er alleen al door de stenen anders uitziet.'

'Hoezo?' vroeg ik. Het waren de stenen die ik mijn hele leven al kende.

'In Isolte zijn de gebouwen een beetje groen of blauw gekleurd. Het komt door een mineraal in de stenen die van de zuidkust komen. Ze zijn erg mooi, maar vooral in de winter lijken ze daardoor donker. Die stenen van jullie hebben heel warme kleuren in zich. Daardoor ziet alles er helderder en uitnodigender uit. En als je dat combineert met de indrukwekkende omvang van de vertrekken vormt het een heel aantrekkelijk geheel.'

Ik knikte. Er gingen veel gevoelens door me heen. 'Het is veruit de mooiste plek waar ik ooit mijn hoofd te rusten heb gelegd. Wel zou ik liegen als ik zei dat ik de eenvoud van mijn oude kamer niet mis, om er nog maar van te zwijgen dat ik daar de meeste dagen wist wat er ging gebeuren.'

Ik slikte en vroeg me opnieuw af of ik te veel gezegd had. Maar ik had nog steeds het gevoel dat er niemand was met wie ik liever te veel wilde delen.

Met een zachte glimlach zei hij: 'Er ligt schoonheid in eenvoud, hè?' Hij keek weer om zich heen. 'Op een gegeven moment in mijn leven zou ik misschien wel hebben gekozen voor de nieuwe kleren, het luxere eten, alle attributen van het hof. Maar ik kan zeggen dat ik door ze te verliezen heb geleerd dat niets in deze wereld loyaliteit, geduld en oprechte genegenheid kan vervangen.'

Ik zuchtte. 'Ik denk dat ik je daar gelijk in moet geven. Het meest waardevolle wat je kunt bezitten is de verzekering dat je een plaatsje hebt in iemands hart. Het is veel beter dan welke ketting ook, veel beter dan welk vertrek ook.'

We deelden een stille blik.

'Zou u uw gouden kroon ruilen voor een bloemenkroon?' vroeg hij met een glimlach.

'Ik denk het wel.'

'Ik denk dat die u goed zou staan,' zei hij.

Ik merkte dat ik net iets te lang oogcontact met hem hield. 'Ik heb tegen je vader gezegd dat jullie je hier mogen verschuilen zo lang als jullie willen. Als je iets nodig hebt, weet je waar mijn vertrekken zijn. Wees niet bang om het te vragen.'

Hij schudde zijn hoofd. 'U hebt ons al zoveel gegeven. Kijk hoe gelukkig Scarlet is, en Saul ook. Om meer zou ik niet kunnen vragen.'

Hij had gelijk. Iedereen glimlachte... op één uitzondering na.

'Dank je, trouwens. Voor je poging van zonet me te verdedigen.'

Silas keek omhoog en zag zijn neef staan zoals ik hem zag: in zijn eentje, terwijl hij miserabel voor zich uit keek. 'Als hij u kende, zou hij zulke dingen niet zeggen. Ik heb hem verteld hoe goed u voor ons bent geweest, hoe vriendelijk. Ik heb hem verteld hoe hoog mijn zus over u opgeeft, hoe zelfs Sullivan glimlacht wanneer hij uw naam hoort.'

'Is dat zo?' vroeg ik dweperig.

Silas knikte trots. Sullivans stille goedkeuring was een compliment dat niet aan mij verspild was.

'Mijn moeder prijst uw dapperheid, mijn vader zegt dat u wijs bent voor uw leeftijd, en ik...'

Hij hield abrupt op met praten. Ik keek naar hem op en wilde graag weten hoe die zin eindigde.

'En jij?'

Hij staarde me aandachtig aan en ik kon de woorden zien die in zijn mond gevangenzaten. Hij keek naar de grond, haalde diep adem en keek weer naar mij.

'En ik ben heel blij dat ik in Coroa vrienden met iemand ben geworden. Ik had echt niet gedacht dat dat zou lukken.'

'O.' Ik keek de kamer rond in de hoop dat niemand de teleurstelling van mijn gezicht kon aflezen. 'Nou, aangezien je familie heel attent is zou ik niet weten waarom dat niet zou lukken. En je zult altijd mijn vriendschap hebben.'

'Dank u wel,' fluisterde hij.

'Silas?'

We draaiden ons allebei naar zijn moeders stem toe.

'Excuseer me alsjeblieft,' zei hij, en ik had het onmiskenbare gevoel dat ik gered werd.

'Absoluut. Ik moet sowieso een ronde maken,' zei ik toen hij wegliep.

Om redenen die ik niet in woorden kon uitdrukken pakte ik een glas bier en liep naar de boos kijkende figuur bij het grote raam.

'Is er iets mis, Sir Etan?' vroeg ik hem, en ik bood hem het glas aan. Hij nam het zonder een woord van dank aan.

'Ik wil u niet beledigen. Uw vertrekken zijn erg mooi. U stond vast te popelen om ermee te pronken.'

Ik schudde mijn hoofd. 'Daarom heb ik jullie niet uitgenodigd.'

'Uw koning wil vast dat we naar huis gaan met verslagen over hoe goed hij zijn toekomstige koningin behandelt. Maar ik heb geen tijd voor roddels. Ik ben gewoon liever thuis.'

'Ah, kijk nou eens. Iets wat we met elkaar gemeen hebben.' Ik draaide me om en liep naar Delia Grace toe. Ik weigerde mijn humeur door hem te laten verpesten.

'Die man is verschrikkelijk. Als hij geen familie was van mensen die me zo goed hebben geholpen, zou ik hem er meteen uit schoppen.'

'Wat is er?' vroeg Nora, die alleen het einde van mijn zin hoorde.

'Niets. Alleen dat neef Etan van de Eastoffes een beetje een snob is.'

'Alsof een Isoltiër hier de kans krijgt om snobistisch te doen,' mopperde Delia Grace.

Ik keek over een schouder in de hoop dat niemand dichtbij genoeg was om dat te horen.

'Trouwens,' vervolgde ze, 'ik denk dat ik Nora's advies ga opvolgen en onze dans voor Kroningsdag ga choreograferen. Dan zijn we maar voorbereid.'

'Goed idee. Alles voelt de laatste tijd zo gehaast.'

'Ik wil het klein houden, met vier meiden, meer niet. Dus je moet er nog een kiezen, en dan kunnen we aan de slag.'

'Goed idee. Hm.' In mijn hoofd ging ik de andere meiden aan het hof af. Ik kende er niet veel, en ik was niet zo dol op degenen die ik wel kende. Lieve hemel, als ik er niet één kon bedenken met wie ik wilde dansen, hoe moest ik dan een complete hofhouding uitkiezen? Ik liet mijn blik door de kamer dwalen en probeerde te zien of iemand een goede aanvulling zou zijn. Ineens viel mijn blik op de enige persoon van wie ik wist dat ze perfect zou zijn.

'Scarlet?' vroeg ik. Ze stond met haar tante te praten, en ik liep naar haar toe.

'Ja, Lady Hollis?'

'Ken je Kroningsdag?' Ik kneep mijn ogen tot spleetjes. 'Ik moet zeggen dat ik geen van de feestdagen van Isolte ken.'

'Ik heb ervan gehoord. Wordt die dag niet gehouden om de vorming van de koninklijke lijn te vieren?'

'Ja, dan kronen we de koning symbolisch opnieuw en beloven hem onze trouw. Ik denk dat het mijn favoriete feestdag is. De meeste mensen slapen de hele dag, het feest begint 's avonds en iedereen feest de hele nacht door.'

Lady Northcott zette grote ogen op. 'Dat klinkt als een feestdag naar mijn hart. Misschien verhuizen wij hier ook wel naartoe.'

Ik giechelde om haar enthousiasme. 'Nou, een deel van de viering bestaat uit dansen. Bijna alle meiden aan het hof doen aan een dans mee, dus wij hebben er natuurlijk ook een. Zou je bereid zijn je aan te sluiten bij Delia Grace, Nora en mij? Het is een geweldige kans om indruk te maken op de koning.'

Haar gezicht lichtte op. 'O, heel graag! Wanneer beginnen we?'

'Na koning Quintens vertrek. Tot dan heb ik geen tijd om na te denken over dansen.'

'Natuurlijk. Laat me maar weten wanneer jullie gaan oefenen, dan zal ik er zijn.'

Haar tante leek heel blij voor haar en ik zag dat Silas, die in een hoek zat, een glimlach probeerde te onderdrukken.

Goed, Valentina had kil gedaan en Etan was onbeleefd geweest. Twee keer. Maar toen ik Silas met zijn glinsterende ogen waarderend naar me zag kijken, was het enige wat ik dacht dat het een heel goede dag was geweest.

16

De volgende ochtend ging ik rechtop in bed zitten en ademde hoopvol de ochtendlucht in. Als er iets een nerveuze stemming kon verlichten waren het wel de jongleurs, muzikanten en spelen op het toernooiveld.

'Ik ben zo opgewonden over het toernooi.' Nora kwam naar me toe en gaf me een zetje om aan te geven dat ik moest opschuiven. Dat deed ik. Ze pakte mijn haar bij elkaar en begon te borstelen.

'Ik ook.' Ik trok mijn benen tegen mijn borst en sloeg mijn armen om mijn knieën, bijna alsof ik het gevoel moest vasthouden.

'Rijdt Jameson vandaag?'

Ik schudde mijn hoofd. 'Hij moet koning Quinten tijdens het hele toernooi begeleiden. En aangezien Quinten tegen de grond zou gaan als hij alleen al een harnas aantrok,' zei ik met een priemende blik in mijn ogen, 'denk ik dat hij vandaag op de tribune zal blijven. Ik weet niet eens of ik de moeite zal nemen een souvenir bij me te dragen.'

'Waarom niet? Je hoeft het niet weg te geven.'

'We zullen zien. Hoe dan ook, ik wil de rode onderrok dragen, maar dan wel met de voor mij zo kenmerkende goudkleurige bovenkleding.'

Ze knikte. 'Dat zal er mooi uitzien. We kunnen je haar beter opsteken, dan wordt het niet vies. Kom.' We verhuisden naar de kaptafel, zodat ze mijn haar kon vastzetten in een gouden netje. Met een breed lint van rood satijn hield ze de voorste lokken op zijn plek.

'Het is duidelijk wie ik vandaag zal toejuichen, hè?'

'Met al dat rood kan er geen twijfel over bestaan.' Ze glimlachte.

Met tot spleetjes geknepen ogen keek ik haar aan. 'Waar is Delia Grace?'

'Er was iets mis met haar jurk. Ze moest op zoek naar garen.'

Ik trok mijn wenkbrauwen op. 'Geen wonder dat het hier zo rustig is.'

Nora gniffelde terwijl ik in mijn lade keek en er linten en zakdoeken uit viste. 'Vergeet niet om luid te juichen en zorg dat je hart niet gestolen wordt door een knappe ridder,' waarschuwde ik haar. Hoewel ik wist dat Jameson naast me zou zitten, zwaaide ik met een zakdoek. Nora had gelijk; ik kon gewoon een souvenir hebben. Ik hoefde het niet weg te geven. Ik liet de zakdoek snel in de mouw van mijn jurk glijden toen Delia Grace de kamer binnen kwam. Ze was nu al gespannen.

'Waarom zit die naaister verdorie helemaal achter in het kasteel? Alsof wij aan deze kant van het kasteel nooit naald en draad nodig hebben.' Snuivend zorgde ze dat onze jurken goed zaten en ons kapsel netjes was.

'Ik zal ervoor zorgen dat de kleedsters hier een paar vertrekken krijgen,' beloofde ik. 'Ik wed dat er meer mensen zijn die er blij mee zouden zijn.'

Terwijl ze een verdwaalde haar bij mijn nek weer in het haarnetje duwde knikte ze vastberaden. 'Soms denk ik dat wij de enigen zijn die weten hoe het hier reilt en zeilt, Hollis. Ziezo, klaar.'

'Daar gaan we dan, dames,' zei ik. Voordat we naar buiten liepen gaf ik Delia Grace een lint. Ik hield mijn hoofd geheven toen ik over het drukke terrein liep naar waar Jameson net in de koningsloge ging zitten. Koning Quinten zat links van hem, met zijn dierbare koningin naast zich. Ik slaakte een zucht van opluchting. Met haar aan de andere kant van de loge was de kans op contact klein.

Toen ik dichterbij kwam, zag ik een jongeman in harnas op me af komen.

'Hé, Silas Eastoffe, ben jij dat?' vroeg ik, ook al was het antwoord overduidelijk: hij werd geflankeerd door zijn ouders en zijn vreselijke neef.

Hij zette zijn helm af en maakte snel een buiging voor me. 'Inderdaad, Lady Hollis. Ik ga toch een poging wagen in het zwaardgevecht. En kijk,' vervolgde hij terwijl hij een keer helemaal ronddraaide. Het duurde niet lang tot ik het begreep.

Ik keek zijn ouders in de ogen. De uitdrukking op hun gezicht hield het midden tussen tevreden en behoedzaam. 'Je draagt geen rood en ook geen blauw.'

In de verte riepen zijn oom en tante iets. Lord en Lady Eastoffe zwaaiden en liepen naar hen toe. Snel wendde ik me tot mijn dames. 'Delia Grace en Nora, jullie mogen naar onze zitplaatsen gaan. Ik kom zo.' Ze gehoorzaamden meteen en ik bleef met Silas en Etan achter. Ik zou willen dat Etan met zijn zure gezicht met zijn oom en tante was meegegaan.

'Ben je niet bang dat je iemand zult beledigen?' vroeg ik Silas zacht.

'Integendeel. Ik ben trots op mijn verleden en mijn heden, dus ik hoop vandaag beide koningen te eren.'

Elke keer wanneer ik iets nieuws over Silas te weten kwam bewonderde ik hem meer, merkte ik. 'Dat is heel nobel, sir.'

Naast hem rolde Etan met zijn ogen.

'En u, Sir Etan?' vroeg ik. 'Doet u vandaag niet mee? Hebt u geen zin in een toernooi?'

Hij keek op me neer alsof ik een insect was.

'Ik speel geen oorlogje, milady. Ik strijd in echte oorlogen. Een stompe lans en een bot zwaard maken me niet bang.'

Ik keek Silas weer aan. 'Mijn neef heeft zich al vele malen vrijwillig aangemeld voor het Isoltische leger,' zei hij trots. 'Hij vecht om de vrede aan de grens te bewaren.'

Ik vond het niet leuk om tijd door te brengen met iemand die tegen mijn landgenoten vocht, maar ik kon niet ontkennen dat daar moed voor nodig was.

'Nou, dan bewonder ik u vanwege uw moed en leef ik met u mee vanwege de offers die u vast en zeker hebt gebracht.'

'Ik heb geen van beide nodig,' sneerde hij. 'Niet van u.'

Ik schudde mijn hoofd en tilde de zoom van mijn jurk iets op met mijn vingertoppen. 'Ik ben blij dat u vandaag uw zwaard weggestopt houdt, Sir Etan. Als u hetzelfde zou kunnen doen met uw tong, zou u merken dat uw gezelschap veel meer gewaardeerd werd.'

Met alweer een moeilijk gezicht stormde hij weg zodat ik alleen achterbleef met Silas. Eindelijk.

'Ik heb mijn best gedaan.'

Silas glimlachte en haalde zijn schouders op. 'Dat weet ik. Dat vind ik zo leuk aan u. U doet altijd uw best.'

Daar dacht ik over na. Etan had me een ornament genoemd, Delia Grace nam elke gelegenheid te baat om me eraan te herinneren dat ik een slechte leerling was en mijn ouders... nou ja, die hadden altijd van alles op me aan te merken. Maar Silas vielen steeds dingen op die ik niet van mezelf wist. Hij zei dat hij mijn manier van denken leuk vond. En hij had gelijk, ik had genoeg goede ideeën. Hij zei dat ik mijn best had gedaan, en ook daarin had hij gelijk. Ik vond het moeilijk daarmee te stoppen.

Ik zou willen dat ik een reden had om nog even bij hem in de buurt te blijven. In plaats daarvan boog ik mijn hoofd naar hem om hem gedag te zeggen en liep weg. Steels keek ik achterom. Als ik bij Silas in de buurt was, voelde ik iets onbenoembaars, alsof we door een touwtje met elkaar verbonden waren dat aan me trok als ik te ver wegging. Ik begon te denken dat het lot had gezorgd dat onze paden elkaar hadden gekruist, maar gezien hoe anders onze paden waren gelopen had ik geen idee waarom. Impulsief trok ik mijn zakdoek uit mijn mouw en liet hem op de grond vallen, waarna ik snel verder liep.

Zodra ik bij de koninklijke loge was aangekomen maakte ik een reverence voor koning Jameson. 'Majesteit.'

'Lady Hollis, je ziet er vandaag stralend uit. Hoe kan ik me nou concentreren op de spelen?'

Ik glimlachte en knikte toen naar koning Quinten en koningin Valentina. 'Uwe Majesteiten. Ik hoop dat u goed geslapen hebt.'

Koningin Valentina knipperde met haar ogen naar me, blijkbaar beduusd door mijn vriendelijke toon. 'Dank je wel.'

Ik nam plaats en probeerde mijn aandacht erbij te houden toen de spelen begonnen. Zoals gewoonlijk was Jamesons minst favoriete evenement, speer te voet, het eerst aan de beurt. Ik kon het hem niet kwalijk nemen: het ging zelfs voor mij te langzaam, en ik wist nooit goed hoe de puntentelling verliep. De meeste andere evenementen waren meer rechttoe rechtaan.

'Ha ha!' riep koning Quinten. 'Weer een overwinning voor mijn mannen!'

'Jullie hebben uitstekende soldaten,' zei Jameson minzaam. 'Dat zei mijn vader altijd al. Maar ik denk dat het tij zal keren wanneer de evenementen te paard plaatsvinden. Te paard blinken alle Coroanen uit. Ook mijn Hollis rijdt met snelheid en gratie.'

Ik boog me naar voren en zoog de lof in me op. 'U vleit me. En hoe zit het met u, Majesteiten? Rijdt u paard?'

'Vroeger wel,' antwoordde Valentina met een zwakke glimlach, voordat haar man haar met een handgebaar het zwijgen oplegde.

'Niet als het aan mij ligt,' antwoordde hij snel.

Ik trok een gezicht naar Jameson, die mijn ergernis volledig begreep. Toen hij als reactie zijn tong uitstak scheelde het niet veel of ik was in lachen uitgebarsten.

Zodra 'speer te voet' eindelijk voorbij was kwamen de eerste groepen deelnemers naar buiten voor het volgende evenement: het zwaard. Na een paar rondes kwam Silas het veld op.

'Kijk daar, Majesteit.' Ik liet mijn arm op die van Jameson rusten en wees met de andere. 'Ziet u de jongeman die geen kleuren draagt?'

Hij richtte zijn blik op de andere kant van de arena. 'Ja.'

'Hij is een van de zonen van de Eastoffes. Hij wilde u beiden eren met zijn prestaties, dus heeft hij geen kant gekozen,' legde ik uit. 'Hij zei dat het voor zowel zijn verleden als heden is.'

Daar dacht Jameson even over na. 'Heel diplomatiek van hem.'

Ik fronste mijn wenkbrauwen, want ik was een tikje teleurgesteld door die opmerking. 'Ik vond het een mooi sentiment.'

Hij lachte. 'Ach, Hollis, je hebt zo'n eenvoudige kijk op het leven. Ik wou dat ik die zelf had.'

De wedstrijd begon en ik zag al snel dat Silas gelijk had: hij was veel beter in het maken dan het hanteren van zwaarden. Toch schoof ik steeds dichter naar de rand van mijn stoel toe in de hoop dat hij op de een of andere manier de overwinning zou pakken. Zijn voetenwerk was stuntelig, maar hij was sterk en zwaaide met veel meer overtuiging met het zwaard dan zijn tegenstander, die toevallig blauw droeg.

De menigte juichte en schreeuwde bij elke klap, en ik bracht mijn vingers naar mijn lippen. Als Silas niet won hoopte ik dat hij op zijn minst ongedeerd uit de strijd zou komen. Ik maakte me nooit zorgen wanneer Jameson aan een steekspel deelnam. Misschien kwam het door zijn vaardigheid te paard of gewoon door de overtuiging dat hij niet kon falen.

Aangezien ik wist dat het heel goed mogelijk was gedood of verwond te worden, maakte ik me des te meer zorgen om wat ik zag. Maar toen ik een stukje goudkleurige stof uit zijn mouw zag piepen was mijn hoop hersteld dat Silas in elk geval veilig zou zijn.

Hij had mijn zakdoek bij zich. Ik voelde mijn hartslag nog meer versnellen nu ik wist dat hij mijn souvenir had opraapt en het bij zich had gestopt alsof het van hem was. Ik gluurde naar Jameson in de hoop dat hij het niet in de gaten had. En zelfs als hij het wel had gezien: veel dames weefden gouden draden in hun zakdoeken, hield ik mezelf voor. Het was een opwindend en heerlijk geheim.

Silas en zijn tegenstander streden, heen en weer, en weigerden allebei zich gewonnen te geven. Na een van de langste zwaardgevechten die ik ooit had gezien werd de doorslag gegeven doordat de man in het blauw een paar misstappen zette en Silas met zijn zwaard hard op de rug van zijn uitdager sloeg. Zijn tegenstander viel op de grond en de ronde was voorbij.

Ik ging staan, juichte uit alle macht en klapte mijn handen rood.

Jameson stond naast me op. 'Zo te zien steun je die zwaardvechter echt,' zei hij.

'Nee, milord,' schreeuwde ik boven het lawaai uit, met een grijns van oor tot oor. 'Ik steun de diplomatie!'

Daar moest hij hartelijk om lachen, en hij gebaarde dat Silas naar hem toe moest komen.

'Heel goed gedaan, sir. En ik waardeer je... statement.'

Silas zette zijn helm af en boog voor de koning. 'Dank u, Majesteit. Het was een eer vandaag te vechten.'

Koning Quinten moest een paar keer met zijn ogen knipperen om er zeker van te zijn wat hij precies zag, maar toen hij dat eenmaal deed, stond hij woedend op.

'Waarom draag je geen kleuren?' vroeg hij dwingend. 'Waar is je blauw?'

Jameson draaide zich naar hem toe. 'Hij is nu een Coroaan.'

'Niet waar!'

'Hij is uw land ontvlucht om hier toevlucht te zoeken. Hij heeft trouw aan mij gezworen. Toch draagt hij geen kleuren, omdat hij u niet wil beledigen. En dan maakt u hem te schande?'

Quintens stem klonk zacht en dreigend. 'U en ik weten allebei dat hij nooit een echte Coroaan zal zijn.'

Net achter hen zag ik koningin Valentina haar buik vasthouden. Haar ogen schoten nerveus tussen Quinten en Jameson heen en weer. Tot nog toe leek ze boven zoiets ordinairs als nervositeit te staan, maar nu was ze duidelijk bezorgd over hoe dit zich zou ontvouwen. Ik wilde het niet zien, en zij volgens mij ook niet.

'Komt u met mij mee, Majesteit. U moet zich niet te druk maken.' Ik liep met haar de trap af en de schaduw achter de koninklijke loge in. Hoewel we de stemmen van Jameson en Quinten nog konden horen, werden hun woorden gedempt.

'Koningen, hè?' grapte ik in een poging de spanning te doorbreken.

'Mannen in het algemeen, denk ik,' antwoordde ze, en we barsten allebei in lachen uit.

'Kan ik iets voor u halen? Wat water, iets te eten?'

Ze schudde haar hoofd. 'Nee, ik ben gewoon blij om weg te zijn bij dat geschreeuw. Zijne Majesteit wordt snel boos en ik hou me daar liever buiten.'

'Ik heb medelijden met de zwaardvechter. Volgens mij bedoelde hij het goed.'

'Silas Eastoffe.' Ze keek naar de grond. 'Volgens mij bedoelt hij het altijd alleen maar goed.'

Dat was grappig. Hoewel ik wel had gehoord dat Silas de koningin kende, was nooit bij me opgekomen dat de koningin hem ook kende.

'Heeft hij dit soort dingen al eens eerder gedaan?'

'Niet echt. Ik heb hem er een paar keer op betrapt dat hij zijn gesprekspartner probeerde te laten nadenken over de andere kant van de discussie. Hij wil gewoon dat mensen nadenken.'

Ik knikte. 'Ook al ken ik hem niet goed, dat zou volgens mij best wel kunnen kloppen.'

Er klonk een stormloop van voetstappen de trap af en daar was Quinten, leunend op zijn wandelstok. Hij trok zijn vrouw zo snel bij me vandaan dat ik geen reverence kon maken voordat ze weg was. Jameson kwam kort daarna naar beneden en zette zijn handen in zijn zij.

'Nou, het toernooi is voorbij. Quinten besloot dat hij liever wil rusten dan beledigd worden.'

'O nee. Majesteit, wat erg.'

Hij schudde zijn hoofd. 'Ook al weet ik dat die jongen iets slims probeerde te doen, uiteindelijk heeft hij een grote puinhoop veroorzaakt.'

'Dat is echt belachelijk! Wie welke kleur ook had, was dit toernooi niet bedoeld als vermaak? Ter afleiding?'

'Ja, natuurlijk, maar...'

'En geeft iemand die zoekt naar de middenweg niet het goede voorbeeld? Is dat niet iets wat we allemaal zouden moeten nastreven? Waarom moet alles een wedstrijd zijn?'

'Hollis!'

Jameson had nog niet eerder zijn stem tegen me verheven. Ik was met stomheid geslagen.

'Je hoeft je hier geen zorgen over te maken. Je hoeft niet zo hard na te denken. Het enige wat jij hoeft te doen is Coroa laten zien wat een goede koningin je kunt zijn. En die meid van Quinten in de schaduw stellen.'

Ik slikte. 'Een goede koningin moet toch ook nadenken over de vraag hoe we onze relatie met het grootste land op het continent kunnen verbeteren?'

'Dat doe ik wel, Hollis.' Hij schudde zijn hoofd. 'Die dwaze jongen. Laten we hopen dat dit rechtgezet kan worden.' Hij kuste mijn hand en liep weg.

Ik voelde me klein. Jameson was nooit eerder ontevreden over me geweest. Hij had me nooit eerder gecorrigeerd. Maar goed, ik had mijn mening ook nooit eerder echt gedeeld. Had... Had Etan gelijk? Was ik een ornament?

Dat kon ik niet geloven. Als ik zou aansluiten in een lange rij grootse koninginnen, moest ik dan niet in hun voetsporen treden? De voetsporen die leidden naar de huizen van de armen? De voetsporen die leidden naar een slagveld?

Ik was heel lang bang geweest dat ik voor ze zou onderdoen. Nu was het ondenkbaar dat ik niet eens een poging zou wagen om bij ze in de buurt te komen.

Ik beende naar de plek waar de deelnemers aan de wedstrijden rondliepen in de hoop dat ik in de mensenmassa een bepaalde familie kon vinden. Ik baande me een weg door de menigte tot ik helaas een bekend gezicht zag.

'Etan!' riep ik.

Hij draaide zich om en ik zwaaide in een poging zijn aandacht te trekken. Hij maakte een kleine hoofdbuiging om aan te geven dat hij me had gezien.

'Waar is Silas?'

Zuchtend liep hij naar me toe en trok me uit de menigte. 'Heb je geen ogen in je hoofd?'

'Ik ben niet zo lang als jij. Is alles goed met hem?'

'Ja. Oom Dashiell heeft hem in de buurt van de bosrand laten schuilen terwijl de rust wederkeerde, en nu gaan de meeste mensen de andere kant op. Hierheen.'

Ik volgde hem zo goed mogelijk en probeerde zijn lange stappen bij te houden. Uiteindelijk zagen we ze. Silas zat op een vat met zijn ouders te praten, met een verbijsterde uitdrukking op zijn gezicht. Zodra hij me zag stond hij op en begon hij zich onmiddellijk te verontschuldigen voor zijn misstappen.

'Lady Hollis, het spijt me zo. Kunt u mijn verontschuldigingen aanbieden aan de koning?'

'Rustig aan,' zei ik met klem.

Smekend pakte hij mijn handen vast. 'Als koning Jameson onze verblijfsvergunning intrekt vanwege mij... Hollis, mijn familie.'

Zijn handen waren ruw, maar die blauwe ogen stonden heel zacht.

'Ik weet het.' Ik slaakte een zucht. 'Vertel me alsjeblieft dat je de stukken af hebt waarover ik het had toen we hoorden dat de koning op bezoek zou komen.'

Hij knikte. 'We hebben tot laat doorgewerkt om te zorgen dat ze voor zijn komst klaar waren. Maar niemand heeft ons opgedragen wanneer we ze moeten aanbieden.'

'Perfect,' zei ik. 'Dan ga ik nu koningin Valentina een brief sturen.'

17

Ik bleef stilstaan terwijl Delia Grace steeds opnieuw de linten door de gaatjes achter in de jurk reeg om te zorgen dat hij precies goed zat. 'Dit is heel vreemd,' zei ze. 'Hoe voelen je armen aan?'

'Zwaar,' bekende ik.

Delia Grace liep terug naar het pakje en haalde er nog één ding uit. 'Voor op je hoofd. We kunnen wel iets van jou gebruiken, als je dat liever hebt.'

Valentina's spullen waren heel mooi. Het vakmanschap was lang niet zo gedetailleerd als in Coroa, maar de edelstenen waren groter en massiever.

'Nee, zij heeft het gestuurd, dus dan zal ik het dragen ook.'

Ik liep met een stapel boeken in mijn armen door mijn vertrekken om te wennen aan het gewicht van de mouwen en het hoofdsieraad. Halverwege mijn zevende rondje kwamen Silas en Sullivan binnen, met hun beste kleren aan en hun werkstukken op zwarte kussens.

Sullivan ging achter zijn broer staan en keek angstig naar Nora en Delia Grace. Hoewel ik heel graag met Silas wilde praten, ging ik eerst naar zijn broer.

'Deze dames zijn allemaal vriendinnen van me,' zei ik, en ik legde een hand op zijn arm. 'En vanavond hoef je geen woord te zeggen. Til alleen het kussen op, zodat koning Jameson je geschenk kan pakken.'

Hij knikte en schonk me een kleine glimlach.

'En waar glimlach jij om?' vroeg ik toen ik me tot Silas wendde.

'Nergens om. Het is gewoon geweldig u in Isoltisch blauw te zien. U zou bijna kunnen doorgaan voor een meisje van thuis.'

'Misschien als ik een paar centimeter groeide en minder tijd in de zon doorbracht?'

'Misschien.' Toen dempte hij zijn stem. 'Ik weet niet of hiermee iets rechtgezet kan worden, Lady Hollis.'

'Ik weet het,' antwoordde ik, en ik frummelde aan mijn zware kleren. 'Maar we moeten het proberen.'

Na snel aangeklopt te hebben kwam Valentina binnen, met haar enige hofdame achter zich aan. Ik had de meest lichtrode jurk gekozen die ik voor haar kon vinden, bijna roze, en zoals ik had gehoopt stond die goed bij haar teint.

'Wat denkt u, milady?' vroeg ze.

'Ik denk dat u hem moet houden. Hij staat u veel beter dan hij mij ooit heeft gestaan.'

Ze glimlachte en genoot van de lof. Wanneer Valentina glimlachte, was ze net een ander iemand.

'Mijn armen voelen zo vrij,' zei ze, en ze tilde ze boven haar hoofd.

'Kunt u mij alstublieft vertellen waarom de dames in Isolte jurken met zulke enorme mouwen dragen?' vroeg ik geërgerd.

Ze lachte. 'Ten eerste zijn ze een statussymbool. Je straalt ermee uit dat je de middelen hebt om de extra stof te kunnen betalen en dat je niet met je handen hoeft te werken. Dames op het platteland dragen ze niet, of althans niet met zulke lange mouwen. En ten tweede houden ze je warm. In Isolte is het veel koeler dan hier.'

'Ah,' zei ik. Het was logisch, hoewel het geen gewoonte was die ik van plan was over te nemen, of ik het me nu kon veroorloven of niet.

'Als ze glimlacht zouden jullie voor zussen kunnen doorgaan,' fluisterde Delia Grace naast me.

Toen we elkaar ontmoetten was ik van de zenuwen alleen maar bezig geweest met een goede eerste indruk te maken, maar nu viel me op dat ze gelijk had. Als je naar ons haar en de de vorm van ons gezicht keek, konden we in elk geval doorgaan voor bloedverwanten.

'Er is me verteld dat het diner een kwartier geleden is begonnen, dus zal iedereen nu wel zitten,' zei ze. 'Zeg maar wanneer je er klaar voor bent.'

'Uitstekend. Delia Grace, Nora, willen jullie nu de hofdame van de koningin meenemen? Dan kunnen jullie allemaal gaan zitten.' Ze deden wat ik zei, en de perplexe vrouw liep met hen de kamer uit. 'Sullivan, wil jij achter Koningin Valentina aan lopen? En Silas, blijf jij alsjeblieft bij mij.'

Hij knikte. 'Natuurlijk, milady.' Toen dempte hij zijn stem. 'Het is misschien makkelijker voor mijn broer als hij bij u blijft.'

Ik sloeg mijn ogen neer voordat ik de moed bijeenraapte om te antwoorden. 'Maar ik heb jou bij me nodig. Alsjeblieft.'

Hij keek me lang aan, alsof hij iets terug wilde zeggen. Uiteindelijk knikte hij alleen. Ons groepje liep de kamer uit.

De gangen waren bijna leeg: iedereen wilde het feest bijwonen, al was het maar vanwege de overvloedige maaltijd.

'Hoe groot is de kans dat uw koning nog boos is?' vroeg ik aan Valentina.

'Groot. Hij is niet zo vergevingsgezind.'

'Denkt u dat hierdoor iets zal veranderen?'

Ze dacht na. 'Jullie koning lijkt redelijker dan de meesten, dus het zal helpen als hij weer een goed humeur heeft. En als de mensen die onder ons staan zien hoe wij ons gedragen, denk ik dat ze zullen proberen daar een voorbeeld aan te nemen. Een lam gaat alleen waar zijn herder het naartoe leidt.'

'Een heel goed punt, Majesteit.' Ik keek Valentina aan. Ze was echt heel mooi, met haar dat bijna dezelfde kleur had als het mijne maar een teint die meer melkwit dan honingkleurig was. En ze was zo lang en statig dat ik zelfs met mijn hoogste hakken aan niet zo lang was als zij. 'Heel erg bedankt dat u hiermee hebt ingestemd. Ik besef dat ik een fout heb gemaakt toen we elkaar ontmoetten, dat het een slechte start was. Ik wilde u niet beledigen. Ik ben zo blij dat u nu wilt helpen.'

Ze maakte een loom handgebaar. 'Je hebt me niet beledigd. Soms is het makkelijker, weet je? Om gewoon te zwijgen.'

Ik giechelde. 'Zwijgen is niet mijn sterkste kant.'

Ze perste haar lippen op elkaar; blijkbaar had ze dat al begrepen. 'Na een paar jaar met een kroon op je hoofd is dat wellicht anders.'

Ik wilde vragen wat ze daarmee bedoelde, maar we stonden al bij de ingang van de Grote Zaal. Ik kreeg een knoop in mijn maag van angst. Ik vreesde dat we het net als Silas goed bedoelden, maar het desondanks erger zouden maken. Valentina voelde vast mijn angst, want ze stak een hand naar me uit. Hand in hand liepen we de zaal binnen.

In eerste instantie zag niemand ons, maar ik hoorde mensen geschokt naar adem happen en fluisteren toen grote delen van de zaal stilvielen om te zien wat er zou gebeuren wanneer we bij de hoofdtafel aankwamen. Zodra de verandering in de atmosfeer Jamesons' oren bereikte, keek hij op en richtte zijn blik recht op het centrale gangpad. Ik zag hoe zijn ogen zich vestigden op de rode jurk. Bijna verspreidde een glimlach zich op zijn gezicht, totdat hij besefte dat ik niet het meisje in de jurk was. Zijn blik ging onmiddellijk naar rechts, en zijn mond viel een beetje open toen hij me in zich opnam.

Hij praatte zacht met koning Quinten, die uiteindelijk van zijn eten opkeek, chagrijnig als altijd. Gelukkig was de aanblik van zijn vrouw in Coroaans rood en mij in Isoltisch blauw genoeg om hem met stomheid te slaan.

We naderden het podium en maakten een reverence voor ze. Omdat Valentina hoger in rang was dan ik, sprak zij als eerste.

'Majesteiten, we zijn hier vanavond om op te roepen tot vrede tussen onze twee grote koninkrijken,' zei ze.

'Jullie volkeren hebben weliswaar misstappen begaan, maar jullie zijn beiden beter dan jullie onderdanen, en we zien jullie als gids. Ik draag rood, omdat ik in Coroa een vriendin heb gevonden.'

'En ik draag blauw, omdat ik nu ook nog een vriendin uit Isolte heb.' Ik gebaarde dat Sullivan en Silas naar voren moesten komen. 'Deze gouden kronen in de vorm van olijftakken zijn voor u, Majesteiten. Gemaakt door een familie die in Isolte is geboren en in Coroa woont. Moge ze een model zijn voor onze broederschap voor de komende jaren.'

De menigte achter ons applaudisseerde en ik draaide me om om de eerste kroon te pakken.

'Wat is hij licht!' riep ik uit.

'Ik heb mijn best gedaan voor u,' zei Silas zacht.

Mijn blik bleef iets langer op hem hangen dan de bedoeling was, voordat ik over de tafel heen reikte om de kroon op het hoofd van koning Quinten te zetten. Koningin Valentina deed hetzelfde bij Jameson. Hij glimlachte en praatte met haar. Koning Quinten concentreerde zich op mij.

'Ik zie dat je hecht bent geworden met de Eastoffes,' merkte hij op.

'Ik probeer een uitstekende gastvrouw te zijn in het kasteel, voor Zijne Majesteit, ongeacht waar onze gasten vandaan komen.'

Hij knikte. 'Ik raad je aan goed op te letten. In Isolte houden mensen ze tegenwoordig vaak op een afstand.'

'Ik kan me niet voorstellen waarom,' snauwde ik, voordat ik me herinnerde dat ik hier was om bruggen te repareren, niet om ze met een bijl te vernielen. Ik slikte en begon opnieuw. 'Sinds hun komst hebben ze zich nederig gedragen en zijn ze heel behulpzaam geweest.'

De blik in zijn ogen was meer een waarschuwing dan zijn woorden dat waren. 'Als je met vuur wilt spelen, ga dan je gang. Jij bent degene die zal verbranden.'

Ik maakte weer een reverence voor hem, want ik wist dat dat moest, maar vond het vreselijk om dat te doen alsof ik die man enig respect wilde betonen. Met een hoofdknik naar Silas en Sullivan gaf ik aan dat ze konden gaan, en ik zei geluidloos de woorden 'dank je wel'. Daarna wendde ik me tot koningin Valentina.

'Je bent wijzer dan iemand had kunnen vermoeden. Morgen praten we verder,' zei ze in mijn oor, voordat we langs elkaar heen liepen en bij onze koningen gingen zitten.

‘Wat vindt u ervan?’ vroeg ik aan Jameson toen ik op mijn plek ging zitten.

‘Als je met die jurk aan van een boot viel, zouden de mouwen je regelrecht de diepte in sleuren.’

Ik lachte. ‘Ik moest oefenen met lopen,’ gaf ik toe.

Hij glimlachte. ‘Alle grappen terzijde: in alles wat je draagt zie je er prachtig uit.’ Hij leunde achterover en nipte van zijn drankje. ‘Ik hoor dat het tegenwoordig de mode voor bruiden is om wit te dragen. Dat zou nog eens iets zijn, hè?’

Blozend keek ik omlaag. Natuurlijk was ik blij dat hij me in Isoltisch blauw nog steeds mooi vond, maar ik vroeg me af hoe hij zich voelde bij wat Valentina en ik hadden gedaan. Of hij onze strategie en ons harde werk waardeerde. Voordat ik het kon vragen tikte koning Quinten op Jamesons schouder.

‘Het heeft geen zin ruzie te maken. We moeten weer praten over dat contract,’ drong hij aan.

Uit zijn zicht slaakte ik een zucht. Ik had geen idee waar ze aan werkten, maar was blij dat ze het niet opgaven vanwege een enkel gevecht tijdens een toernooi. Zelfs als Jameson geen woord van dank uitsprak, was dit moment in elk geval een succes geweest.

Overal in de zaal zaten mensen te kletsen, te eten en te lachen. Hoewel Valentina en ik niet langs grenzen hadden gelopen of hadden voorkomen dat een koning een oorlog begon, hadden we stappen gezet in een richting die naar vrede zou kunnen leiden. Ik hoopte dat de koninginnen die voor mij hadden gediend het zouden hebben goedgekeurd. Te oordelen naar de lachende gezichten en ontspannen schouders in de zaal leken de meeste mensen aan het hof dat wel te doen.

Aan zijn tafel ving Silas mijn blik, en hij hief zijn glas naar me. Ik beantwoordde het gebaar en nam een slok. Nee, die jongen was alleen maar goed. Niets aan hem kon me verbranden.

Het midden van de zaal, waar Valentina en ik doorheen waren gelopen, vulde zich met mensen die gingen dansen nu het diner ten einde liep en de muziek van tempo veranderde.

Ik keek met angst en beven toe toen Silas van zijn tafel opstond en naar het podium liep.

'Majesteit,' zei hij, en hij maakte een buiging voor Jameson. 'Ik zie dat koning Quinten en u het druk hebben. Ik vroeg me af of ik Lady Hollis ten dans mag vragen.'

Jameson glimlachte sluw. 'Alleen als zij dat wenst.'

Ik haalde even adem. 'Tja, met u kan ik niet dansen.' Ik kuste hem op zijn wang en liep het podium af naar Silas toe. Terwijl het lied ten einde kwam, ging ik naast hem staan.

'Ik wilde hard maken wat ik zei, dat ik met u zou dansen als u me ooit vroeg,' fluisterde hij.

Ik sprak zacht. 'Maar daar ben ik nog niet aan toegekomen.'

'Ik kon niet wachten. Ik hoop dat u het niet erg vindt.'

Ik lachte. 'Helemaal niet. Ik stond te popelen om te dansen, en Jameson is de laatste tijd meer geïnteresseerd in toekijken. Ik ben gewoon zo dankbaar dat iemand me heeft gevraagd. Geen van de andere heren aan het hof zal dat nu doen.'

'Aha, ik begrijp het. Nou, laten we één lied lang koningen en kleuren en de rest vergeten. We gaan gewoon fijn dansen. Goed?'

'Ja,' verzuchtte ik.

De muziek begon. We gingen tegenover elkaar staan en bewogen op de maat met de andere koppels mee.

'Ik weet niet hoe ik je hiervoor moet bedanken,' zei ik. 'Je familie en jij hebben ons vanavond gered.'

Hij rolde met zijn ogen. 'Ja, nadat ik ons eerst in de problemen had gebracht.'

'Onzin. Ik denk dat we allemaal wel weten wie hier het echte probleem is.' Ik draaide me naar Silas toe en legde mijn hand in de zijne. Ondanks zijn ruwe huid hield hij mijn hand heel zacht vast, en ik kon restjes edelman in het gebaar zien.

'Toch was het het minste wat we konden doen.'

'Heeft de koning je al een vergoeding gegeven?'

Hij schudde zijn hoofd. 'We hadden afgesproken dat er in deze dans geen plaats is voor koningen.'

Hij had gelijk. 'Goed dan.'

We kruisten onze armen en draaiden in het rond. Ook al was hij niet de beste danspartner die ik ooit had gehad, hij was rustiger dan Jameson.

'Ik weet niet of er hierna nog vaak de gelegenheid voor zal zijn, maar ik hoop dat we snel nog weer eens kunnen praten,' zei hij.

'Ik ook. Het is leuk iemand te hebben om van gedachten mee te wisselen. Nog iets waarvoor ik je moet bedanken.'

Hij glimlachte naar me, en de oprechte bewondering in zijn blik deed me vergeten dat er andere mensen in de ruimte waren. 'Ik ben er voor u wanneer u me nodig hebt. Ik ben juist degene die bij u in het krijt staat. U hebt mijn familie een thuis geboden. U hebt mijn daden publiekelijk verdedigd. U bent een heel opmerkelijke dame, Lady Hollis.' Zijn gezicht betrok een beetje toen hij eraan toevoegde: 'U zult een onvergetelijke koningin zijn.'

Het lied eindigde, en ik maakte een reverence voor hem. Ik draaide me naar Jameson toe om te zien of hij tevreden was over de dans. Hij keek niet eens.

Snel richtte ik mijn blik weer op Silas, en met een hoofdknik gaf ik aan dat hij me moest volgen, de Grote Zaal uit.

Ik verliet het vertrek, liep een stukje de gang door en wachtte daar. Ik hoorde dat het volgende lied begon en zag Silas' schaduw voordat hij op de plek aankwam waar ik stond.

'De dans is voorbij, dus nu moet ik het nog eens zeggen – als de koning je geen vergoeding geeft voor je werk, wil ik zorgen dat dat gebeurt.'

Silas sloeg zijn blik neer en schudde toen zijn hoofd. 'Daar hoeft u zich geen zorgen over te maken. Het waren geschenken.'

'Ik sta erop! Zonder jouw familie zou dit vanavond niet zijn gebeurd, dus ik sta bij je in het krijt.'

'U hebt ons een plek om te wonen gegeven. Wij staan juist bij u in het krijt.'

Ik zette mijn handen in mijn zij, wat verrassende moeilijk ging gezien de mouwen. Hij zag het en lachte me uit.

'Hou op! Ik heb hier hard op geoefend!'

'Ik weet het,' zei hij, en hij keek gauw weer ernstig. 'Los van garderobekwesties: u hebt het vandaag geweldig gedaan.' Hij gebaarde naar de Grote Zaal. 'Ze fluisteren er niet alleen over hoe gracieus u zich vanavond hebt gedragen, Hollis. Ze zeggen dat ze al die tijd al wisten wat een geweldige koningin u zult zijn.'

Het woord kwam als een hoopvolle fluistering naar buiten. 'Echt waar?'

Hij knikte. 'U hebt het fantastisch gedaan.'

Ik staarde naar hem, naar de sprankelende hoop in zijn blauwe ogen. Er was echt iets bijzonders aan dat blauw. En aan de manier waarop zijn haar bewoog wanneer hij zijn schouder liet zakken. En aan hoe hij glimlachte, alsof hij niets achterhield en zijn zorgen, aandacht en genegenheid voor anderen bewaarde.

'Ik prijs me zo gelukkig dat ik jou heb ontmoet,' bekende ik. 'Sinds jouw komst voel ik me... anders.'

'Ik voel me ook anders,' zei hij, en hij dempte zijn stem tot een fluistering. 'Als u in de buurt bent.'

Het werd me plotseling duidelijk dat we heel erg alleen waren. In deze enorme gangen waren voetstappen overduidelijk te horen, en dat geluid was er nu niet.

'Ik kan waarschijnlijk beter teruggaan,' fluisterde ik.

'Ja.'

Maar geen van ons beiden verroerde zich. Totdat we dat allebei wel deden en midden in de gang bij elkaar kwamen voor een gestolen kus.

Silas legde zijn handen om mijn wangen en hield me zo teder vast dat ik alles in mijn lijf voelde smelten. Ik voelde de eeltplekken op zijn vingers toen hij de rand van mijn gezicht aftastte en vergeleek het gevoel met dat van Jamesons perfect gladde handen – ik kon het niet helpen. Het besef dat Silas hard werkte, werk dat hem die eeltplekken had gegeven, zorgde er op de een of andere manier voor dat ik zijn aanraking koesterde.

Ik had wel een eeuwigheid zo kunnen blijven staan, maar ik hoorde het geluid van verre voetstappen.

Snel liet ik hem los en deed een stap achteruit. Ik kon me er niet toe brengen hem in de ogen te kijken. Wat had ik gedaan?

'Wacht vijf minuten en ga dan terug,' fluisterde ik op dringende toon. 'Vertel het alsjeblieft aan niemand. Om mijnentwille.'

Ik was al aan het lopen toen hij simpelweg zei: 'Als je dat wilt.'

Met geheven hoofd ging ik in de richting van de Grote Zaal. Ondertussen probeerde ik mezelf ervan te overtuigen dat als ik zelfverzekerd leek, niemand kon vermoeden dat ik net iemand had gekust die duidelijk niet mijn aanstaande echtgenoot was. Die een buitenlander was. Die volgens alle maatstaven die ik had geleerd te waarderen een gewone burger was.

Hij had gelijk: waar ik me ook naartoe draaide schonken mensen me veelzeggende blikken en dankbare glimlachen. Eindelijk hadden ze respect voor me, precies op het moment dat ik ze allemaal had teleurgesteld.

Ik liep naar de hoofdtafel en kuste Jameson op zijn wang. Hij schonk me een warme blik en zette zijn gesprek met koning Quinten gewoon voort. Ik kon niet wachten tot die man vertrok en zijn entourage meenam. Ik wilde dat alles weer normaal werd.

Maar ik begon me af te vragen of alles wel weer normaal zou worden. Vanaf het moment dat Silas Eastoffe en ik elkaar in de ogen hadden gekeken voelde ik iets. Het touwtje trok aan me, hard en onverzettelijk. Ik merkte dat ik nog steeds die trekkracht voelde toen hij de zaal binnen liep, met zijn ogen neergeslagen, alsof hij de kracht niet kon opbrengen te doen alsof hij iets van blijdschap voelde.

Ik had gezegd dat hij me niet kon verbranden. Dat geloofde ik nog steeds. Als ik mijn vingers brandde, zou het mijn eigen schuld zijn.

18

Ik ademde diep in om de geur van vers bloeiende bloemen op te snuiven. Hoewel ik graag een uurtje alleen in het doolhof van hagen in de tuinen van Keresken had doorgebracht, was het verrassend aangenaam om bij koningin Valentina te zitten terwijl Jameson en koning Quinten aan het boogschieten waren. Jameson had een prachtige techniek, en ik wist zeker dat dat ooit ook voor Quinten had gegolden. Dezer dagen maakte zijn kromme rug het hem moeilijk de boog goed te spannen. Toch kon ik aan zijn vaste vingers en de zekerheid van zijn blik zien dat hij precies wist wat hij deed.

Valentina en ik zochten onze toevlucht in de schaduw van enkele grote parasols die door kasteelbedienden boven ons werden gehouden. We zagen dat Jameson weer een pijl afschoot, die heel dicht bij zijn doel kwam. Hij draaide zich naar mij toe en trok zijn wenkbrauwen op, duidelijk wachtend op lof.

'Bravo, milord!' riep ik, en daarna slikte ik meteen moeizaam. Het was moeilijk de woorden uit mijn keel te krijgen. Daar zat een geheime kus vast, die alle woorden blokkeerde waarvan ik wist dat ik ze moest zeggen en alles tegenhield waarvan ik wist dat ik het hoorde te doen.

Ik vreesde dat iets aan mijn glimlach of de blik in mijn ogen me zou verraden. Jameson zou elk moment te weten komen dat ik hem had bedrogen. En ik kon nog steeds niet verklaren hoe het had kunnen gebeuren.

Ik kon er ook niets aan veranderen. Het beste wat ik kon hopen was dat ik het zou vergeten en gestaag bleef doorlopen in de richting van Jameson en de kroon. Ik zuchtte en wendde me tot Valentina.

'Ik wil u nogmaals bedanken voor gisteren,' begon ik in een poging ons ontspannen gesprek van de avond ervoor te hervatten. Dat was veel moeilijker nu de situatie zo officieel voelde.

'In het grote geheel heb ik heel weinig gedaan. Jij hebt alles georganiseerd. Ik wel kan zien waarom je koning je zo'n warm hart toedraagt.'

Ze keek bewonderend naar hem. Er was echt geen andere manier om naar Jameson te kijken.

Waarom heb ik dan iemand anders gekust?

'Ik... Ik weet nog steeds niet zeker waarom hij mij heeft gekozen,' begon ik, bijna struikelend over de woorden. 'Volgens sommigen is het omdat ik hem aan het lachen maak.' Ik hield mijn hoofd scheef, want ik wist nog steeds niet zeker wat het ware antwoord op deze vraag was. Etan zou vast hebben gezegd dat het vanwege mijn uiterlijk was. 'Hoe hebt u koning Quinten ontmoet?'

Ze haalde haar schouders op. 'Er valt niet veel te vertellen. Ik verblijf al sinds mijn kindertijd met mijn ouders aan het hof. Het hof is groot, dus onze wegen kruisten elkaar een paar jaar geleden pas echt. En dat was dat.'

Ik wierp haar een veelbetekenende blik toe. 'Dat lijkt sterk op mijn verhaal. Het is verbazingwekkend wat er kan gebeuren als je het platteland verruilt voor een kasteel.'

'Dat is zo. Het paleis was al jaren ons thuis. We verlieten het alleen om te reizen.' Een zweem van een glimlach verscheen om haar lippen. 'Ik ben in bijna alle landen op het continent geweest,' pochte ze. 'Mijn ouders wilden dat ik de wereld zag.'

'Ik benijd u. U weet al hoe klein mijn wereld is.'

Ze knikte. 'Misschien zal jouw koning avontuurlijker zijn, je meenemen naar de prinsen van alle landen. Het zal je goed van pas komen. Er is een zekere onderlegdheid die je alleen kunt krijgen door te reizen.'

Het grootste deel van mijn leven had ik geen reden gehad te denken dat ik meer hoefde te zien dan de heuvels bij Varinger Hall of de zonsopgang boven de Colvard, waar die de hoofdstad doorsneed. Maar het was verhelderend om mensen uit het hele continent te ontmoeten, en nu wilde ik meer weten.

'Ik hoop het. Hoe zit het met u? Hoopt u die opleiding af te maken? Naar die laatste paar landen te gaan?'

Haar glimlach vervaagde. 'De koning wordt volledig in beslag genomen door zijn koninkrijk.'

'O.' Ik was er niet helemaal zeker van wat dat betekende, maar ik nam aan dat, wat het ook was, het voor hen reden was om dicht bij huis te blijven. Naar Coroa gaan was in elk geval niet echt reizen.

'Daardoor mis ik mijn ouders,' zei ze met een stem zo zacht dat ik het bijna niet hoorde. Toen ik naar haar keek, leek ze niet meer zozeer op een koningin maar op wat ze was: een jonge vrouw die haar weg probeerde te vinden in de wereld. 'Ik heb kleine snuisterijen als aandenken aan onze reizen... Deze ketting,' zei ze terwijl ze het zilveren ovaal aanraakte dat om haar zwaanachtige hals hing. 'Dit heeft mijn vader in Montoth gekocht, van een zigeunervrouw langs de kant van de weg. Ik vermoed dat zij dit niet zelf heeft gemaakt, als je begrijpt wat ik bedoel.'

Ik knikte en vroeg me af bij wie de ketting ooit om de hals had gehangen.

'Maar het was een aardige vrouw. Vurig. Mijn vader gaf haar meer dan ze vroeg. Hij was altijd aardig wat dat soort dingen betrof.'

'Dan zou ik hem heel graag een keer ontmoeten.'

Valentina hield haar ogen op de horizon gericht en legde een hand op haar ketting. 'Ik wou dat dat kon. Ik wou dat je ze allebei had kunnen ontmoeten.'

Ik zuchtte, want ik wist dat ik ons gesprek, dat steeds fijner werd, had verpest. 'Wat erg voor u.'

Haar blik ging naar de koning. 'Dat vind ik ook.'

Ik begreep de plotselinge zweem van woede in haar stem niet maar had niet veel tijd om erbij stil te staan. In de verte naderden dienstmeisjes met dienbladen vol lekkernijen in hun handen.

'Ik heb gehoord dat u interesse hebt in de buitenlandse keuken. Daarom ben ik zo vrij geweest een aantal gerechten speciaal voor u te laten klaarmaken.' Ik gebaarde naar het naderende legertje bedienden en zag haar gezicht oplichten.

'Echt waar?' Ze klonk ongelovig.

'Ja, ik... Ik ben toch niet verkeerd geïnformeerd, hè? U hoeft beslist niet te eten...'

'Nee, nee, nee! Ik ben dolblij!' riep ze uit toen het ene dienblad na het andere op onze deken werd neergezet. 'Deze ken ik,' zei ze. 'Die maken jullie toch meestal voor Kroningsdag?'

'Ja, ik heb geprobeerd een paar ingrediënten te krijgen die uniek voor deze regio zijn en daarnaast een paar gerechten die met de heilige dagen van Coroa te maken hebben. Deze taarten hier? Die zijn voor de zonnewende. Er zit blanke suikerstroop in.'

Ze pakte een van de lekkernijen en stopte die in haar mond. Gewoonlijk was ik nogal avontuurlijk ingesteld, maar bij vreemd voedsel aarzelde ik altijd. Ik had er bewondering voor dat ze zelfs daarbij gewoon doorstoomde.

'Heerlijk. En deze?' Ze ging van bord naar bord, stelde vragen en at zoveel als ze kon. Wanneer haar glimlach zorgeloos was zag ze er jonger uit, hoopvoller. In dat korte ogenblik zag ik een Valentina die niet aanwezig was geweest in de Grote Zaal of bij het toernooi. Ze was duidelijk een schoonheid; zelfs wanneer ze haar wenkbrauwen fronste was dat onmiskenbaar. Haar gezicht had iets waardoor ik begreep dat ze nu op de troon zat, aanbeden door de massa.

Toen dacht ik ineens aan een aantal opmerkingen van de Eastoffes en realiseerde me dat ze niet op die manier werd aanbeden. Ik veronderstelde dat het volk die glimlach nog nooit had gezien.

'Dit is het aardigste wat iemand in lange tijd voor me heeft gedaan,' zei ze terwijl ze zich koesterde in de zon. 'Dank je wel.'

'Graag gedaan. Kom gerust bij me langs wanneer u trek hebt.'

Toen ze giechelde, vloog het geluid omhoog en danste door de bomen.

'Valentina!' snauwde koning Quinten, en hij gebaarde naar zijn boog alsof ze met haar gelach iets van het allergrootste belang onderbrak. Die heldere glimlach verdween in een oogwenk, en alle licht om haar heen doofde. Ze knikte ingetogen met haar hoofd en pakte vervolgens een taartje om het voor haar mond te houden.

'Hij is zo'n tiran,' mompelde ze zacht. 'Als hij er het uithoudingsvermogen voor had, zou ik zweren dat hij de vreugde zelf zou neerschieten.' Een moment later herinnerde ze zich weer wie ze was. 'Herhaal dat alsjeblieft tegen niemand.'

Ik pakte ook een taartje om het zicht op mijn mond te versperren. 'Maakt u zich geen zorgen. Als er iets is wat ik begrijp, dan is het wel hoe belangrijk een bepaalde mate van privacy is. Bij mij is die de laatste tijd aanzienlijk minder geworden, en ik kan me niet voorstellen hoe het bij u moet zijn. Ik zou nooit iets doorvertellen. Bovendien denk ik dat u gelijk hebt. Hij is een beetje chagrijnig.'

Ze perste haar lippen op elkaar om een glimlach te onderdrukken. 'Goed, Lady Hollis, wat zijn onze plannen voor vanavond?'

Ik voelde mijn hart sneller kloppen. De situatie begon echt een ommezwaai te maken. 'Koning Jameson heeft me onlangs een paar gouden dobbelstenen geschonken. Ik probeer een paar spelletjes te leren.'

'Ik breng geld mee. Het is veel leuker als er iets op het spel staat,' bood ze aan, alsof dat van grote wijsheid getuigde.

'We kunnen onze dames ook uitnodigen, als u wilt.'

Ze schudde haar hoofd. 'Nee, ik wil graag alleen met jou zijn.'

Ik glimlachte. 'Komt voor elkaar, Majesteit.'

Bij de titel rolde ze haar ogen. 'Oké, het was leuk toen ik je voor me liet kruipen, maar je nu mag je me gewoon Valentina noemen.'

'Ik kan altijd nog voor je kruipen als je je later verveelt en je nostalgisch wordt.'

Daar moest ze ook om giechelen, al onderdrukte ze het geluid snel. Ik zag koning Quinten nijdig blazen. Toch nam hij de tijd om naar ons te kijken. Zijn blik ging snel van Valentina naar mij, en ik kreeg een koude rilling. Ik mocht dan eindelijk zijn doorgedrongen tot haar, maar voor hem was ik nog steeds niet veel meer dan een insect.

Ik keek snel weg en bracht mezelf in herinnering dat ik hier was om Valentina te vergezellen. Als zij tevreden was, deed ik mijn plicht. Helaas wist ik dat er, als ik eenmaal koningin was, altijd een Quinten in mijn leven zou zijn. Hoogwaardigheidsbekleders en gezanten zouden komen en gaan, en ik zou ertussenin zitten, niet in staat me te verbergen. Sommigen zouden me waarschijnlijk best aardig vinden, maar er zouden altijd mensen zijn die me liever negeerden.

Ik stak mijn kin in de lucht en dacht aan Valentina. Wij dames in onze vergulde kooi moesten er het beste van zien te maken.

19

Het duurde niet lang tot Valentina moe werd, wat mij prima uitkwam, want ik had zelf wat zaakjes te regelen. Het pakketje was licht, en dankzij het schilderij in de gang van hun vertrekken waarover Lady Eastoffe me had verteld, wist ik waar ik moest zijn.

Formeel ging ik erheen om Scarlet te zien, maar er zaten vlinders in mijn buik die plannen smeedden voor een opstand. Ik voelde te veel dingen tegelijk om ze te kunnen thuisbrengen. Zou Silas er zijn? Zou hij proberen met me te praten? Wilde ik dat?

De kus was een verrassing geweest. Nee, geen verrassing, een vergissing. Zeker, Silas was makkelijk in de omgang, makkelijk te begrijpen. Er zat een ondertoon van goede bedoelingen in alles wat hij deed. Omdat zijn familieleden elkaar zo duidelijk waardeerden wilde ik niet alleen dichter bij hem zijn, maar bij hen allemaal. En hij was op zijn eigen manier knap, met die blauwe ogen en die engelachtige glimlach. Ja, Silas Eastoffe had iets heel charmants.

Maar aangezien hij niet Jameson Barclay was, deed het er echt niet toe. Die charme zou mij geen kroon, en het koninkrijk geen hoop bieden. Charme was leuk, maar niet noodzakelijk.

Ik rechtte mijn rug toen ik voor de deur ging staan, zette me schrap voor wat – en wie – er aan de andere kant was en klopte aan.

'Lady Hollis! Wat fijn om u te zien,' begroette Scarlet me, en ze trok de deur wijd open.

'Precies de persoon die ik zocht,' zei ik terwijl ik de steek in mijn hart negeerde. 'Ik hoop dat ik niet stoor.'

'Helemaal niet. Kom binnen.' Ze gebaarde dat ik naar binnen kon komen, dus ik deed wat ze vroeg. Ik nam de kamer in me op.

Er was een kleine open haard en een tafel die misschien groot genoeg was voor vier personen, met zes stoelen eromheen. Er was niet veel decoratie, maar er stonden wel wat bloemen op de ladekast onder het raam. Verder zag ik twee deuren, die vast naar hun slaapvertrekken leidden. Ik had een beetje medelijden met Scarlet, want ze moest een kamer delen met haar broers, zonder ruimte voor zichzelf.

Het enige wat alles goedmaakte in het vertrek was dat ene raam. Het was groot, even groot als alle andere in de buitenmuur. Alle vertrekken in het kasteel, ongeacht de grootte, hadden een breed erkerraam dat licht binnenliet. Ik staarde ernaar en bedacht hoe anders haar uitzicht was dan het mijne.

'Ziet u dat gebouw daar?' vroeg ze, en ze wees naar een klein stenen bouwwerk met een rieten dak en een grote schoorsteen waar op dat moment rook uit kwam. 'Daar werken Silas en Sullivan.'

'Echt waar?' vroeg ik, en ik liep naar het raam om te kijken.

'Ja, en als Sullivan mijn fijne vingers nodig heeft om een sieraad af te maken of Silas heeft me nodig om een zwaard te polijsten, hangen ze een blauwe zakdoek voor het raam. Ik hou het altijd in de gaten.'

'Ze hebben zo'n opmerkelijk talent,' zei ik vol ontzag. 'Ik kan naaien, maar dan houdt het wel op met mijn talenten.'

'Niet waar,' protesteerde ze. 'U kunt heel goed dansen, en wat converseren betreft bent u dubbel zo goed als wie dan ook in Isolte.'

Ik zei maar niet dat dat niet bepaald een compliment was.

'Ik bewonder mijn broers ook, hoor. Het is uniek dat iemand in Isolte iets nastreeft wat als artistiek kan worden beschouwd. En dan maken ze ook nog eens heel verschillende dingen.'

'Hoezo?' vroeg ik. Ondertussen keek ik naar het glasloze raam van het bijgebouw en probeerde te ontdekken of het Silas of zijn broer was die erlangs liep.

'Sullivans werk... Hoewel er vuur voor nodig is, is het veel sierlijker dan dat van Silas. De hoeveelheid metaal die hij per keer gebruikt is veel kleiner, dus is het veiliger, alles in aanmerking genomen. Hij zou het waarschijnlijk zelfs binnenshuis kunnen doen als hij wil.'

'Zo te zien wil hij zoveel mogelijk bij Silas in de buurt blijven.'

Ze knikte. 'Dat is altijd al zo geweest. Ik denk dat niemand van ons hem begrijpt zoals Silas dat doet. Ook al denken mensen dat hij afstandelijk is, dat is hij niet. Hij weet gewoon niet wat hij moet zeggen.'

Ik schonk haar een treurige glimlach. 'Ik ken het gevoel maar al te goed. Wat doet Silas daar dan?'

'Dat is veel gevaarlijker. Hij stort grote stukken metaal in het vuur, trekt ze eruit en hamert er vervolgens op tot ze in de juiste vorm buigen. Hij heeft zichzelf een paar keer verbrand, en het is zelfs voorgekomen dat hij zijn arm echt beschadigd had. Gelukkig weten we hoe we infecties kunnen voorkomen, dus het is helemaal goed met hem gekomen.'

'Godzijdank.' Het was bekend dat de genezers in Isolte veel meer medische vooruitgang hadden geboekt dan wij in Coroa. Als ze in Isolte onze dansen, muziek en kunst konden gebruiken, konden wij hun kennis over medicijnen, kruiden en de sterren dan niet gebruiken? Ik had het gevoel dat we, als we het zouden vragen, vast wel mensen erheen konden sturen om te studeren. Helaas vermoedde ik dat Jamesons vader zijn trots nooit lang genoeg had kunnen inslikken om dat verzoek te doen en dat dat ook voor Jameson zelf gold. 'Hij lijkt wel goed te zijn in wat hij doet.'

'Hij is een van de besten,' pochte Scarlet.

Ik glimlachte. 'Nou, zijn zus is een uitstekende leraar en vriendin, dus dit is voor jou. Een bedankje omdat je wilt helpen met Kroningsdag.'

Ze nam het pakje van me aan en liep naar de tafel. 'Voor mij?'

'Ja, en ik wilde je laten weten dat ik een deel van mijn hofhouding vervroegd probeer te vormen. Ik zou je er graag bij willen hebben. Ik heb alleen wat tijd met Delia Grace nodig om haar ervan te overtuigen dat je veel goede eigenschappen hebt. Ik hoop dat je het niet erg vindt om te wachten tot ik haar kan overhalen een beetje meer... onbevooroordeeld te zijn.'

Ze keek me over haar schouder aan. 'Ik bedoel hier niets onvriendelijks mee, maar dat zie ik niet gebeuren met Delia Grace.'

Ik grinnikte. Hoe weinig tijd Scarlet ook met Delia Grace had doorgebracht, ze had haar al beter door dan de meeste anderen. Ik dacht aan haar zoekende ogen die eerste dag dat ze de Grote Zaal binnen was gekomen, en vroeg me af hoeveel dit meisje wist over het leven in het kasteel.

'Bovendien moet ik je aanbod sowieso afslaan,' ging ze verder. 'We hopen ons snel op het platteland te vestigen, ergens met veel land en rust.'

Ik wist niet hoe ik dat nieuws moest opvatten. Ik voelde beslist een steekje verdriet, maar ook een golf van opluchting. Op een gegeven moment zou de kans verdwenen zijn dat ik Silas in de gangen tegenkwam of hem overspoeld zag worden door het licht dat door de gebrandschilderde ramen viel. Ik had echt in mijn leven geen ruimte voor nog meer verrassingen – of vergissingen. Zodra hij eenmaal voorgoed uit het kasteel was verdwenen, zou ik daarvan bevrijd zijn.

Ik sprong terug naar het heden en probeerde een normaal gesprek te voeren.

'Er is een aantal mooie gebieden in Coroa. Ik weet zeker dat jullie iets geschikts zullen vinden.'

Ze pakte het geschenk uit en haar adem stokte van blijdschap. 'Hollis, ik vind hem prachtig!' Ze drukte de jurk tegen haar borst.

'Ik heb wat materiaal achterhouden voor het geval we hem langer moeten maken. Je bent erg lang.'

Ze lachte. 'Ik weet het. En kijk eens naar de mouwen.'

'Ik dacht dat je wat kleding betreft wel graag bij de anderen zou willen passen wanneer we eindelijk die dans mogen uitvoeren. Ik heb je hulp echt op prijs gesteld. Al was Saul die dag mijn favoriete danspartner.'

'Hij heeft in jaren niet zoveel gelachen. Dat alleen al was een geschenk voor ons allemaal.'

Door iets in de weemoedige toon van haar stem kreeg ik bijna tranen in mijn ogen. Ik vroeg me af of ik ooit zou begrijpen wat ze allemaal hadden doorstaan.

'Goed,' zei ik, omdat ik niet wist wat ik nog meer moest zeggen. 'Ik kan maar beter eens gaan. Dankzij een goede tip van een nieuwe vriendin heeft deze lady straks een privéontmoeting met koningin Valentina,' zei ik, en ik keek haar aan.

'Je bedoelt het eten?'

'Ik heb haar volgepropt met Coroaanse lekkernijen. Ze vond ze geweldig. Dank je.'

'Graag gedaan, Hollis. Echt.'

Ze hield nog steeds haar jurk omhoog en drukte hem tegen haar borst om te zien hoe hij zou passen.

'Goedendag, Lady Scarlet.'

Haar ogen veranderden. Ze had vast de hoop opgegeven ooit nog eens 'lady' te worden genoemd. Ik trok de deur achter me dicht en liep terug naar de vertrekken van de koningin. Ondertussen dacht ik aan die eerste dag in de Grote Zaal, toen ik Scarlet zachtjes had uitgelachen. Ik voelde me heel dom omdat ik op dat moment niet had begrepen wat ik nu wist: dat we niet zo verschillend waren. Zij niet, Valentina niet, Nora niet. Uiteindelijk maakten we vijanden in ons hoofd, maar draaiden we dat terug met ons hart.

20

Ik zat voor mijn kaptafel en speelde met mijn haar. Op Valentina's verzoek had ik mijn dames die avond weggestuurd, dus ik was nu voor het eerst alleen in mijn nieuwe vertrekken. Ik nam even de tijd om mijn ogen te sluiten en het feit te waarderen dat ik in mijn eentje was. Het was nooit echt stil in het kasteel, en dat was een van de dingen waarvan ik was gaan houden. Het vuur knetterde en vonkte en ik hoorde het verre getik van voetstappen boven me. Buiten het raam was het in de stad, die tot aan het kasteel reikte, verre van rustig. Ik hoorde paarden op straat, mannen die luidkeels bevelen uitvaardigden en mensen die hardop lachten. Als ik me concentreerde, kon ik zelfs roeispanen horen kletsen op het water van de rivier. In tegenstelling tot het lawaai in de Grote Zaal waren deze geluiden als een welkomstlied.

Mijn hele leven lang had ik zo veel plezier gevonden in dansen, toernooien en gezelschap dat ik me nooit had gerealiseerd hoe heerlijk een moment van stilte was. Daar was ik veel te laat achter gekomen.

Ik opende mijn ogen toen er op de deur werd geklopt en bleef even stil zitten voordat ik me realiseerde dat ik zelf moest opendoen. In de deuropening stond Valentina, die glimlachend een klein leren tasje heen en weer bewoog.

'Ik hoop dat je bereid bent je fortuin af te staan, Lady Hollis. In mijn tijd maakte ik de heren van het hof al hun geld afhandig.' Zonder op een uitnodiging te wachten liep ze langs me heen. Hoewel het me irriteerde wanneer mijn moeder dat deed, voelde het bij Valentina heel natuurlijk. Ik vond haar er alleen maar nog charmanter door.

'Nu niet meer?' vroeg ik, en ik nam plaats aan de tafel in de begroetingsruimte.

Ze schudde haar hoofd. 'Nee. De mannen van het hof houden nu afstand. De dames ook.' Ze gooide haar tasje neer en keek de kamer door. Ook wierp ze voordat ze ging zitten een snelle blik om de hoek, op de slaapruimte. 'Je hebt prachtige vertrekken.'

'Nou, dat mag ook wel. Dit zijn de vertrekken van de koningin.'

Met grote ogen keek ze nog een keer om zich heen. 'Nu al?'

Ik knikte. 'Als ik een koningin zou ontmoeten, wilde Zijne Majesteit dat ik haar qua kleding, juwelen en onderkomen zou evenaren,' zei ik met een glimlach. 'Het is slechts een kwestie van tijd tot hij me officieel ten huwelijk vraagt, denk ik.'

Weer kleurde haar gezicht van verbazing. 'Hij heeft je nog geen ring gegeven?'

'Nog niet. Hij wilde voorzichtig zijn. Maar nu lijkt iedereen zijn intentie te kennen, dus zal het vast snel gebeuren.'

Mijn situatie leek haar te amuseren, Ze reikte naar mijn gouden dobbelstenen. 'Je relatie met je koning is heel amusant. Hij lijkt te genieten van het feit dat je... een vrije geest bent, laten we het zo zeggen.'

Ik haalde mijn schouders op. 'Ik zou willen dat iedereen dat vindt, maar ik ben blij dat Jameson me waardeert. Waardoor voelde koning Quinten zich tot jou aangetrokken? Je hebt er nog niet echt iets over verteld.'

Haar blik werd meteen afstandelijk. 'Ik praat er niet veel over,' gaf ze toe.

'O.' Verward kneep in mijn ogen tot spleetjes. 'Sorry als ik...'

'Nee, nee. Niet veel mensen begrijpen het. Misschien is het goed als iemand anders het eindelijk snapt.' Ze zuchtte en speelde met de dobbelstenen, maar keek me niet aan. 'Na de dood van koningin

Vera ging iedereen aan het hof ervan uit dat Quinten vrijgezel zou blijven. Hij had een mannelijke erfgenaam, en voor zover iemand kon zien had hij geen interesse om te hertrouwen. Ik denk... Ik denk dat hij misschien wel echt van haar hield. Van koningin Vera, bedoel ik. Toen ik nog heel jong was, betrapte ik hem er een paar keer op dat hij naar haar glimlachte.

'Ik was van plan om met Lord Haytham te trouwen. Hij vond me erg leuk en mijn ouders keurden hem van harte goed. En Quinten was volledig gefocust op het vinden van een goede huwelijkspartner voor zijn zoon. Helaas bleken de berichten over de broze gezondheid van Hadrian zich verder verspreid te hebben dan men had gedacht. De weinige meisjes die door de koning werden benaderd, waren plotseling verloofd. Een van hen, Sisika Aram, was een goede vriendin van me, en ik weet zeker dat ze zich verloofde op de dag dat haar familie werd opgeroepen om Quinten te ontmoeten.'

'Waarom?' vroeg ik. 'Die meisjes hadden op zijn minst de kans om lid van het koninklijk huis te worden.'

'Die vraag stelde ik mezelf toen ook. Nu weet ik dat ze heel slim waren.' Ze keek nog steeds weg en door haar verbitterde toon begon ik te denken dat haar liefdesverhaal weinig met liefde te maken had. 'Ten slotte wendde Quinten zich tot andere landen, al deed hij dat liever niet. Hij wist zeker dat hij in Isolte een goede familie voor zijn zoon zou vinden. Uiteindelijk vond hij iemand voor de prins. Hun huwelijk is gepland voor de winter.'

Ik glimlachte. 'Sneeuw brengt toch geluk in Isolte?'

Ze knikte. 'We hopen op een dik pak om hen te zegenen.'

Dat was lief. Sneeuw betekende hier niets, regen ook niet en de bries ook niet. Maar ik wilde graag sneeuw voor Hadrian.

'Wacht. Dat zegt niets over koning Quinten en jou.'

'Ah,' zei ze met een humorloze glimlach. 'Ik wist minder over de koninklijke familie dan anderen. Zoals ik al zei was ik veel op reis, en ik ging alleen met mijn vriendinnen om. Maar de meesten van die vriendinnen trouwden. Ik raakte ze kwijt doordat ze vertrokken om hun nieuwe huishouden te gaan bekijken of een gezin te stichten – de dingen die jonge bruiden doen.'

'Ja.'

'Dus toen duidelijk werd dat de koning op zoek was naar een nieuwe vrouw, was ik een van de weinige jongere vrouwen aan het hof die in aanmerking kwamen. Ik was gecharmeerd van het idee dat ik een kroon op mijn hoofd zou krijgen, van het beeld van een man in volle regalia. En toen hij mijn ouders een ongelooflijk gul aanbod deed om met me te mogen trouwen voelde ik me gevleid.

Wat ik later pas te weten kwam was dat Hadrian een paar weken voor mijn huwelijksaanzoek een heel beangstigende koortsaanval had gehad. Hij was drie dagen bewusteloos geweest. Quinten besefte dat hij nog een erfgenaam nodig had en koos mij. Niet vanwege mijn verstand, mijn zangkunst of mijn stamboom, hoor. Ik ben een gezonde jonge vrouw en zou in staat moeten zijn een kind voort te brengen.' Ze zuchtte. 'Dat zou ik moeten kunnen.'

Ik was met stomheid geslagen. Valentina, die in mijn ogen zo veel kwaliteiten had die de moeite van het liefhebben waard waren, was misschien helemaal niet echt geliefd.

'Kijk niet zo,' zei ze, en ze liet de dobbelstenen rollen, alleen om ze te zien vallen. 'Zo gaat het bij de meeste huwelijken in koninklijke families. Als je je man leuk vindt, is dat een mooie bijkomstigheid. Maar wat noodzakelijk is, is het in stand houden van de bloedlijn. En een staatsbed is net zo comfortabel als elk ander bed.'

Ik slikte. 'Mag ik je de onbeleefdste vraag stellen die ik op dit moment kan bedenken?'

Ze grijnsde. 'Ik mag je wel, Hollis. Ja, ga je gang.'

'Wat is er met Lord Haytham gebeurd?'

'Hij heeft het hof verlaten. Tegenwoordig woont hij op het platteland en ik heb hem al drie jaar niet meer gezien. Ik moet aannemen dat hij inmiddels is getrouwd. Dat weet ik alleen niet.' Ze sloeg haar ogen neer. 'Ik zou het niet zo erg vinden als dat zo was. Maar het zou fijn zijn om te weten of het wel of niet zo is.'

Een fractie van een seconde lang dwaalden mijn gedachten af

naar Silas. Zijn familie zou een huis vinden. Ze zouden naam maken met het onberispelijke werk dat ze produceerden. Hij zou de aandacht van een meisje trekken, en met die doordringende blauwe ogen zou hij haar vooroordelen doorbreken. Hij zou met haar trouwen.

Of misschien ook niet.

Hoe zou ik dat ooit weten?

'Mag ik jou ook een onbeschofte vraag stellen?' was Valentina zo vrij om te vragen.

Knipperend met mijn ogen richtte ik mijn blik weer op haar gezicht. 'Dat recht heb je beslist verdiend.'

'Je moet me de waarheid vertellen. Je koning... Is hij ooit onaardig tegen je geweest?'

'Onaardig? Hoe bedoel je, onaardig?'

Ze maakte een vaag gebaar met haar hand. 'Gewoon... onaardig.'

Ik zocht mijn geheugen af. Misschien was hij onattent geweest, maar nooit onaardig. 'Nee.'

Op haar hoede drukte ze een hand tegen haar buik.

'Valentina?'

Ze schudde haar hoofd. 'Er is niets.'

Ik reikte over de tafel en pakte haar vrije hand. 'Dat is duidelijk niet zo. Als iemand de druk kan begrijpen die je voelt wanneer je van een meisje aan het hof koningin wordt, dan ben ik het wel. Vertel het me.'

Haar opeengeperste lippen begonnen te trillen en weken plotseling uiteen. Ze haalde snel en bevend adem. 'Iedereen houdt me aldoor in de gaten. Ze zitten erop te wachten dat ik hun nog een erfgenaam schenk en ik weet dat ze over mij fluisteren. Maar het is niet mijn schuld,' zei ze met klem. 'Ik ben heel voorzichtig geweest!'

'Waar heb je het over?' vroeg ik, neerkijkend op die frêle hand tegen haar buik. 'Ben je nu zwanger?'

'Ik weet het niet zeker. Ik heb al twee maanden niet meer gebloed, maar de symptomen... Ik ben al twee keer eerder zwanger geweest en ben de kindjes verloren. Dit lijkt anders. Ik voel me... Ik voel me...'

'Sst,' zei ik dringend, en ik stak mijn armen naar haar uit om haar vast te houden. 'Het komt vast en zeker goed met jullie allebei.'

'Je snapt het niet.' Bevend ging ze rechtop zitten en ze veegde wild de tranen van haar gezicht. Ik dacht dat ze een of andere toeval had, omdat haar verdriet zo snel overging in woede en ze maar bleef trillen. 'Als je hier ook maar iets over tegen iemand zegt, zal ik een einde maken aan je leven. Hoor je me? Als het op jouw leven of het mijne aankomt...'

'Valentina, ik heb al tegen je gezegd dat ik veel waarde hecht aan privacy. Alles wat je zegt blijft tussen ons tweeën.'

Haar vechtlust leek uit haar weg te trekken, en ze zakte in elkaar. Uitgeput leunde ze tegen de rugleuning van haar stoel om overeind te blijven. Ze klemde haar handen om haar buik, niet zozeer beschermend maar biddend. Ik had nog nooit zo'n gekwelde blik in iemands ogen gezien.

'Ze denken dat ik vind dat ik boven ze sta,' begon ze. 'Alle vrouwen aan het hof. Ze denken dat ik niet met hen praat omdat ik verheven ben en mezelf te goed vind om met ze om te gaan. Maar dat is niet waar. Het komt door Quinten. Hij wil me voor zichzelf houden.'

Ik dacht aan wat Scarlet had gezegd over haar isolement van zes maanden. Ik vroeg me af of iemand wist dat ze zich haar eenzaamheid niet zelf had opgelegd.

'Wat erg voor je. Heb je daarom maar één hofdame?'

Ze knikte. 'We spreken niet eens dezelfde taal. Ze brengt me wat ze weet dat ik nodig heb. Al lukt het ons wel elkaar steeds beter te begrijpen, ze is niet bepaald een vertrouwelinge. Ik heb niemand om mee te praten, geen bondgenoten, en ik ben bang.'

'Bang?' Lieve hemel, ze was de koningin. 'Bang waarvoor?'

Ik zag de doodsangst in haar ogen, en ze begon haar hoofd snel te schudden. 'Ik heb al te veel gezegd. Ik... Je mag het nooit doorvertellen.'

'Valentina, als je in gevaar bent, kun je toevlucht zoeken in een van onze heilige gebouwen. Niemand mag je daar weghalen.'

'Dat kan hier misschien,' zei ze, 'maar niet in Isolte. En het kan ze niets schelen.'

'Wie niet?'

'Ze komen altijd. Als je in de weg staat, komen ze altijd. Altijd.'

'Wie?'

'Ze hebben mijn ouders meegenomen. En als ik geen erfgenaam voortbreng, is het waarschijnlijk slechts een kwestie van tijd...'

Ik pakte haar bij de schouders beet. 'Valentina, waar heb je het over?'

Er veranderde weer iets in haar ogen, en nu zag haar gezicht er rustig uit, vastberaden. Ik had iemands emoties nog nooit zo snel zo veel kanten op zien schieten.

'Wees dankbaar voor je mooie leventje, Hollis. Die luxe is niet voor iedereen weggelegd.'

Wacht... Wat probeerde ze te zeggen? En wie waren *zij*? Voordat ik kon bedenken hoe ik mijn volgende vraag moest formuleren stond ze op, trok haar jurk recht en liep de kamer uit.

Verbijsterd bleef ik op mijn harde stoel achter. Wat was er in vredesnaam net gebeurd?

Ik probeerde mijn gedachten te vertragen en het gesprek nog eens te doorlopen. Valentina was al dan niet zwanger, en sinds haar huwelijk met koning Quinten was ze al twee kindjes verloren. Ze was alleen in Isolte. Op de een of andere duistere manier was ze haar ouders verloren. En ze vreesde voor haar veiligheid.

Ik dacht niet dat ik Valentina om meer antwoorden kon gaan vragen. Zelfs als ik dat durfde wist ik niet of ze in haar toestand antwoord kon geven. Ik wist wie ik de vragen wel kon stellen, maar na gisteravond wist ik niet of ik hem nog onder ogen kon komen.

Ik kon er niets aan doen. Ik moest meer te weten zien te komen. Ik snelde de kamer uit en zette koers naar de achterkant van het kasteel. De gangen waren grotendeels leeg, en zelfs als dat niet zo was geweest, zou ik gerend hebben. Voor de deur van de Eastoffes bleef ik aarzelend staan. In het belang van heel veel mensen zou het verstandiger zijn weg te lopen.

Maar als ik dat deed kon ik Valentina niet helpen.

Achter de deur werd op gedempte toon gesproken. Alle geluid hield abrupt op toen ik aanklopte. Lord Eastoffe deed de deur open.

'Dag, Lady Hollis. Waaraan hebben we het genoegen van uw gezelschap te danken?' vroeg hij opgewekt. Over zijn schouder zag ik zijn vrouw en hun gasten glimlachen, behalve Etan, die met zijn ogen rolde en van tafel ging. En hij was niet de enige die zich zo voelde. Tot mijn verbazing zag ik zelfs Scarlet sceptisch kijken, en Sullivan sloeg zijn ogen neer. Silas leek niet goed te weten hoe hij op mijn onverwachte komst moest reageren.

Ik had met ieder van hen kunnen praten. Scarlet was een meisje; misschien wist zij meer. Maar er was slechts één persoon in die kamer die ik zo'n geheim kon toevertrouwen.

'Ik heb een heel specifieke vraag over Isolte en vroeg me af of ik Silas een paar minuten onder vier ogen zou kunnen spreken. Ik beloof dat ik hem niet lang zal ophouden.'

Lord Eastoffe keek over zijn schouder. 'Absoluut. Zoon?'

Silas stond op en liep met een sombere uitdrukking op zijn gezicht achter me aan naar de gang.

'Is daar niet een deur?' Ik vond het heel moeilijk hem in de ogen te kijken.

'Ja, zo lopen we altijd naar de bijgebouwen.'

Ik volgde hem, blij dat de maan nog bijna vol was, en we liepen naar het pad rondom het kasteel. We waren nog niet ver gekomen toen hij zich omdraaide.

'Het spijt me.'

'Wat?' vroeg ik.

'Van gisteravond. Ik weet niet wat me bezielde. Het spijt me dat ik je heb beledigd.'

'O.' Blozend dacht ik terug aan die nogal duizelingwekkende kus. 'Je hebt me niet beledigd.'

Hij trok een wenkbrauw op. 'Dat je als een pijl uit de boog de gang uit rende gaf iets anders aan.'

Ik lachte. 'Ik had op een betere manier kunnen reageren.'

'Je had kunnen blijven,' opperde hij met een lichte glimlach op zijn gezicht.

De adem werd me benomen. 'Ik denk dat we allebei wel weten dat dat niet kon. Ik ken je nauwelijks, en zelfs als dat wel zo was: ik ben verloofd.'

'Ik dacht dat je zei dat de koning je nog geen aanzoek heeft gedaan.'

Ik zuchtte. 'Nee, dat klopt. Dat kan hij nog niet doen, maar...'

'Welke belofte zou je dan verbreken?'

Ik stond daar met mijn handen te friemelen en probeerde een onweerlegbaar antwoord te verzinnen. Dat had ik niet.

'Ik heb heel hard gewerkt om mensen ervan te overtuigen dat ik de positie waarin ik me nu bevind waardig ben. Ik ben er voor mijn gevoel heel dichtbij en wil niet falen. Ik ben bang voor wat er zou gebeuren als ik faal,' bekende ik. 'Ik heb niet altijd zo angstig op dingen gereageerd. Nu lijkt elke keuze die ik maak geregeerd te worden door angst, zelfs de keus om vanavond hiernaartoe te komen.'

Silas kwam dichterbij, en even werd me de adem benomen. Het duurde een poosje tot ik de zuurstof miste. 'Wat is er mis?'

'Het gaat om Valentina,' bekende ik, en ik probeerde me te concentreren op de reden waarom ik was gekomen. 'Ze kwam me vanavond opzoeken. In het begin leek ze in orde, maar toen we het hadden over haar familie en de koning stortte ze ineens in en begon ze me dingen te vertellen waar ik niets van snapte.' Ik haalde diep adem. Ik mocht Valentina's vertrouwen niet beschamen, dus ik moest voorzichtig zijn met hoe ik het verwoordde.

'Ik vroeg me af of je iets weet over haar ouders. Ze zei steeds "Ze komen altijd" en dat die mensen, wie ze ook mogen zijn, haar ouders hebben meegenomen. Heb je enig idee wat ze bedoelt?'

Daarop keek hij naar de grond. 'Ik ben bang van wel. Valentina's ouders waren...' Hij was even stil, zoekend naar het juiste woord. '...tegen bepaalde dingen die in Isolte gebeurden. Ze werden er een beetje te uitgesproken over en trokken de aandacht van de Donkerste Ridders.'

Bij de woorden alleen al kreeg ik kippenvel op mijn armen.

'Wie zijn de Donkerste Ridders?'

'Dat weten we niet. Sommigen zeggen dat het edellieden zijn, anderen zigeuners. Sommigen zijn ervan overtuigd dat ze lid zijn van de koninklijke garde, maar niemand weet het zeker. Hun identiteit wordt zorgvuldig beschermd, wat noodzakelijk is, want als ze komen vernietigen ze alles. Dat heeft een hevige woede losgemaakt in mijn vaderland. Ik kende een man die alles verloor in een brand die door hen zou zijn aangestoken. Hij ging eropuit om wraak te nemen op iemand van wie hij dacht dat het een Donkerste Ridder was en heeft de hele familie gedood.'

Silas was even stil en schudde zijn hoofd. 'Hij had het mis. Iedereen wist dat Lord Klume een goed mens was, maar door zijn rang en nabijheid tot de koning dachten sommigen daar anders over. Om de vrede te bewaren liet koning Quinten de moordenaar van Heer Klume vermoorden zodat niemand in de verleiding zou komen het recht weer in eigen hand te nemen. Nu leven veel mensen met de angst dat als ze iets verkeerds zeggen of doen, die mannen hen zullen komen halen. En omdat niemand zeker weet wie ze zijn, is het moeilijk te weten wie je kunt vertrouwen.'

'Dus Valentina's ouders vertrouwden de verkeerde mensen?'

Silas haalde zijn schouders op. 'Dat kan. Hoe dan ook, toen de ouders van de koningin verdwenen, zette dat de meeste mensen op hun plek.'

'Verdwenen? Zijn ze nog steeds vermist?'

'Nee.' Silas keek in de verte, alsof hij alles nog voor zich zag. 'Hun lichamen werden voor de kasteelpoort achtergelaten. Iedereen heeft ze gezien. Ik heb ze gezien. Het was echt... doelbewust gedaan. En Valentina... Toen ze zich een weg naar hun lichamen baande maakte ze een geluid dat ik nooit eerder uit een mens heb horen komen. Ik kan me nog steeds niet voorstellen hoe groot haar verdriet moet zijn.'

Ik schudde mijn hoofd. 'Geen wonder dat jullie er allemaal voor gekozen hebben om daar weg te gaan.'

'Mijn ouders wilden ons gewoon een kans geven,' zei hij simpelweg. 'Het grootste deel van ons leven heeft vrede als een onbereikbare droom gevoeld.'

Ik begreep dat hij hoopvol was en was blij dat wonen in Coroa hem een kans op een gelukkig leven gaf. Maar mijn gedachten gingen nog steeds naar Valentina; zij kon hier niet blijven. Denkend aan haar woorden legde ik een hand op mijn hart. 'Denk je dat de koningin in gevaar is?'

Silas gaf snel antwoord. 'Nee. De koning heeft haar nodig. Zij is de enige weg die hij heeft naar een andere erfgenaam. Je hebt prins Hadrian gezien. Elke dag dat hij nog leeft is een mirakel. Goed, hij gaat deze winter trouwen, maar...'

Daar dacht ik even over na. 'Ik weet het niet. Ze leek zo... Ik heb niet eens de juiste woorden om het te beschrijven. Wanhopig en bang en paniekerig en moe. Dat alles bij elkaar en nog meer.'

Silas stak een hand uit en raakte mijn arm aan. 'Ze is waarschijnlijk een van de eenzaamste mensen die ik ken. De vrouwen aan het hof willen niet met haar omgaan, er is geen man met gezond verstand die ook maar naar haar zou kijken, en nu zijn haar ouders er niet meer. Ik weet zeker dat ze veel dingen voelt. Ook al vind ik niet veel van haar als koningin, ik ben blij dat ze in elk geval met jou heeft kunnen praten.'

Het enige waaraan ik kon denken was de warmte van zijn aanraking, de tederheid in zijn stem. Het werd steeds moeilijker te onthouden dat ik hier was vanwege Valentina.

'Ik ben altijd bereid te luisteren naar iedereen die dat nodig heeft.'

'Dat weet ik,' zei hij zacht. 'Het is iets wat je uniek maakt. Ik heb het gevoel dat zelfs mensen van wie je niet zeker weet of je ze kunt vertrouwen jou altijd kunnen vertrouwen, hoe dan ook.'

Ik knikte. 'Daarom moet ik nu gaan. Ik heb meer gezegd dan Valentina zou willen. Ik hoop dat je zo aardig wilt zijn haar geheimen te bewaren.'

'Ik doe alles wat je vraagt.'

Ik beet op mijn lip en koos mijn woorden zorgvuldig. 'En er zijn anderen die op mij rekenen... Ik ben bang dat ik ze allemaal zal teleurstellen als ik nog veel langer blijf.'

Zijn hand lag nog op mijn arm. 'Toch zou ik willen dat je bleef.'

Tranen prikten in mijn ooghoeken en ik kreeg een hard, zwaar gevoel in mijn keel. 'Ik snap dit gevoel niet, waarom ik het niet kan opbrengen bij je weg te blijven... Alleen: ik móét wel. Er hangt heel veel van mijn huwelijk met Jameson af, niet alleen voor mezelf, maar ook voor jou. Jameson kan ervoor kiezen jou en je familie terug te sturen naar Isolte als je hem beledigt. En als de situatie daar zo erg is als je zegt, wil ik jullie leven niet in gevaar brengen. Daarvoor betekent Scarlet te veel voor me.'

'Alleen Scarlet?' vroeg hij zacht.

Even was ik stil. 'Nee. Jij. Daarvoor beteken jij te veel voor me.'

In het weinige licht dat de sterren ons boden zag ik dat zijn ogen glazig waren. 'En alles wat jou leed berokkent zou mij pijn doen. Het lijkt erop dat we hoe dan ook verliezen.'

Ik knikte en de tranen biggelden over mijn wangen. 'Ik geloof dat het leven ons een geluk zal brengen dat we nog niet kunnen zien.' Ik gebaarde naar de hemel. 'Er zijn nu sterren, kleine glimmertjes licht. Binnenkort komt de zon op. We hoeven alleen maar te wachten.'

'Jíj bent mijn zon, Hollis.'

Het was anders dan wat Jameson een keer of tien eerder over mij had gezegd. Hij had gezegd dat ik dé zon was, helder en ver weg, die scheen op alles binnen handbereik. Alleen al de gedachte dat ik Silas' zon was, gaf me het gevoel dat ik een reden had om 's ochtends op te staan.

'Ik beloof dat ik afstand zal houden. Ik zal je niet meer opzoeken of met je praten. En er hoeven vast geen sieraden meer voor je gemaakt te worden voor onverwachte koninklijke bezoeken.'

Ik schudde mijn hoofd.

'Mooi. Dat zal helpen.' Hij slikte. 'Voordat ik je nooit meer spreek... mag ik je nog een keer kussen?'

Ik twijfelde niet eens aan het verlangen. Ik wierp me in zijn armen.

Het was zo makkelijk, zoals je laten meeslepen door het ritme van een dans of diep ademhalen. Silas kussen was als iets wat altijd al op me had gewacht, iets waarvan ik zonder na te denken wist hoe het moest. Hij vlocht zijn handen in mijn haar en hield me stevig vast. Zijn lippen bewogen zich koortsachtig, in de wetenschap dat we nooit meer alleen zouden zijn. Ik greep zijn hemd beet en trok hem dicht tegen me aan, want ik wilde onthouden dat hij altijd een beetje naar dovende sintels rook.

Al te snel liet hij me los. Hij keek me in de ogen. 'En nu moet ik terug naar mijn familie.'

Ik knikte. 'Vaarwel, Silas Eastoffe.'

'Vaarwel, Hollis Brite.'

Hij stapte achteruit en maakte een diepe buiging. Met alle wilskracht die ik in mijn lijf had draaide ik me om en liep weg.

21

'Hollis,' fluisterde Delia Grace om me uit mijn slaap te halen.

'Hm?'

'Er is een boodschap voor je.' Ik keek omhoog en zag Delia Grace over me heen gebogen staan. Er flitste bezorgdheid over haar gezicht. 'Lieve hemel, je ogen zijn rood. Heb je gehuild?'

Meteen werd ik overspoeld door beelden van de vorige avond.

Het had uren geduurd tot uitputting mijn hoofd het zwijgen oplegde en nog langer tot mijn hart rustig werd. Ik had geen idee hoeveel slaap ik had gehad, alleen dat het niet veel was.

'Nee,' zei ik resoluut, en ik probeerde te glimlachen. 'Ik denk dat ze gisteravond geïrriteerd zijn geraakt door iets.'

Delia Grace ging op de rand van mijn bed zitten en duwde mijn kin omhoog zodat ze ze beter kon zien. Ik vond het niet prettig dat ze me zo diep in mijn ogen keek; ik kreeg steeds het gevoel dat ze mijn gedachten beter kende dan ikzelf.

'Ik ga een handdoek in koud water weken en dan druk jij die zachtjes tegen je ogen. Zo kun je niet naar de koning en koningin.'

'Wat?' vroeg ik.

'Sorry,' zei ze hoofdschuddend, en ze stond op om een handdoek te pakken. 'Ik moest je zeggen dat koning Jameson je aanwezigheid eist bij een bijeenkomst vanochtend met koning Quinten en koningin Valentina.'

'Eist hij die?' vroeg ik, en ik slikte moeizaam. Meteen dacht ik dat iemand iets wist, maar ik was heel voorzichtig geweest met Silas, en het was nu allemaal voorbij. Nee, het moest iets anders zijn.

'Ik denk dat ik vandaag de zwarte jurk aantrek, Delia Grace. Die met het rood in de mouwen?'

Ze knikte. 'Heel mooi. Dan heb je een veel serieuzere uitstraling. We hebben wel een hoofdtooi die er goed bij zal staan. Ga hiermee liggen,' zei ze terwijl ze me de natte doek aanreikte. 'Ik heb alles in een mum van tijd klaar.'

Ik schudde mijn hoofd. 'Wat zou ik zonder jou moeten doen?'

'Daar hebben we het al eens over gehad, Hollis. Je zou verdrinken.'

Ik drukte de doek tegen mijn ogen. Daarmee verdween de zwelling grotendeels. Als ik mezelf eenmaal bij elkaar had gepakt zou niemand het nog opmerken. Ik hoefde niet veel meer te doen dan stilstaan terwijl mijn haar werd geborsteld en mijn jurk dicht werd geregen. Toen het tijd was om te gaan, stonden Nora en Delia Grace in een rijtje achter me, mijn eigen legertje. Ik moest toegeven dat ik me met hen erbij beter voelde.

In de gangen en de Grote Zaal wemelde het van de mensen. Ik liep zonder aarzeling naar de wachters bij de deur van de koning. 'Ik ben opgeroepen door Zijne Majesteit.'

'Ja, milady,' antwoordde de wachter. 'Hij verwacht u.'

Hij opende de deur voor me, maar hield Delia Grace en Nora tegen voordat ze me konden volgen.

'Dit is privé, dames,' zei hij, en ik keek hulpeloos toe hoe we door de grote houten deur van elkaar gescheiden werden.

Ik kalmeerde mezelf door diep adem te halen terwijl ik naar binnen liep. Ik zag Jameson en koning Quinten aan een tafel zitten, met documenten voor hen uitgespreid. Een paar andere mannen stonden tegen de muur, geestelijken en leden van de adviesraad, die aandachtig in wetboeken en papieren tuurden. De meest verrassende toevoeging aan de groep waren mijn ouders, die me sinds mijn lessen een paar dagen daarvoor niet meer hadden gesproken.

Ik nam hun zelfvoldane gezichtsuitdrukking nog in me op toen Jameson opsprong om me te begroeten.

'Mijn hartje,' jubelde hij, en hij stak zijn armen uit. 'Alles goed met je?'

'Heel goed.' Hopelijk voelde hij niet dat mijn handen trilden. 'Ik heb het gevoel dat ik u de afgelopen dagen amper heb gezien, dus ik ben blij om alleen al in uw nabijheid te zijn.'

Eerder was het heel gemakkelijk om Jameson te vleien, om de woorden uit te spreken waarvan ik wist dat ze hem zouden opfleuren. Nu voelde het alsof ik grind kauwde om die zinnen over mijn lippen te krijgen.

Hij glimlachte en streelde mijn wang. 'Je hebt gelijk. Ik heb het heel druk gehad en ik beloof je dat ik het goed zal maken zodra onze gasten zijn vertrokken. Kom, ga maar bij mijn stoel staan.'

Ik volgde hem en ging plichtsgetrouw op mijn plek staan. Het was moeilijk om me op mijn gemak te voelen, omdat koning Quinten me heimelijk afkeurende blikken toewierp.

'Die van u komt tenminste op tijd,' mompelde hij.

Nog geen seconde later snelde het laatste lid van onze groep, Valentina, de zaal binnen. Ze hield haar hand tegen haar buik.

'Mijn diepste verontschuldigingen,' begon ze rustig. 'Ik was... onwel.'

Koning Quinten leek daar genoegen mee te nemen en richtte zijn aandacht weer op Jameson. 'Wanneer zei u ook weer dat uw huwelijk plaatsvindt?'

Jameson glimlachte. 'Dat heb ik niet gezegd. Ik moet nog een paar details afronden,' zei hij, en hij stak een hand uit om de mijne aan te raken, die op de rugleuning van zijn stoel rustte. 'Maar u zult snel genoeg nieuws krijgen over mijn plannen.'

Quinten knikte. 'En u bent er zeker van dat ze uit een goed geslacht komt?'

Ik probeerde mijn gezicht in de plooi te houden. Ik hield er niet van om besproken te worden alsof ik een paard was, en dan ook nog in mijn aanwezigheid.

Jameson rechtte zijn rug op zijn stoel. 'Laten uw ogen u in de steek? Het enige wat u hoeft te doen is naar haar kijken.'

Onbewogen knikte Quinten naar mijn ouders. 'Zeiden ze niet dat zij hun enige kind is? Wat nou als ze onvruchtbaar is? Of u maar één kind schenkt?'

Ik zag dat de huid boven Jamesons kraag een verontrustende rode kleur kreeg. Ik legde mijn hand op zijn schouder en nam zelf het woord.

'Majesteit, u zou moeten weten dat een man met één kind op geen enkele manier minder is. Hij is slechts... gericht op die ene erfgenaam.'

Jameson grijnsde me toe. Niemand van ons kon Hadrian een daverend succes noemen, maar wie dacht die man nou helemaal dat hij was, dat hij zich bemoeide met kinderen die nog niet bedacht waren terwijl dat van hem al bij Magere Hein aanklopte?

Quintens blik was kil; hij was duidelijk ontstemd. 'Wie heeft jou toestemming gegeven het woord te nemen?'

'Ik waardeer alle meningen van Lady Hollis,' benadrukte Jameson, hoewel dit in tegenspraak was met wat hij me laatst had verteld. 'Haar levensvreugde en nieuwsgierige geest zijn een paar van de eigenschappen die ik het meest koester.'

Quinten rolde met zijn ogen. Valentina had tegen me gezegd dat ik dankbaar moest zijn voor wat ik had, en ik probeerde te waarderen dat Jameson in elk geval zo aardig was te liegen over hoe belangrijk ik was.

'Haar antwoord alleen zou voldoende bewijs moeten zijn dat ze gezond is, niet alleen in geest en ziel, maar ook lichamelijk.' Jameson sprak met zo veel passie dat het makkelijk te zien was waarom ik voor hem was gevallen. Ik hoopte dat het genoeg zou zijn om dat opnieuw te laten gebeuren. 'Ik vertrouw erop dat Hollis een mooie erfgenaam zal voortbrengen voor Coroa, en dan nog eens een half dozijn meer als reserve.'

Ik keek weg en streek mijn haar achter mijn oren. Wat daarnet beledigend was geweest, was nu pijnlijk persoonlijk geworden. En waarom hadden we het uitgerekend over mijn vruchtbaarheid terwijl er zo veel dingen te bespreken waren?

Quinten bleef maar naar me kijken en nam me duidelijk de maat, alsof ik te koop was. 'U bent niet op andere gedachten te brengen wat uw keus betreft?' vroeg hij, alsof hij hoopte dat Jameson ergens in de noordvleugel een minnares verstopt had zitten.

Jameson keek me aan met adoratie in zijn donkere ogen. Schuldgevoelens overspoelden mijn hart, omdat een deel van me ook wenste dat hij een minnares had. 'Mijn genegenheid voor Hollis staat vast en is onherroepelijk. Als u wilt dat ik dit teken, moet u weten dat haar handtekening naast de mijne zal staan.'

Mijn schaamte kwam in golven die steeds opnieuw boven mijn hoofd braken. Hij had me in de vertrekken van de koningin neergezet, liet me juwelen dragen die gereserveerd waren voor de koninklijke familie, en nu was hij klaar om mijn naam op een staatskwestie te vermelden.

Een van de geestelijken stak zijn hand op en Jameson gaf met een hoofdknik aan dat hij mocht spreken.

'Majesteit, hoewel u uw intenties met betrekking tot Lady Hollis duidelijk hebt gemaakt, kunt u haar naam niet op het document zetten voordat u getrouwd bent.'

Jameson snoof. 'Dat is een belachelijke trivialiteit. Ze is zo goed als mijn vrouw.'

Mijn maag draaide zich om. Ik was blij dat ik nog niet had gegeten.

Je wist al dat hij met je ging trouwen, zei ik tegen mezelf. Maar toch... Hij had het nog nooit eerder zo gezegd. Alsof er geen uitweg meer was.

Ik wachtte op het stemmetje in mijn hoofd dat me zou vertellen dat ik het mis had, dat er zonder een ring en een kroon nóg een manier zou zijn om mijn ouders te behagen, Delia Grace te verheffen, de Eastoffes te beschermen en een trouwe onderdaan van Jameson te zijn. Er kwam niets.

'Uw voorvaderen bedoelden het goed,' zei de geestelijke met

klem. 'Als we dit willen veranderen, moeten we wachten tot de volgende vergadering van de heren en geestelijken, en die vindt pas vroeg in de herfst plaats. Voorlopig moeten we de wet naleven. Want als we er één tenietdoen...'

'Dan doen we ze allemaal teniet,' zei Jameson snuivend. Het was het rijmpje dat ik als kind had geleerd, de reden waarom we elke regel, hoe klein ook, die ooit was overgeleverd hadden bestudeerd. We wilden er geen enkele overtreden, want dat betekende in feite dat we ze allemaal overtraden. 'Als de wet zegt dat we moeten wachten, zullen we wachten.'

'Akkoord,' voegde koning Quinten eraan toe, voor het eerst met een vleugje eerbied in zijn toon. Isolte was zelf een land van vele wetten, hoewel ik die van hen helemaal niet kende. Hierover waren we het in elk geval allemaal eens: de wet was de wet. 'Dan zetten we er alleen onze namen op, zodat het verdrag is gesloten. Zodra Hadrian getrouwd is, kunnen zijn vrouw en hij het ondertekenen, samen met u en uw vrouw, in een amendement dat volgend jaar rond deze tijd zal worden toegevoegd.'

Jameson knikte hartelijk. 'Akkoord. En aangezien dit verdrag het meest direct invloed heeft op uw lijn, vind ik dat u het contract moet meenemen. Dan zullen wij volgend jaar naar u toe reizen om het te ondertekenen.'

Ik kneep mijn ogen tot spleetjes. Welke afspraak werd er gemaakt waar prins Hadrian bij betrokken was?

'Laten we het er dus allebei over eens zijn,' zei Jameson resoluut, en hij keek rechtstreeks naar koning Quinten. 'Onze oudste dochter trouwt met de oudste zoon van prins Hadrian, maar alleen als wij ook een zoon krijgen als directe mannelijke erfgenaam. Omdat meisjes bij de troonsopvolging in Coroa niet worden overgeslagen, zal onze op een na oudste dochter zijn bruid worden als we alleen meisjes krijgen. Is dat aanvaardbaar?'

Ik voelde mijn knieën knikken. Hij gaf onze kinderen weg via een contract? Hij gaf ze aan Isolte? Ik greep de rugleuning van zijn stoel stevig vast in een poging mezelf overeind te houden.

Koning Quinten trok een gezicht alsof hij overwoog of hij een betere deal kon sluiten, alsof het niet genoeg was me mijn dochter af te nemen. Uiteindelijk boog hij zich naar voren en reikte naar de ganzenveer.

Valentina en ik stonden stilletjes toe te kijken bij het tekenen van het contract. Ik realiseerde me dat het me als familie verbond met Quinten, Valentina en Hadrian, ook al stond mijn naam niet op het papier.

Hij kreeg onze dochter, en daardoor ook een deel van mij.

Iedereen in de ruimte applaudisseerde. Toen Jameson en Quinten elkaar de hand schudden, liep ik naar Valentina toe en omhelsde haar.

'Wist je dat?' fluisterde ik.

'Nee. Anders zou ik je gewaarschuwd hebben. Ik hoop dat je me genoeg vertrouwt om dat te geloven.'

'Dat doe ik. Jij bent de enige die weet hoe het is om mij te zijn.'

Ze nam me bij de hand en trok me naar de muur toe. 'Even over gisteravond,' fluisterde ze haastig. 'Ik voelde me echt niet lekker. Als je zwanger bent, word je soms een beetje raar in je hoofd en ik...'

'Je hoeft het niet uit te leggen.'

'Jawel,' zei ze met klem. 'Ik sprak niet helder, en je moet niets van wat ik zei serieus nemen. Bovendien,' zei ze en ze streek over haar buik, 'was ik vanmorgen misselijk. Daarom was ik te laat. Dat is een heel goed teken.'

Ik legde mijn handen op de hare. 'Gefeliciteerd. Maar weet je heel zeker dat je veilig bent?'

Ze knikte en hield mijn handen vast. 'Nu wel.'

'Beloof me dat je zult schrijven. Ik zal heel veel begeleiding nodig hebben. Bijvoorbeeld om te kunnen overleven dat mijn kinderen als pionnen worden gebruikt.' Ik voelde tranen opwellen en deed mijn best die te onderdrukken.

'Ik weet het. Stel je eens de druk voor die ik voel. Maar ik zal schrijven wanneer ik kan... hoewel je soms zal moeten raden wat ik bedoel. Ik denk niet dat mijn correspondentie helemaal privé is.'

'Ik begrijp het.'

'Zorg goed voor jezelf, Hollis. Zorg dat je koning blijft glimlachen, dan komt alles goed.' Ze boog zich naar me toe en kuste me op mijn wang. 'Ik moet toezicht gaan houden op het pakken. En rusten,' voegde ze er met een glimlach aan toe.

Ik maakte een reverence. 'Majesteit.'

'Schrijf jij eerst,' zei ze zacht, 'dan heb ik een excuus om terug te schrijven.'

Toen liep ze de zaal uit, samen met koning Quinten, die me een laatste vernietigende blik toewierp voordat hij de deur uit liep.

Jameson kwam naar me toe en wreef in zijn handen, alsof hij net de genadeklap in een toernooi had uitgedeeld. Ik schonk hem wat ik hoopte dat een innemende glimlach was. 'Dat zou mijn vader nooit gelukt zijn,' zei hij met een lach. 'En ik ben blij dat je het woord nam. Daardoor bespaarde je mij de moeite een oude man aan te vallen.'

'Dat zou een ongelijke strijd zijn geweest,' merkte ik op, en Jameson lachte opnieuw. Ooit had ik Jamesons lach als een soort prijs beschouwd; nu lachte hij zo vaak dat het meer als lawaai voelde. 'Ik ben benieuwd waarom hij probeerde een regeling te treffen voor de kinderen van prins Hadrian en niet voor het kind dat Valentina volgens mij verwacht.'

'Zoals ze zeggen kan niemand raden naar de motieven van die oude man. Wat nog vreemder is, is dat hij uitgerekend óns heeft benaderd,' zei Jameson, die me bij een arm pakte om me naar de Grote Zaal te leiden.

'Hoe bedoelt u?'

'De meeste Isoltiërs trouwen liever met hun eigen soort en hun koninklijke lijn is van meet af aan volkomen zuiver geweest. Als hij wil dat een buitenlandse prinses met zijn kleinkind trouwt, moet hij daar een buitengewone reden voor hebben.'

'Interessant. Valentina vertelde me dat Hadrian ook met een prinses uit een buitenlandse koninklijke familie trouwt,' merkte ik op, maar ik was zo overweldigd door mijn eigen gevoelens dat het me eigenlijk niets kon schelen. Ik glimlachte naar Jameson en probeerde mijn verdriet te verhullen door grapjes te maken. 'Hoe dan ook, zou ik de volgende keer dat u van plan bent om onze kinderen naar een ander koninkrijk te sturen, gewaarschuwd kunnen worden voordat ik de zaal in kom?'

Hij lachte spottend. 'O, Hollis, het zijn niet ónze kinderen. Ze zijn van mij.'

'Wat?' Ik dwong mezelf een glimlach op mijn gezicht te houden.

'Alle kinderen die we maken zijn pijlen in mijn koker en ik zal ze overal op richten waarop ik ze in het belang van Coroa moet richten.'

Toen de deur openging kuste hij me op mijn wang en liet me in het gezelschap van mijn dames weggaan. Zodra we ons omdraaiden las Delia Grace de verschrikking van mijn gezicht af, maar Nora was degene die onder het lopen mijn hand vastpakte. Omwille van de schijn onderdrukte ik mijn gevoelens en knikte ik naar de mensen die we passeerden. Dat ging me prima af, totdat ik de Eastoffes zag.

De Northcotts waren bij hen, misschien wel om afscheid te nemen, en ik was blij dat in elk geval Etan het land verliet. Maar toen ik Silas' blauwe ogen zag maakte mijn geest een sprong naar voren en stelde zich kinderen voor met die perfecte ogen en mijn lichtbruine huid. Die kinderen... Die zouden van mij zijn...

Ik haastte me de zaal uit voordat iemand zag hoe hard ik huilde.

22

Nadat het hof van Isolte was vertrokken, vond ik het bijna onmogelijk om niet in de ogen van ieder kind te kijken dat ik passeerde, nieuwsgierig naar hun familie, hun toekomst.

Grappig genoeg stonden de jongens altijd wat dichter bij hun ouders. Ze keken angstig of stonden met kaarsrechte rug, alsof ze op wacht stonden. De meeste meisjes deden zoals Delia Grace en ik: ze vonden een vriendin om dicht bij in de buurt te blijven, namen samen de opwinding in zich op en wachtten af wat het leven aan het hof hun zou brengen.

Zo voelde het altijd als we op de dansvloer om elkaar heen draaiden of op de heilige dagen in het kasteel rondliepen; het was een prachtig avontuur. Ik had medelijden gehad met de meisjes op het platteland, de meisjes die het land van onze families bewerkten, die nooit het gevoel van satijn zouden kennen of midden in een volta zouden worden opgetild. Nadat de schok vanwege het feit dat ik de vertrekken van de koningin had gekregen was weggetrokken voelde ik me onaantastbaar, alsof ik eindelijk iedereen die ooit aan me had getwijfeld had bewezen dat ze het mis hadden. Dat ik nu mijn waarde aan de wereld liet zien, met als maatstaf de liefde van een koning.

Ik had het allemaal.

En toch wist ik dat het zou voelen alsof ik alles kwijtraakte zodra Jameson een ring om mijn vinger en een kroon op mijn hoofd zou plaatsen.

Een bezorgde stem vroeg: 'Milady?'

Ik keek op en zag Lord Eastoffe en zijn hele familie door de gang naar de Grote Zaal lopen. Ik besefte dat ik was blijven staan om een gezin te bekijken waarvan de vader naar een prachtig bewerkte boog in het plafond van de hal van het kasteel wees. Blozend schudde ik mijn hoofd en stapte uit de weg.

'Zit u iets dwars?'

'Nee,' loog ik, en ik probeerde te zorgen dat mijn blik niet te lang op Silas bleef rusten. 'Ik denk dat ik me na alle opwinding van het recente gezelschap gewoon een beetje neerslachtig voel.'

Hij glimlachte. 'In mijn jonge jaren heb ik dat gevoel meer dan eens gehad,' zei hij, en hij wisselde een veelbetekenende blik met zijn vrouw.

Lady Eastoffe keek me hartelijk aan. Ze had iets waardoor ik me in haar armen wilde storten. Waarschijnlijk was ze in het belang van haar kinderen haar land ontvlucht. Als ik haar vertelde dat de mijne als pionnen in staatszaken zouden worden gebruikt, zou ze mijn pijn begrijpen. 'Maakt u zich geen zorgen, Lady Hollis,' zei ze. 'Kroningsdag komt eraan, hè? Scarlet staat te popelen om de dans te komen oefenen. Er zijn dus nog feesten om naar uit te kijken.'

Ik forceerde een glimlach en knikte. 'Dank u, milady. Er moeten nog veel voorbereidingen worden getroffen voor Kroningsdag. Ik zal je binnenkort een bericht sturen, Scarlet. Ik denk dat een beetje dansen ons allemaal goed zal doen.'

Te oordelen naar de alziende ogen van Scarlet, de glimlach van Lady Eastoffe en Silas die nog steeds naar de grond keek, vermoedde ik dat minstens de helft van de familie wist dat ik verdronk in verdriet en dat niemand van ons er echt over kon praten.

'Ik zal erop wachten,' zei Scarlet met een korte reverence. Ik knikte als antwoord en liep door.

Ik vocht tegen de drang en verloor. Halverwege de gang keek ik om.

Silas keek naar me.

Hij schonk me een kleine glimlach, en ik beantwoordde die. En toen bleven we allebei lopen.

Lieve Valentina,

Ook al ben je nog maar een paar dagen weg, ik verlang nu al naar je gezelschap. Ik voel me nog steeds behoorlijk overweldigd door dat contract. Het heeft me doen inzien hoe waar alles is wat je hebt gezegd. De liefde heeft me misschien naar Jameson gebracht, maar dit leven zal niet zo makkelijk zijn als ik eerst had gehoopt. Na te hebben gehoord hoe jij in de koninklijke familie bent terechtgekomen kan ik me niet voorstellen dat iemand jou lessen in koningin-zijn heeft gegeven. Stel dat dat toch zo is, kun je dan iets van die wijsheid aan mij doorgeven? Sinds je weg bent heb ik het gevoel dat ik wegzink in

'Wat ben je aan het schrijven?' Delia Grace liep langs mijn bureau, een beetje dichterbij dan prettig was.

Ik maakte een prop van het papier. 'Niets.' Dit kon ik niet naar Valentina sturen. Ik wist dat ze het zou begrijpen, maar ik moest een manier vinden die niet zo zielig zou klinken, voor het geval iemand anders de brief zou lezen.

'Gaat het wel goed met je?' vroeg Delia Grace. 'Je ziet zo bleek als een Isoltiër.' Ze glimlachte om haar eigen grap.

'Ik voel me een beetje moe. Misschien hebben al die dagen vermaak me eindelijk ingehaald.'

'Je kunt tegen verder iedereen liegen, Hollis, maar bij mij verdoe je daar je tijd mee.'

Ik keek op naar haar. Ze keek met een opgetrokken wenkbrauw en een hand in haar zij terug.

'Goed dan. Het is gewoon... Ik dacht dat ik van het koningin-zijn iets moois en leuks kon maken. Nu lijkt het erop dat koningin zijn me vanbinnen verwringt. Ik vind het niet prettig.'

Ze bukte zich tot haar gezicht vlak bij het mijne was. 'Dan zul je een manier moeten vinden om ermee om te gaan. Je hebt het beter dan zo veel anderen. Je krijgt geen gearrangeerd huwelijk met een vreemde, je ouders sturen je niet naar een ander land en je bent geen twaalf jaar oud, verdorie.'

Ik zuchtte. Ik wist dat anderen het slechter hadden getroffen als het om echtgenoten ging, maar dat maakte mijn eigen pijn niet minder echt.

Ik speelde met de gouden dobbelstenen die op mijn tafel lagen. 'Had je medelijden met Valentina?' vroeg ik.

Ze barstte in lachen uit. 'Jij niet, soms? Met die oude zuurpruim als echtgenoot?'

'Maar is dat het enige wat het zo erg maakte? Zag je niet dat ze eenzaam is, ondanks alles wat ze heeft? Jameson houdt van me, en hij zal me beter behandelen dan Quinten haar behandelt. Er zijn alleen zo veel andere kleine dingen waarbij ik nooit heb stilgestaan. Ik ben gewoon... Wat nou als ik alleen nog het gevoel heb dat ik het zo veelste bezit van de staat ben, wanneer hij ouder is en zijn liefde voor me bekoeld is? Een kroonjuweel opgesloten in een kamer zonder ramen, dat er alleen maar uit wordt gehaald als de mensen opgefleurd moeten worden, goed voor weinig anders?'

Na een lange stilte keek ik haar aan om te zien wat zij van die gedachte vond. Het enige wat ik zag was een beschuldigende blik in haar ogen.

'Doe dit niet,' zei ze. 'Als je faalt, sleur je mij ook mee in je val. Dat pik ik niet, Hollis. Absoluut niet.'

'Zou je van mij vragen om me ellendig te voelen zodat jij met een of andere heer van goeden huize kunt trouwen, om wie je niet eens geeft? Zodat mensen dan eindelijk hun mond over je zullen houden?'

'Ja! Het is doodvermoeiend!' jammerde ze. Er stonden tranen in haar ogen, maar ze gaf geen duimbreed toe. 'De mensen fluisteren al mijn hele leven achter mijn rug, als ze al niet brutaal genoeg zijn om me recht in mijn gezicht te beledigen. Nu word ik de eerste hofdame van de koningin en dat geeft me de kans gerespecteerd te worden. Zou jij die kans niet grijpen, als het alles was wat je kon krijgen?'

‘Wat nou als we iets beters kunnen krijgen?’ opperde ik.

‘Beter dan een kóning? Hollis, beter kan niet! En ik kan beslist niets doen als jij dit niet doorzet.’ Ze was even stil. ‘Wat is er in vredesnaam met je gebeurd? Waarom zou je denken... Is er soms iemand anders?’

‘Nee,’ antwoordde ik snel. ‘Het komt door de gedachte dat ik... mezelf kwijtraak. Ik zie heus wel in wat er de voordelen van zijn als je koningin bent. Maar ook wat de voordelen zijn wanneer je dat niet bent. Eerst waren er de heren en hun vele klachten. Toen had je de omgang met royals die op bezoek kwamen. En nu... Nu heeft Jameson onze eerste dochter aan de zoon van Hadrian beloofd.’ Ik slikte, nauwelijks in staat erover te praten. ‘Hij zou al mijn kinderen wel kunnen weggeven. Aan wie dan ook. Aan mensen die niet eens om ze geven.’

Ze ademde diep in en gaf me de tijd om te kalmeren.

‘Elke uitdaging op zich is niet te zwaar om te dragen, maar als ze allemaal opgestapeld worden, de een op de ander? Ik weet niet of ik ze dan wel aankan.’

Ze schudde haar hoofd en begon te mompelen. ‘Ik had het moeten zijn.’

‘Wat?’

Ze stond me met donkere, ijzige ogen aan te kijken. ‘Ik zei dat ik het had moeten zijn!’

Ze liep weg, verder de vertrekken in, alsof ze van haar waren. Ik sprong op om haar te volgen. ‘Waar heb je het over?’

Met een ruk draaide ze zich naar me om en boog zich naar me toe. Zo boos had ik haar nog nooit gezien. ‘Als je eens aandacht had besteed aan iemand anders dan jezelf, had je gezien dat ik Jameson heel goed in de gaten hield. Ik zag dat Hannah hem begon te vervelen. Ik wist dat hij al snel klaar zou zijn voor iemand anders. Al die kleine basislessen die je hebt genomen om je voor te bereiden op Quintens bezoek? Die stof had ik allemaal al geleerd. Er zijn genoeg boeken in dit kasteel met informatie over de geschiedenis van Coroa en de relaties met Isolte, Mooreland en Catalina. Jij bent gewoon te lui om er ooit naar op zoek te gaan.' Ze schudde haar hoofd en staarde in het luchtledige voordat ze haar blik weer op mij richtte. 'Wist je dat ik vier talen spreek?'

'Vier? Nee. Wanneer heb je...'

'In de afgelopen paar jaar, wanneer jij ging dansen of zeurde over je ouders. Het enige wat je ooit hoefde te doen was het probéren, en dat heb je niet gedaan. Maar ik wel! Ik was mezelf aan het perfectioneren. Jij ziet er niet eens uit als een echte Coroaanse,' gooide ze me voor de voeten.

'Pardon?'

'Iedereen heeft het erover, over je tarwekleurige haar. Je hebt iets Isoltisch in je bloed. Dat, of Banniriaans. Dat is een deel van de reden waarom de heren bezwaar maken. Als hij met een Coroaanse trouwt, moet ze er ook als een Coroaanse uitzien, en als hij met een buitenlandse trouwt, moet hij met iemand trouwen die de kroon iets te bieden heeft.'

Mijn ogen prikten. 'Nou, je kunt er niets aan doen,' beet ik haar toe. 'Het lot heeft gezorgd dat ik in zijn armen viel.'

'Ha!' kaatste ze terug. 'Nee, dat kwam door mijn slechte timing. Ik liet die avond je armen los, Hollis.'

'Nee, we lieten allebei...'

'Ik probeerde je op je kont te laten vallen, zodat ik je snel te hulp kon schieten. Ik zag dat de koning bijna achter je stond en was van plan een gedenkwaardige ontmoeting te organiseren, een ontmoeting waardoor hij me misschien zou kunnen onderscheiden van de tientallen meisjes die een wit voetje bij hem probeerden te halen. Ik dacht dat hij me in elk geval zou zien stáán als ik indruk op hem kon maken. Helaas liet ik je op het verkeerde moment los. Ik viel zelf, en hij ving jou op.' Ze zei het met een verbittering die mijn hart doorboorde alsof het pijlen waren. 'Ik heb een fout gemaakt en mezelf volledig uit zijn gedachten gewist.'

Ze bracht een hand naar haar mond. Ze zag er nog steeds uit alsof ze in huilen zou uitbarsten maar niet toeliet dat de tranen uit haar ogen kwamen. Ik was te verbijsterd om te reageren. Ik wist dat ze plannen had voor een beter leven; ik wist alleen niet hoe ver die gingen. Ik wist niet dat het haar bedoeling was geweest mij te omzeilen. Toen keek ze me in de ogen. Haar blik was zachter dan voorheen. Triest, wanhopig. Ik had meer medelijden met haar dan dat ik boos op haar was.

'Waarom heb je niets gezegd? Je bent wel zo slim dat je hem het hoofd op hol had kunnen brengen, en dan had ik je erbij geholpen.'

Ze haalde haar schouders op. 'Ik dacht dat ik mijn kans zou krijgen als jij hem ging vervelen, net als alle dames voor jou. Maar goed, hoe hij vervolgens naar je bleef kijken... Ik zag wel dat er iets aan de hand was, en wat had ik kunnen zeggen? Je bent mijn beste vriendin. Toen iedereen mompelde dat ik een bastaard was, negeerde je ze. Je bleef bij me. Het was het minste wat ik voor je kon doen. Ik zei tegen mezelf dat het door jou te helpen zou zijn alsof ik zelf ook won. Daarom zorgde ik dat ik zo snel mogelijk je hofdame werd; het was mijn enige kans om samen met jou op te stomen. Maar je wilt het niet eens. En het is moeilijker dan ik had gedacht te zien dat jij verheven bent terwijl ik je bediende ben geworden.'

'Het was nooit mijn bedoeling mezelf te verheffen,' zei ik oprecht. Eindelijk begreep ik waarom ze de laatste weken zo prikkelbaar was geweest. Ik liep naar haar toe en pakte haar hand. 'En voor mij ben je geen bediende. Je bent mijn eerste en beste vriendin. Je weet meer over mij dan wie ook, en ik vertrouw je al mijn geheimen toe.'

Ze schudde haar hoofd. 'Niet allemaal.' Opnieuw keek ze me zoekend in de ogen. Haar blik ging dieper dan de meeste en probeerde datgene te zien wat ik niet durfde te tonen. 'Ik weet dat je iets verbergt, en ik weet niet waarom je plotseling het doel wilt opgeven dat iedere huwbare vrouw in Coroa nastreeft.'

'Als je zou staan waar ik sta, zou je het begrijpen. Het is beangstigend te ontdekken dat vrijheid niet is wat je dacht. Dat liefde is niet wat je dacht.'

Toen ze daarna sprak, kon ik haar toon niet precies duiden. Die hield het midden tussen medelijden en woede, maar werd nooit echt alleen het ene of het andere. 'Is dit niet de moeite waard? Wil je liever het schandaal van het hof zijn? Als je hem nu verlaat, ruïneer je mij, en het ergste van alles is dat je Jameson kapot zult maken.'

Ik keek weg en woog alles in mijn hoofd af. Ik wist dat er niet echt een manier was om te winnen. Of ik kreeg wat ik wilde, of alle anderen kregen wat zij wilden...

'Je overweegt het echt?' Delia Grace schudde haar hoofd en wilde weglopen.

'Wacht,' droeg ik haar op.

Het was een eerbetoon aan Jamesons smaak in vrouwen dat ik het stemgeluid bezat om haar te laten gehoorzamen. Snuivend draaide ze zich om.

'Natuurlijk trouw ik met Jameson. Ik heb al heel lang geen andere keus meer. En nu Jameson mij heeft gekozen heb jij vast al lang iemand anders in gedachten. Je hebt verder ook alles gepland. Dus geef me een naam.'

Met tot spleetjes geknepen ogen keek ze me aan. 'Hoe bedoel je?'

'Wie wil je?'

Ze hoefde niet na te denken. 'Alistair Farrow. Goed landgoed, een gerespecteerde naam, maar niet zo verheven dat hij me kan afwijzen als jij iets regelt.'

'Hou je van hem?'

'Doe niet zo stom, Hollis. Liefde is de laatste gang van een feestmaal waarvoor ik nog moet worden uitgenodigd.'

Ik knikte. 'Dan is het geregeld.' Ik streek denkbeeldige kreukels uit mijn jurk en ging terug naar mijn stapel papier, al wist ik nog steeds niet goed wat ik tegen Valentina moest zeggen.

'Wacht. Hollis?'

Ik keek naar Delia Grace, die verward bleef staan.

'Hoe zit het nou met Jameson? Hou je van hem?'

'In zekere zin wel,' gaf ik toe. 'Ik hou ervan dat hij gelukkiger is als ik in de buurt ben. En ook al zijn mijn ouders teleurgesteld in me, ik hou van ze. En zelfs als jij boos op me bent hou ik van je. Na alles wat er is gebeurd hou ik van je.'

Er viel een stilte, en tien jaren aan herinneringen zweefden tussen ons in. Delia Grace had me elk moment van de afgelopen tien jaar gesteund en voor me gezorgd, meer dan wie ook. Ze had een heel dierbaar plekje in mijn hart.

'Het is dus tijd om al het andere los te laten. Wanneer Jameson me een aanzoek doet, zal ik trouwen. Uit liefde.'

23

‘Kroningsdag,’ zei Nora, die later op de middag mijn kamer binnen viel. ‘Hij doet je op Kroningsdag een huwelijksaanzoek, na de ceremonie.’

‘Weet je het zeker?’ vroeg ik.

Ze knikte en liep naar Delia Grace toe. ‘De vrouw van Lord Warrington zei dat haar man het haar in vertrouwen heeft verteld. Ze steunt je eigenlijk wel, maar Lord Warrington vindt dat Jameson een huwelijk moet sluiten dat internationaal voordelig is voor Coroa.’

‘Nou, hij is nu in de minderheid. Sinds die stunt met Valentina en de kronen wordt Hollis door bijna iedereen gesteund.’ Delia Grace’ woorden waren doortrokken van verdriet, maar er klonk geen verbittering in door. Het contact met haar verliep veel makkelijker nu ik alles wist. ‘Hoe eerder de koning een aanzoek doet, hoe beter. Als je eenmaal koningin bent, zal niemand met enig gezond verstand je nog tegenwerken,’ zei ze tegen me, en ze glimlachte heel even.

Nora liep naar me toe en greep mijn handen beet. ‘Gefeliciteerd,’ zei ze met haar hoofd schuin.

‘Dat is heel lief, maar misschien kunnen we beter even wachten op de ring.’

Ze lachte, slaakte toen een zucht en trok haar handen terug. ‘Dat is dus over twee dagen. We moeten dus beginnen met het samenstellen van de dans en de laatste hand aan je jurk leggen... Ik vraag me af of de koning je nog meer juwelen zal sturen.'

Ik draaide me weer naar de spiegel toe, en zij ging verder met haar lijst van vragen en zorgen. Ik zat stil terwijl Delia Grace mijn haar borstelde. We waren geen van beiden in staat enig enthousiasme op te brengen.

'En één, twee, drie, draai!' riep Delia Grace, die rug aan rug ronddraaide met Nora. Door alle drukte tijdens het recente bezoek van koning Quinten had ik geen tijd meer gehad om me voor te bereiden op Kroningsdag zoals ik dat in andere jaren had gedaan. Uiteindelijk bestond de dans voornamelijk uit delen van dansen die we al kenden, gerangschikt in een andere volgorde. Zelfs Delia Grace, met al haar talenten, kon de strijd met de tijd niet winnen. Toch werd het een fraaie dans, en het zag eruit als een vloeiend geheel. Scarlet stond bij mij en draaide zich naar het heldere geluid van de viool toe.

'Amuseer je je?' vroeg ik, ook al werd ze verraden door haar brede glimlach.

'Ja, maar ik mis wel veel dingen van thuis,' begon ze. 'Het eten, de geur van de lucht. Maar ik vind het leuk dat jullie hier bijna elke avond dansen. In Isolte dansen we alleen op speciale dagen, bij toernooien en zo.'

'Nou, je bent nu een Coroaanse.' Ik raakte met mijn pols de hare aan en liep in een kringetje. 'We zullen moeten zorgen dat je jaren aan dansen inhaalt. Maar Delia Grace is een betere lerares dan ik. Zij is altijd beter geweest in dansen.'

Delia Grace schonk ons een zuinig glimlachje voordat ze haar volgende passen deed. 'Niet goed genoeg,' mompelde ze.

Scarlet keek me met vragende ogen aan, maar ik schudde mijn hoofd. Het was te veel om uit te leggen, zeker gezien de rol die haar broer hierin speelde.

We namen de dans stap voor stap door en zorgden dat iedereen de bewegingen uit het hoofd kende. Alle ogen zouden op ons gericht zijn, dus we mochten ons niet vergissen.

Gelukkig voor ons was Scarlet een natuurtalent. Hoewel we meerdere malen passen moesten herhalen zodat zij ze in haar geheugen kon prenten, hadden haar bewegingen een soepele gratie.

'Heel mooi, Scarlet. Je gaf ons het idee dat je er moeite mee zou hebben omdat je zelden danst, maar de manier waarop je je handen beweegt is heel sierlijk.'

'Dank u,' zei ze terwijl we bewogen. 'Ik denk dat het komt door het hanteren van zwaarden.'

'Je broer heeft het niet over je talent met zwaarden gehad,' merkte ik op terwijl ik de passen bleef doornemen. Als hij dat wel had gezegd, zou ik het me wel herinneren. Ik had hard mijn best gedaan om Silas Eastoffe uit mijn gedachten te verdrijven, maar ik kon al onze kleine momenten samen niet vergeten, alle dingen die hij had gezegd. Ik kon me onze gesprekken bijna letterlijk herinneren.

'Als je in een jurk moet oefenen met een zwaar stuk metaal in je hand, word je vanzelf lichtvoetig.'

Ik lachte. 'Dat kan ik me voorstellen. Nu ik erover nadenk heeft Silas onlangs met me gedanst, en dat deed hij geweldig.' *Praat niet langer over hem, Hollis. Dat helpt niet.* 'Misschien is het ook een familietrekje.'

'Misschien wel.' Ze draaide rond. 'Mijn familie is heel belangrijk voor me. Wij hebben alleen elkaar nog.'

Haar toon had iets licht beschuldigends. 'Dat is niet waar. Jullie doen het hier heel goed.'

Ze schudde haar hoofd terwijl we een laatste keer de bewegingen doornamen. 'U moet begrijpen dat we hier niet helemaal welkom zijn. Onze voormalige koning ziet ons als verraders. We moeten nu werken, en dat is prima, maar het is nieuw voor ons. Niemand buiten onze familie begrijpt echt wat we doormaken. Ik zou niet willen dat iemand mijn familie leed berokkent... ook al was het uit liefde.' Ze keek me van onder haar blonde wimpers aan, met een smekende blik in haar ogen.

Ik slikte moeizaam. Heimelijk vroeg ik me af of hij het haar had verteld of dat ze het gewoon wist. Scarlet en Delia Grace leken daar een talent voor te hebben, om dingen gewoon te wéten. Ik sprak zachtjes, in de hoop dat de viool mijn woorden zou maskeren. 'Geloof me alsjeblieft als ik zeg dat ik je familie nooit opzettelijk leed zal berokkenen.'

Ze schudde haar hoofd. 'Het maakt niet uit of het al dan niet opzettelijk gebeurt.'

Ik ademde scherp in en keek om me heen om er zeker van te zijn dat er niemand binnen gehoorsafstand was. 'Je hoeft je nergens zorgen over te maken. Bovendien heb ik vernomen dat Jameson van plan is om op Kroningsdag een aanzoek te doen.'

Opgelucht zuchtte ze. 'Nou, dat is mooi. En kort daarna vertrekken we toch.'

Ik liet mijn handen zakken. 'Wat?'

Delia Grace en Nora bleven de bewegingen uitvoeren, al was hun blik duidelijk op ons gericht. Scarlet keek naar hun nieuwsgierige gezichten voordat ze zich weer naar mij toe keerde.

'Dat... Dat heb ik u verteld,' begon ze rustig. 'Dat was altijd al het plan. We willen een rustig leven leiden, een leven dat van ons is. Eindelijk.' Ze fluisterde het laatste woord, alsof ze erg moe was. 'Al sinds onze aankomst hier zijn we op zoek naar een huis, en nu hebben we op het platteland een landhuis gevonden met goede landerijen. We hebben opdrachten gekregen voor werk, en het lijkt erop dat we op die manier in ons onderhoud kunnen voorzien, met of zonder inkomsten van het land. We gaan weg.'

Ik klemde mijn handen krampachtig voor me in elkaar en toverde met moeite een glimlach op mijn gezicht. 'Door Valentina ben ik me ervan bewust hoe... vermoeiend het leven aan het hof in Isolte kan zijn. Geen wonder dat jullie verlangen naar de vredigheid van het platteland. Wat een geluk dat ik nog minstens één keer met je mag pronken voordat je weggaat! Kom, laten we onze oefenronde afmaken.'

Ik was uitgeput, niet in staat om meer dan de basisbewegingen van de dans uit te voeren. Zodra we klaar waren liep ik zwijgend door mijn vertrekken naar de achterkamers. Zoiets had ik nog niet eerder gedaan, en iedereen was zo verstandig te begrijpen dat ik niet gevolgd wilde worden.

Ik ging op een stoel onder een raam zitten en keek uit over de rivier, over de uitgestrekte stad en naar de vlaktes, zo ver als mijn blik reikte. Ergens voorbij die lijn zouden de Eastoffes hun thuisbasis vinden. Ik zei tegen mezelf dat dat een goede zaak was. Als Silas wegging, zou het alle verleiding wegnemen om met hem te praten en het stralendste in mijn leven te ruïneren. Het zou het makkelijker maken om Jameson opnieuw te zien staan, om me te herinneren hoe graag hij me overlaadde met geschenken en genegenheid.

Alsof iemand mijn schoen uittrok en de kiezelsteentjes er voor me uithaalde. Vanaf nu zou ik stabieler lopen.

Het sloeg dus helemaal nergens op dat ik daar zat, met het beste uitzicht dat het kasteel te bieden had, en huilde tot mijn tranen op waren.

24

Toen ik op Kroningsdag wakker werd, voelde het niet zoals gewoonlijk op die dag. Het voelde heel middelmatig. Gewoon weer, gewone zon, gewone ik.

'Hollis,' zei Delia Grace rustig, en ze trok de gordijnen van mijn hemelbed opzij. 'Er is een pakket voor je afgeleverd.'

'Wat?'

'Ik denk dat het voor vanavond is. Een alledaags oud hoofdsieraad zou toch niet goed genoeg voor jou zijn?' zei ze, een steek van verlangen klonk door in haar stem. Met een trieste maar vastberaden glimlach stak ze een hand uit om me uit bed te helpen.

'Heb je het pakket al geopend?'

Ze schudde haar hoofd. 'Het is net afgeleverd, en we zouden nooit iets voor u openen, milady.'

Ik schonk haar een zwakke glimlach. 'Heel goed.'

Ze hield een kamerjas voor me omhoog en ik liet mijn armen erin glijden.

'Kom, dan gaan we eens kijken,' zei ik terwijl ik naar haar toe liep en de doos opende.

De aanblik van drie perfecte kronen op zwart fluweel benam me de adem. Ik streek er met mijn vingers overheen en liet tot me doordringen hoe uniek ze waren. De eerste was grotendeels van goud en leek op de Kroon van Estus, terwijl de andere twee met veel meer edelstenen bezet waren. De tweede was voornamelijk bedekt met robijnen die bij het Coroaanse rood pasten, en de laatste was veel puntiger en bezaaid met diamanten.

‘De derde is mijn favoriet,’ zei Nora. ‘Maar welke je ook kiest, je zult er prachtig uitzien.’

‘Wat denk je, Hollis?’ vroeg Delia Grace. ‘De eerste ziet eruit als...’

‘De Kroon van Estus,’ vulde ik in. ‘Dat dacht ik ook.’

‘Dan zou je bij Jameson passen. Daarmee zend je een boodschap uit.’

Dat zou zeker zo zijn. Maar ik glimlachte in mezelf, want ik herinnerde me een gesprek met Silas. Met onze kleren en onze keuzes spraken we een taal, en anderen konden kiezen of ze ernaar luisterden of het negeerden.

‘Ik zal deze kronen niet dragen. Stuur ze alleen niet terug,’ beval ik. ‘Ik wil dat mijn keus een verrassing is.’

‘De jaloerse kant van mij wil het niet graag toegeven,’ begon Delia Grace, ‘maar ik denk dat je vanavond harten zult doen stilstaan.’

‘Vind je het leuk?’

‘Het past bij je. Beslist beter dan een van die saaie kronen.’ Ze ging naast me staan om me in de spiegel te bekijken. Ja, dacht ik, ze heeft gelijk. Dit ben ik.

Silas had ooit gegrapt dat ik een bloemenkroon hoorde te dragen, en nu droeg ik de grootste en geurigste bloemen die ik kon vinden boven op mijn hoofd. Ik was er zelfs in geslaagd er een paar spelden met edelstenen in te steken om de boel op zijn plek te houden. Die vingen het licht, waardoor alles nog bijzonderder werd.

Ik had niet gedacht dat ik een kroon ooit zo mooi zou vinden als deze, en ik kon hem maar één keer dragen.

Naast me zag ik dat Delia Grace haar schouders liet hangen. Ook zij had bloemen in haar haar, alleen niet zulke oogverblindende als ik. Het was opnieuw een moment waarop Delia Grace werd gedwongen te accepteren dat alles van haar ietsje minder was dan dat van mij. Dat zou haar vast flink dwarszitten nu ze moest accepteren dat haar hoop op de kroon echt vervlogen was.

'Je moet weten,' zei ik, 'dat ik mijn uiterste best zou hebben gedaan jou te dienen als je plan had gewerkt, als jij degene was geweest. Al denk ik niet dat iemand ooit gedaan zou kunnen hebben wat jij de afgelopen weken hebt gedaan. Echt, Delia Grace, ik zal je nooit genoeg kunnen bedanken.'

Ze liet haar hoofd tegen het mijne rusten. 'Strik een mooi groot lint om Lord Farrow heen, dat is genoeg.'

Ik giechelde. 'Komt voor elkaar. Als het kan, zal ik zorgen dat je eerder trouwt dan ik.'

'O ja?'

'Je hebt lang gewacht tot er iets gebeurde. Zolang je tevreden bent met hem, zie ik geen reden om te wachten.'

Ze gaf me een dikke knuffel en tranen welden op in haar ogen. Ik had haar niet meer zien huilen sinds we dertien waren, na een wel heel vreselijke periode van pesterijen. Daarna zwoer ze dat niemand haar nog eens zou zien huilen. Als ze daarna ooit nog een traan had gelaten, wist ik er niet van.

Het moment werd verbroken door mijn moeder, die onverwacht binnenstapte. Ze weigerde nog steeds aan te kloppen.

'Wat heb jij in vredesnaam op je hoofd?'

Meteen betrok mijn gezicht. 'Wat is er mis mee?' Ik keek weer naar de spiegel en draaide mijn hoofd om het van alle kanten te bekijken.

'Haal die bloemen van je hoofd. Je bent een dame, je moet een fatsoenlijke kroon dragen voor Kroningsdag.' Ze wees naar haar eigen hoofd, waarop ze een kleine kroon droeg die door generaties van de familie Parth was doorgegeven. Hij was niet zo groots als de kroon die ze was kwijtgeraakt maar hij was oud, en dat was voldoende.

Ik zuchtte. 'O, is dat alles? Ik heb deze expres gekozen.'

'Nou, zet hem dan ook maar expres af.' Ze liep terug naar de ontvangstruimte, want ze wist precies wat er in de doos zat die op tafel stond. 'Koning Jameson heeft je prachtige kronen gestuurd. Kijk nou eens!' zei ze, en ze hield de met robijnen bezette kroon omhoog.

'Hij is prachtig, moeder, alleen niets voor mij.'

Ze legde hem weer neer. 'Nee, nee. Kom nog eens kijken. De heren zullen dit helemaal niet leuk vinden.' Ze greep me bij een arm beet en trok me mee naar de doos.

'Het kan me niet schelen wat ze van me denken.' En al zei ik het niet, het kon me ook niet veel schelen wat Jameson dacht.

'Het zou je wel moeten kunnen schelen. De koning heeft hen nodig, en jij hebt de koning nodig.'

'Nee, hoor. Ik kan niet zomaar...'

'Hollis, je zult naar me luisteren!'

Ik pakte haar bij de schouders beet en dwong haar me in de ogen te kijken. Met een rustige, vaste stem zei ik: 'Ik weet precies wie ik ben. En ik ben tevreden met mezelf.' Ik raakte haar wang aan. 'U bent mijn moeder. Ik wou dat u ook tevreden kon zijn met mij.'

Haar ogen schoten heen en weer over mijn gezicht, alsof ze me voor het eerst echt zag. Misschien beeldde ik me alleen in dat ze tranen in haar ogen had, maar haar toon was veel zachter toen ze eindelijk reageerde.

'Ach, die bloemen staan je goed. O... zitten er ook edelstenen bij?'

'Ja! Vindt u ze mooi?' Ik maakte een draai, zodat ze allemaal het licht konden vangen.

Ze knikte met een zweem van een glimlach op haar gezicht. 'Ja, ik denk het wel.'

Delia Grace klapte in haar handen. 'Kom op, dames. Onze toekomstige koningin mag niet te laat komen.'

'Blijft u bij mij of gaat u met vader mee?' vroeg ik.

Mijn moeder leek nog steeds verbijsterd. 'Met je vader. Maar we zien je daarbinnen.'

Ik knikte toen ze de kamer verliet en draaide me om om er zeker van te zijn dat mijn jurk recht zat.

'Wij zijn er klaar voor wanneer u dat bent, milady,' zei Delia Grace.

Met een hoofdknikje leidde ik ons naar de Grote Zaal.

Mijn gevoel bij het betreden van de zaal op Kroningsdag was vergelijkbaar het gevoel dat ik had gehad bij de aankomst van koning Quinten. Net als op die dag zuchtten en staarden mensen toen ik voorbijkwam. Ik voelde me die avond mooi. Ik had me al tijden niet zo sterk mezelf gevoeld, en volgens mij was dat te zien.

Ik liep naar de voorkant van de zaal, omdat ik wist dat Jameson me daar verwachtte voor de ceremonie. Ik veronderstelde dat bij de meeste koningen hun vader niet aanwezig was op hun Kroningdag, maar Jameson had ook geen moeder, broers of zussen. Hij was de laatste in zijn lijn totdat hij erfgenamen kreeg, en dat hing allemaal van mij af. Ik zorgde dat ik ging staan waar zijn familie zou hebben gestaan als ze erbij hadden kunnen zijn. Misschien voelde het nog niet helemaal zo, alsof we familie van elkaar waren... maar dat zouden we snel worden.

Vanavond zou Jameson symbolisch opnieuw worden gekroond met dezelfde oude kroon die bij Estus was gebruikt. De edelen die hun eigen kroon hadden, droegen ze, en de meeste vrouwen waren behangen met juwelen om hetzelfde effect te verkrijgen. Na een korte ceremonie vierden we de dag met dansen. Het was veruit de meest opwindende avond van het jaar, omdat die pas bij zonsopgang eindigde. Kroningsdag had zijn wortels in iets heel heiligs, maar al zolang als ik leefde was het meer een feest voor iedereen. Natuurlijk zou Jameson vandaag een aanzoek willen doen; dan moest het hele land het vieren, of ze daar nu zin in hadden of niet.

De trompetten schalden en ik duwde mijn cynisme opzij, klaar om zo koninginachtig mogelijk te zijn.

Er viel een stilte in de ruimte toen de jongens in rode gewaden hun klokken luidden. Jameson volgde, met een zware bontjas aan die drie meter achter hem aan sleepte. Hij werd gevolgd door de geestelijke die de Kroon van Estus voorzichtig vasthield.

De jongens gingen uiteen. Jameson liep door het middenpad dat ze vormden en nam plaats op de troon. De geestelijke bleef aan de voet van de troon staan en hield de kroon omhoog. De klokken hielden allemaal precies tegelijk op met luiden.

'Coroanen,' intoneerde de geestelijke, 'laten we ons verheugen.

162 jaar lang hebben we één trouwe heerser gehad, een afstammeling van Estus de Grote. Vandaag eren we koning Jameson Cadius Barclay, zoon van Marcellus, zoon van Telau, zoon van Shane, zoon van Presley, zoon van Klaus, zoon van Leeson, zoon van Estus.

'Van alle volkeren zijn wij het gelukkigst, want we vieren de lange en gelukkige heerschappij van de machtigste familie van het continent. Laten we vandaag onze toewijding aan koning Jameson hernieuwen en bidden dat hij nog vele jaren zal leven en vele erfgenamen zal voortbrengen.'

'Amen,' riep de zaal.

Jameson keek een stukje naar rechts, want hij wist dat ik daar was.

De geestelijke zette de kroon op zijn hoofd en de zaal barstte in applaus uit. Toen dat eenmaal was gebeurd, glimlachte Jameson naar de geestelijke en mompelde woorden van dank. Daarna stond hij op en hief hij zijn handen om de zaal tot zwijgen te brengen.

'Goede mensen, ik dank jullie voor het vertrouwen in mijn leiderschap. Ik weet dat ik een jonge koning ben en dat ik nog niet lang heb geregeerd. Maar meer dan welke koning op het continent ook ben ik uw geluk en de vrede in ons land toegewijd. Ik bid voor de bloei van ons koninkrijk. Ik leef voor ons land, dat niet alleen groeit naarmate ons eigen volk gezinnen sticht, maar ook naarmate anderen ervoor kiezen zich bij ons aan te sluiten,' zei hij met een handgebaar naar achter in de zaal. Ik volgde zijn hand met mijn ogen en zag dat veel van de families die uit de buurlanden kwamen zich daar hadden verzameld, ook de Eastoffes.

'En vanavond is dat beslist een reden om het te vieren,' riep hij. 'Muziek!'

De mensen juichten en de muzikanten begonnen te spelen.

Terwijl de heren om de koning heen dromden, staarde ik naar de andere kant van de zaal.

25

Ik bleef Silas Eastoffe in de ogen kijken terwijl de zaal om ons heen wervelend tot leven kwam. Ik had hem al eens eerder op zijn best gekleed gezien, maar vanavond zag hij er bijzonder knap uit. De Eastoffes, die hadden begrepen hoe belangrijk deze dag was, droegen hun eigen kronen. Ik vroeg me af of het erfstukken waren of dat ze ze zelf hadden gemaakt.

Om me heen omhelsden mensen elkaar en gaven elkaar complimenten over hun kleding. Mensen juichten, slaagden er nu al in grote bekers bier te vinden om te proosten op de koning, het land, de avond... eigenlijk op alles. Maar ik had alleen oog voor Silas, en hij voor mij. Hij slikte en zag er vanbuiten uit hoe ik me vanbinnen voelde: kapot van verlangen naar iets wat ik niet kon krijgen.

'Hollis!' Uiteindelijk schrok ik op doordat Delia Grace mijn naam riep. 'Daar ben je dan. We waren op zoek naar je.'

Had ik me dan verplaatst? Hoeveel tijd was er verstreken?

'De koning vraagt naar je,' zei ze nadrukkelijk.

Ik haalde een paar keer diep adem en probeerde mezelf tot rust te brengen. 'Ja, natuurlijk. Ga me maar voor.'

Ik liet mijn hand in die van Delia Grace glijden en ze liep met me mee naar de voorkant van de zaal. Ik voelde dat ze me even onderzoekend aankeek. Ze kende mijn bedenkingen natuurlijk, en ik voelde dat ze wist dat er meer aan de hand was. Er waren zo veel mensen om ons heen dat ze het niet durfde te vragen. In plaats daarvan leverde ze me trouw af bij Jameson.

'Je bent de vleesgeworden perfectie,' zei de koning, en hij stak zijn armen uit om me te begroeten. Ik zag de kelk in zijn hand en hoe het amberkleurige bier over de rand klotste. 'Ik vind die bloemen fantastisch. Glinsteren ze nou?'

'Ja.'

'Prachtig. Lord Allinghan, hebt u de bloemen van die lieve Hollis gezien? Zijn ze niet mooi?' Hij wachtte niet op een antwoord maar dempte zijn stem terwijl hij doorging met praten. 'Dat moeten we ook doen bij ons huwelijk. Vind je niet?' Zijn toon was hoger dan ik ooit eerder had gehoord, bijna hysterisch.

'U bent vrolijk, milord.'

Hij lachte wild. 'Jazeker! Ah, ik heb een geweldige dag. Jij niet?'

Het kon best zijn dat mijn lippen trilden toen ik antwoordde. 'Elke dag is de geweldigste die ik heb gehad, totdat ik de volgende dag ontmoet.'

Lomp veegde hij mijn haar naar achteren. 'Ik geloof best dat dat voor jou zo is. Zo mooi. Je zult er heel fraai uitzien met je gezicht afgedrukt op een muntstuk, denk je niet? Ik heb trouwens besloten dat je op een munt zal staan. Gaat het wel goed met je? Je ziet eruit alsof je je niet lekker voelt.'

Ik kon niet raden hoe mijn gezicht eruitzag, maar het stond duidelijk niet zo blij als hij had verwacht. 'Misschien komt het door de warmte. Mag ik even naar buiten gaan? Om op adem komen?'

'Natuurlijk.' Hij bukte zich om me op mijn wang te kussen. 'Kom snel terug. Ik wil dat iedereen je ziet. En...' Hij gniffelde en het geluid had iets waanzinnigs. '... als je terug bent, ga ik een aankondiging doen.'

Ik knikte, dankbaar voor de vele heren die altijd om de koning heen zwermden als bijen om honing. Daardoor kon ik me makkelijk omdraaien en de benen nemen. Ik zag er vast belachelijk uit, zoals ik ellebogen ontweek en kriskras door paren heen rende, maar ik had het gevoel dat mijn longen op het punt stonden uit elkaar te klappen. Ik móést weg uit die zaal. Ik wist niet goed waar ik heen moest. In mijn vertrekken of zelfs die van mijn ouders zouden mijn dames me vinden. Ik kon door het kasteel dwalen, maar er waren hier nog steeds te veel mensen, edelen die alleen maar het paleis in kwamen om bij het feest aanwezig te zijn. Ik draaide me om en ging naar de zijingang, waar tientallen koetsen stonden te wachten om hun meesters naar huis te brengen zodra de festiviteiten waren afgelopen. Ik leunde tegen de zijkant van zo'n koets en liet mijn tranen de vrije loop.

Ik zei tegen mezelf dat ik het er nu allemaal uit moest gooien. Wanneer ik terugging zou Jameson glimlachjes verwachten, glimlachjes voor de rest van mijn leven. Maar hoe kon ik ooit ophouden met huilen als ik wist dat ik met de ene man zou trouwen terwijl ik de duidelijke roep van mijn hart om een andere man negeerde?

'Hollis?'

Ik draaide me om en zag in het licht van alle fakkels dat Silas zich hier ook had verstopt en dat hij ook huilde. We keken elkaar even aan, zowel geschokt als geamuseerd, en toen moesten we lachen omdat we elkaar hierbuiten hadden gevonden.

Ik veegde mijn ogen af en hij ook. 'Ik voel me een beetje overweldigd door het feest,' loog ik.

'Net als ik.' Hij wees omhoog. 'Een bloemenkroon.'

Ik haalde mijn schouders op. 'Je vertrekt binnenkort. Ik dacht... Ik dacht dat je me misschien zo wilde herinneren.'

'Hollis...' Zijn woorden werden onderbroken door een huivering, alsof hij moed aan het verzamelen was. 'Hollis, zelfs 's nachts ben je nog mijn zon, die licht in mijn wereld brengt.'

Ik was heel blij met dit korte moment van privacy. 'Ik hoop dat je familie en jij eindelijk rust vinden. En weet dat je altijd een vriendin aan het hof zult hebben, mocht je er ooit een nodig hebben.'

Hij staarde me een hele poos aan voordat hij een hand in zijn zak stak. 'Ik heb iets voor je gemaakt,' zei hij, en hij vouwde een stuk stof open.

'Geen zwaard?'

Even klonk er gegniffel. 'Dat komt ooit nog wel. Voorlopig dacht ik dat dit wel gepast is.'

Hij haalde er een broche uit met een grote gouden steen, die glinsterde in het vuurlicht.

'Wat is dat?'

'Dat is een citrien. Als jij, Hollis Brite, een ster was, zou je de zon zijn. Als je een vogel was, zou je een kanarie zijn. En als je een steen was, zou je een citrien zijn.'

Ik keek naar de edelsteen en kon maar niet stoppen met glimlachen. De steen glansde zelfs in de duisternis en was helemaal omringd door kleine parels, allemaal gezet in goud.

'Mag ik?'

Ik knikte.

Hij bracht zijn handen omhoog en pakte het lijfje van mijn jurk vast. De achterkant van zijn vingers raakten mijn huid. 'Ik zou je zo veel meer willen geven.'

'Ga alsjeblieft niet weg.' Ik fluisterde, ook al waren we alleen. 'Blijf in elk geval in het kasteel, zodat ik af en toe met je kan praten. De koning wil niet dat ik praat of denk en misschien zelfs niet eens dat ik ergens om geef. Ik wil geen ornament zijn, met niemand om naartoe te gaan.'

'Ik moet met mijn familie meegaan,' zwoer hij. 'We zijn sterker als we samen zijn. Ook al zal ik tot mijn dood naar je zal blijven hunkeren, ik zou niet met mezelf kunnen leven als ik ze in de steek liet.'

Ik knikte. 'En ik zou niet met mezelf kunnen leven als ik de reden was dat je ze in de steek liet.'

Hij bracht zijn lippen vlak naast naast mijn oor en haalde zijn vingers door mijn haar. 'Kom met ons mee,' smeekte hij op een fluistertoon. 'Ik zou onvoorwaardelijk van je houden. Ik kan je geen paleis of titel bieden, maar wel een huis waar je gekoesterd zult worden, gewoon om wie je bent.'

Ineens was ik zo ademloos dat het moeilijk was om de woorden naar buiten te krijgen. 'En wie ben ik dan precies?'

'Doe niet zo dwaas,' fluisterde hij met een ontspannen glimlach. 'Je bent Hollis Brite. Je danst en zingt maar stelt ook vragen. Je vecht met dames op boten maar zorgt ook voor de mensen om je heen. Je houdt van lachen maar leert ook verdriet kennen. Je bent geliefd door een koning maar ziet hem ook als een sterveling. Je ontmoette een buitenlander en behandelde hem als een vriend. Dat heb ik in korte tijd gezien. Ook al zal het jaren studie kosten om te weten wat je allemaal bent, je bent de enige persoon in de wereld die ik echt wil leren kennen.'

Daar waren mijn tranen weer. Niet vanwege verdriet of angst, maar omdat iemand me gezien had. Hij zag me en accepteerde me zoals ik was. Hij had gelijk, er was zo veel meer, maar of het nou goed of slecht was, hij was bereid me mee te nemen.

'Ik wil wel met je meegaan. Dat gaat alleen niet. Dat begrijp je toch wel? Als we nu alleen al samen gezien zouden worden, zou mijn reputatie geruïneerd zijn! Dan zou ik nooit meer kunnen teruggaan naar het hof.'

'Waarom zou je dat in vredesnaam willen?'

Op dat moment realiseerde ik me dat ik, zolang ik leefde, nooit meer zelfs maar in de buurt van een kroon wilde komen. Alles wat onveranderlijk deel had uitgemaakt van mijn leven was duidelijk overbodig. Het was overweldigend bevrijdend om het nu te zien zoals het was: een hele hoop niets. Leegte.

'Kom met ons mee,' zei hij opnieuw. 'Ook al is je reputatie dan geruïneerd, mijn familie zal van je houden. Je zou het verlies van mijn land, mijn huis, alles de moeite waard maken. Te weten dat er één goede zaak is waaraan ik mijn dagen kan wijden, daarvoor te leven en ervoor te zorgen... Je zou mijn wereld veranderen.'

Ik staarde diep in de ogen van Silas Eastoffe... en plotseling wist ik het. Ik moest met hem meegaan. Ja, deels vanwege de liefde – een groot, overweldigend deel, en ik vond het doodeng om dat te erkennen. Zodra ik besloot te gaan waar hij ging kalmeerde het onbestemde trekkende gevoel in mijn borstkas.

'Zet de paarden klaar,' zei ik. 'En vertel het je familie. Als ik niet binnen een halfuur terug ben, moet je zonder mij gaan.'

'Vanavond?' vroeg hij geschokt.

‘Ja, maar eerst moet ik iets doen. Als het niet werkt, zit ik vast en moet jij weggaan, voor je eigen veiligheid. Als het wel werkt, moeten we nu weg.’

Silas knikte. ‘Ik ben over een halfuur hier.’

Ik stak mijn hand uit, kuste hem snel en draaide me om om terug te gaan naar de Grote Zaal. In mijn hele leven had ik nog nooit iets gedaan wat zo beangstigend was als wat ik nu ging doen, maar ik kon er niet omheen.

Ik moest met mijn koning praten.

26

In de korte tijd dat ik weg was geweest waren de hovelingen volop aan het feesten geslagen. Ik moest me tegen de muur drukken om naar de voorkant van de zaal te kunnen lopen zonder vertrapt te worden. Jameson porde met een vinger tegen de borst van een van de heren en lachte om een grap of opmerking. Hij genoot duidelijk van de stemming in de zaal en de adoratie van zijn volk.

'Hollis!' riep hij toen hij me zag aankomen. 'Ik moet even iets doen.'

Hij maakte een beweging om de aandacht van de zaal te trekken, maar ik trok zijn handen omlaag.

'Alstublieft, Majesteit. Eerst moet ik u onder vier ogen spreken. Het is dringend.'

Hij kneep zijn ogen tot spleetjes, alsof hij niet kon geloven dat ik ergens mee zat wat als dringend kon worden beschouwd. 'Natuurlijk. Kom met me mee.'

Hij leidde me zijn privévertrekken in en deed de deur dicht om het gekrakeel buiten te sluiten.

'Mijn Hollis, wat is er zo dringend dat we het nu moeten bespreken?'

Ik haalde diep adem. 'Het is mij ter ore gekomen dat u van plan bent me vanavond te vragen uw koningin te worden.'

Hij glimlachte nu hij wist dat dit voor niemand meer een geheim was.

'Ik moet u vertellen dat ik niet bereid ben ja te zeggen.'

Hij had de hele avond geen moment kunnen stilzitten van opwinding, en dat veranderde abrupt. Hij staarde me aan alsof ik de gebrandschilderde ramen met een bijl had bewerkt, alsof de scherven nu om ons heen neervielen. Heel voorzichtig bracht hij zijn handen omhoog. Hij zette de Kroon van Estus af en legde hem op een nabije tafel neer.

'Ik begrijp het niet.'

'Het is moeilijk uit te leggen. U hebt me veel respect en zorgzaamheid betoond, maar ik ben er nog niet klaar voor om dit leven te leiden.' Ik stak mijn hand uit. 'U zei ooit zelf dat deze rol mensen kan veranderen, en ik heb gemerkt... Ik heb...'

Jamesons houding veranderde. Hij kwam naar me toe en pakte me bij mijn schouders beet. 'Hollis, mijn liefste. Ja, ik wilde onze verloving vanavond aankondigen, maar dat betekent niet dat we al snel moeten trouwen. Je kunt de tijd nemen, je aanpassen. Dat zal mijn gevoelens voor jou niet veranderen.'

Ik slikte. 'Maar... wat nou als míjn gevoelens...'

Zijn gezicht betrok. Zijn mond hing een beetje open, en ik zag dat hij dreigend zijn tong tegen de achterkant van zijn tanden duwde terwijl hij zijn blik over me heen liet gaan.

'Heb je tegen me gelogen, Hollis?'

'Nee. Ik hield van u.'

'Hield? En nu?'

'En nu... Ik weet het niet. Het spijt me heel erg. Ik weet het gewoon niet.'

Hij draaide zich om en liep in een kringetje rond terwijl hij met een hand over zijn kin wreef. 'Met jou in gedachten heb ik een verdrag getekend. Ik heb tekeningen laten opsturen voor je muntstuk. Op dit moment worden onze initialen op wandtapijten geborduurd die overal in het kasteel zullen worden opgehangen. En nu ga je me verlaten?'

'Koning Jameson, alstublieft. Ik wil u niet kwetsen of beledigen, maar...'

Hij stak een hand op om me het zwijgen op te leggen. 'Wat stel je voor?'

'Ik moet het kasteel verlaten. Als ik u daarmee te schande maak, mag u alle verhalen over me verzinnen die u maar wilt vertellen. Ik zal het dragen zonder te klagen.'

Hij schudde zijn hoofd. 'Dat ga ik niet doen. Ik heb te hard gevochten om je goede naam te behouden om die eigenhandig weer teniet te doen.' Nadat hij een ogenblik zwijgend had nagedacht keek hij me aan, met een veel zachtere gezichtsuitdrukking. 'Als je afscheid moet nemen van het kasteel, doe dat dan. Ik ben niet bang. Je komt bij me terug, Hollis. Ik weet zonder enige twijfel dat je de mijne zult zijn. Uiteindelijk.'

Hij wist niet dat Silas met een paard stond te wachten. Hij wist niet dat ik zou trouwen zodra ik dat kon regelen. Hij had er geen idee van dat ik me de rest van mijn leven van hem en de kroon wilde distantiëren.

En het was nu niet het juiste moment om hem dat te laten weten.

'Ik zal altijd uw trouwe dienaar blijven,' zei ik, en ik maakte een diepe reverence.

'O, dat weet ik wel.' Toen ik overeind kwam, knikte hij naar de deur en ik nam zonder aarzeling afscheid.

In de Grote Zaal waren de feestelijkheden nog in volle gang. Er werd bulderend gelachen en joviaal gepraat. Ik trok mijn rokken op en liep zo snel als ik kon. Toen er een dienblad met bekers bier langskwam, pakte ik er een en sloeg de inhoud in één keer achterover.

'Daar ben je dan!' Delia Grace rende naar me toe en greep me vast terwijl ik door probeerde te lopen. 'Heeft hij het gedaan? Heb je een ring?'

'Nu heb je de kans,' zei ik tegen haar.

Ze liet mijn arm los. 'Wat?'

'Nu heb je de kans. Je kunt het, met of zonder mij,' verzekerde ik haar terwijl ik me de zaal uit haastte.

Silas stond met twee donkere paarden en een gefronst voorhoofd tussen de koetsen te wachten. Hij was erin geslaagd snel een paar dingen bij elkaar te pakken en ze in tassen te stoppen die over de paarden heen hingen.

'Ik hoop dat je klaar bent om te gaan,' zei ik tegen hem. 'Ik wil niet wachten om te zien of hij van gedachten verandert.'

'Wacht eens even. Heb je het de koning verteld?' vroeg hij geschokt.

'Ik heb hem... iets verteld. Ik kan het onderweg wel uitleggen. Kom, dan gaan we.'

'Laat me je helpen,' bood Silas aan, en hij hees me op mijn paard. Nadat hij snel zelf een fakkel en de teugels van zijn paard had gepakt, gingen we op weg.

'Waar gaan we heen?' vroeg ik.

'Je zult lachen als we er zijn,' beloofde hij.

Hij vertrok en ik reed achter hem aan, nu al lachend van opwinding. We zigzagden door de straten van de stad en passeerden op een draf mensen die de feestelijkheden in taveernes naar buiten verplaatsten. Met elke meter die ik tussen het kasteel en mezelf plaatste merkte ik dat ik makkelijker kon ademhalen en mijn glimlach breder werd. Ik wist wat ik wilde en hij was binnen mijn bereik. Ik zou Silas Eastoffe volgen tot het einde der tijden.

Een minuut later vloog mijn bloemenkroon van mijn hoofd en landde ergens achter me in de duisternis.

27

Lieve Valentina,

Voordat je nog een woord leest: zorg dat je zit. Ik heb geen tijd voor codes en intriges en wil jou of de dierbare baby die je binnenkort op de wereld zet niet laten schrikken.

Ik heb het kasteel verlaten.

Toen je me informatie toevertrouwde die jouw bestaan had kunnen kapotmaken, had ik je moeten vertellen dat ik mijn eigen gevaren in de coulissen had staan.

Het kan heel goed dat ik al vanaf het eerste moment dat ik Silas Eastoffe zag van hem hou. Ik wist het toen nog niet, maar deze ochtend ben ik in het nieuwe landhuis van zijn familie in Dahere County, in afwachting van de komst van de rest van de Eastoffes. Aangezien we 's nachts te paard zijn vertrokken zonder dat iemand aan het hof te laten weten – zelfs mijn ouders niet – en de rest van de Eastoffes rustig op eigen houtje is vertrokken, duurt hun reis iets langer dan de onze.

Hoewel het landhuis hier moet worden opgeknapt, heeft het verschillende bijgebouwen waar Silas en Sullivan hun werk kunnen voortzetten, en ze hebben zelfs een prachtige tuin. Die is in slechte staat, maar ik weet zeker dat Lady Eastoffe het niet erg zal vinden als ik meehelp de tuin te verzorgen. Ze is tenslotte binnenkort mijn schoonmoeder. Ja, dat is echt zo! Silas en ik zijn van plan zo snel mogelijk te trouwen. Dat zal binnen een paar weken zijn, als het ons lukt. Mijn volgende brief is voor mijn ouders, om hen te informeren dat ik in Abicrest Manor ben, vanwaar het toevallig een korte rit is naar de landerijen van mijn familie. Zodra mijn ouders hier zijn, ben ik van plan een Eastoffe te worden voordat Jameson kan besluiten dat hij me weer voor zich wil winnen. Toen ik vertrok, maakte hij duidelijk dat hij het zou proberen, en ik wilde hem niet teleurstellen. Ik heb er vertrouwen in dat hij snel een geschikte vervangster zal vinden. Daar wil ik wat om verwedden.

Ik hoop dat je niet teleurgesteld bent over mijn keuze. De Eastoffes leken niet echt vriendelijk te staan tegenover de koninklijke familie van Isolte, en koning Quinten heeft zijn gevoelens voor hen niet onder stoelen of banken gestoken. Ik heb onze vriendschap voorlopig voor aanstaande familie geheimgehouden, maar ik wil ze er graag over vertellen, als jij dat aanvaardbaar vindt.

Zoals ik al zei: ik weet dat dit nieuws een verrassing voor je zal zijn, maar ik weet zeker dat het een grote troost zal zijn voor je koning, die niet al te blij leek met mijn plek in Jamesons leven. Ook al ben ik nu alleen nog maar een doodgewone burger, toch hoop ik nog steeds dat je tijd zult vinden om me te schrijven. Van alles en iedereen van wie ik de laatste tijd afscheid heb genomen mis ik jou het meest.

Schrijf me alsjeblieft zodra het kan en vertel me al je nieuws. Ik zal altijd een trouwe vriendin voor je zijn en hoop dat jij dat ook altijd voor mij zult zijn. Stuur alle brieven naar het landhuis van mijn familie: Varinger Hall, Dahere County, Coroa.

Je lieve vriendin,
Hollis

'Aan wie schrijf je een brief?' vroeg Silas toen ik een nieuw vel papier tevoorschijn haalde.

'Vrienden, familie. Mijn ouders staan als volgende op het lijstje, zodat ze weten dat ze naar huis moeten komen.'

Hij schudde zijn hoofd en keek om zich heen naar het lege, stoffige landhuis dat zijn familie zou opknappen. 'Hiervoor heb je een kasteel verlaten... Ik zou liegen als ik zeg dat ik me niet een beetje schaam. Ik wil je meer geven, Hollis.'

Ik stond op en liep in mijn met modder besmeurde baljurk van de avond ervoor naar hem toe. 'Ik zou in een hutje op de hei gaan wonen als het betekende dat jij bij me zou zijn, Silas Eastoffe. Ik wil dat leven niet. Helemaal niet.'

'Maar toch,' zei hij terwijl hij zijn armen om me heen sloeg. 'Toen ik zei dat ik niet wilde dat je je zorgen maakte om je reputatie, wist ik niet precies hoe erg het kon zijn.'

'Het is niet dat ik ertussenuit ben geglipt om stiekem te trouwen,' protesteerde ik.

'Nee. Je hebt het kasteel zonder chaperonne verlaten om met een man mee te gaan die niet je aanstaande echtgenoot is en op het platteland te gaan wonen, terwijl je toekomstige verloofde – die toevallig de koning is – moet omgaan met de nasleep van je vernederende vertrek.'

Ik trok een gezicht. 'Het klinkt nogal akelig als je het zo zegt, maar ik woon al jaren in kasteel Keresken. Geloof me, binnen een week zal er een nieuw schandaal ontstaan dat zo erg is dat ik slechts een fluistering van een vergeten herinnering zal zijn.'

'Denk je dat echt?'

Ik hief mijn hoofd en dacht na. 'Hm, misschien is een week te kort. Laten we beginnen te tellen. Dit is de eerste dag. Als over – laten we zeggen – vijftig dagen de aandacht van het hof niet is getrokken door iets nieuws, kun je een beloning uitkiezen.'

'Afgesproken.' Hij bezegelde de overeenkomst met een kus. Het was heerlijk dat we niet meer stiekem hoefden te doen.

We hoorden het onmiskenbare geluid van paarden in de verte en renden naar de voorkant van het landhuis om te kijken. Een koets reed het verweerde pad af. Lady Eastoffe stak haar hoofd naar buiten en zwaaide. Silas en ik gingen op de voortrap staan, klaar om onze familie in hun nieuwe thuis in Coroa te verwelkomen.

28

‘Ik leg deze laatste knoop erin en dan ben je klaar.’ Scarlet reeg me in een van haar jurken met iets minder overdreven mouwen, zodat ik de reis naar Varinger Hall kon trotseren. Het had een dag geduurd voordat mijn brief het kasteel bereikte, nog een dag voor ik antwoord kreeg, en nu was het tijd om mijn draken onder ogen te zien.

‘Waren jullie al van plan een huis te kopen dat zo dicht bij het mijne ligt?’ vroeg ik, nog steeds zenuwachtig over mijn missie.

‘Helemaal niet,’ antwoordde ze met een lach. ‘Op onze navraag naar landgoederen kregen we vier reacties, en dit was de goedkoopste.’

Ik keek om me heen naar de afgeleefde kamer die we de laatste twee dagen hadden gedeeld met als enige doel één ruimte tegelijk op te knappen. ‘Ik kan me niet voorstellen waarom.’

‘Silas liet me zweren dat ik je nooit zou vertellen waar we gingen wonen. Hij zei dat je toch voor altijd in het kasteel zou wonen, dus je zou het nooit te weten komen. Zelf dacht ik dat het het lot was.’

Ze draaide zich om, zodat ik haar veters recht kon trekken. Ik was blij met haar beoordeling van de situatie. ‘Het lot, zeg je? Ik zal je daar nog eens naar vragen wanneer we vanmiddag spinnenwebben uit de hoeken vegen,’ zei ik plagerig.

Ze giechelde terwijl ik de veters strak aantrok, en ik was blij te zien dat ik mijn talent voor het dichtrijgen van jurken niet was verloren.

'Zo. Beeldschoon.'

'Wil je dat ik met je meega?' vroeg ze.

'Nee, ik denk dat je moeder voldoende is. Bovendien weet ik niet hoe het personeel zich zal gedragen als ik zonder mijn ouders kom opdagen.'

'Het komt vast goed.' Ze kuste me op mijn wang. 'Snel weer langskomen, hoor!'

'Ik denk dat Silas me sowieso niet lang zal laten wegblijven. Ik beloof het. Ik breng je jurk tegen het einde van de week terug,' zei ik. Daarop ging ik Lady Eastoffe zoeken.

Ze stond bij de ingang te wachten, ze trok net haar handschoenen aan. Het was een beweging die me opmerkelijk veel deed denken aan mijn eigen moeder, de finishing touch om te zorgen dat ze eruitzag als een dame. Ze liep naar me toe en gaf me een warme omhelzing.

'Ben je er klaar voor?' vroeg ze.

'Ja. De jurk is een beetje lang voor me, maar het is in elk geval geen modderige baljurk. Nogmaals bedankt.'

Ze lachte. 'We zouden alles wel voor je doen, lieverd. Kom, dan gaan we. Je ouders hebben je vast veel te zeggen en ik wil ze niet laten wachten. Ik weet zeker dat ze op dit moment reden genoeg hebben om me niet te mogen,' voegde ze er met een knipoog aan toe.

Ik stapte gehoorzaam na haar in de koets, en het grootste deel van de rit naar mijn huis brachten we in gemoedelijke stilte door.

'Silas zegt dat jullie twee snel willen trouwen. Weet je dat zeker? Je komt net uit een serieuze relatie,' opperde ze.

'Nee hoor.' Ik keek weg en bladerde door de herinneringen in mijn hoofd. 'Wat we hadden was kort. En manipulatief. En eenzijdig. Ik ging zo op in de vreugde dat ik een hogere status kreeg dat ik heel lang niet zag hoe Jameson me behandelde. Hoewel ik dit niet graag toegeef – en u mag hem nooit vertellen dat ik het gezegd heb – had Etan gelijk. Jameson wilde dat ik mooi en onderhoudend was, niet dat ik ooit zou nadenken of fouten zou maken. Ik weet niet of dat wel een relatie kan worden genoemd. Niet echt.'

Met een begripvolle glimlach op haar gezicht schudde ze haar hoofd. 'Nee, dat denk ik ook niet.'

'Ik hou van Silas. Hij ziet me zoals ik ben en houdt van me met al mijn gebreken. Ik wil niet wachten nu ik het zeker weet.'

Ze gaf me een klopje op mijn been en zag er heel blij uit. 'Dat klinkt sterk zoals ik was toen ik Dashiell trof. Er waren natuurlijk mensen die me waarschuwden me er niet hals over kop in te storten... maar ik kon het niet helpen. Ik viel als een blok voor hem.'

Dat gevoel kende ik maar al te goed. Wanneer het echt was, was er niets aan te doen.

We stopten op de hoofdweg naar Varinger Hall, en toen we tot stilstand kwamen zag ik dat mijn ouders op de voortrap op me stonden te wachten. Mijn moeder had haar handschoenen aan, wat betekende dat ze niet van plan was lang te blijven.

'O jee,' mompelde ik.

'Dat ziet er niet goed uit. Moet ik erbij blijven?'

'Nee. Ze zullen met mij alleen willen praten. Ik zal een brief sturen wanneer het eenmaal weer rustig is.'

Ik stapte uit de koets en draaide me om om naar Lady Eastoffe te zwaaien voordat ik mijn ouders onder ogen kwam.

Mijn vader wees, en ik zag dat er vlak voor de koets waar ik uit was gestapt nog een koets stond te wachten.

'Stap in,' gebood hij.

'Waar gaan we heen?'

Mijn moeder sloeg haar armen over elkaar. 'Naar het kasteel. Je gaat koning Jameson om vergiffenis smeken en dit gladstrijken voordat een ander meisje zijn aandacht trekt.'

'Ik zal blij zijn als dat gebeurt! Jameson verdient iemand die zijn positie begrijpt, die geschikt is om lid te zijn van het koninklijk huis.'

'Daar ben jij geschikt voor,' zei mijn moeder met nadruk terwijl ze de trap af liep. 'Daar zijn *wíj* geschikt voor! Heb je enig idee wat je hebt gedaan?'

'Claudia,' zei mijn vader waarschuwend.

'Ik ben het niet vergeten,' kaatste ze terug. Op dat moment besefte ik dat ze dingen voor me geheimhielden en ik geen flauw idee had wat. 'Hollis, ik vind het jammer dat ik je moet teleurstellen, maar je kunt niet met die jongen trouwen. Hij is een Isóltiër.'

'Moeder,' zei ik zacht maar dringend. Lady Eastoffe stond nog vlak achter ons.

'Ze weet dat ze een buitenlander is! Dat haar zoon een buitenlander is! Hoe kan je dat nou over het hoofd zien? Hollis, door je vertrek zijn wij de risee van het hof geworden. Nu stap je in die koets en zet je dit recht, voordat iemand zich realiseert waarom je bent vertrokken. De koning is zo genereus tegenover je geweest! Hij is dol op je! En als je hem de kans geeft, zal hij er alles aan doen om je gelukkig te maken. Dat weet ik zeker.'

'Misschien wel, moeder,' antwoordde ik. Mijn zachte stem klonk bijna dreigend na haar geblaf. 'Maar hoe hij zijn best ook deed, het zou hem niet lukken. Ik hou namelijk niet van hem.'

Ze staarde me aan en gaf geen centimeter toe. 'Hollis, je zúlt in die koets stappen.'

'En anders?'

'Anders sta je er alleen voor,' zei mijn vader.

Ik keek hem aan en probeerde het te begrijpen. Achter hem zaten de voordeuren potdicht, en mijn ouders droegen hun reiskleding. Toen pas zag ik de hutkoffer die ik had meegenomen naar het kasteel op de trap staan.

Als ik er niet mee instemde terug te gaan naar Jameson, zou ik nooit meer mijn huis in komen.

'Ik ben jullie enig kind,' fluisterde ik. 'Ik weet dat ik geen jongen ben, en ik ben niet zo slim of getalenteerd als jullie hadden gehoopt, maar ik heb mijn best gedaan. Sluit me niet buiten.'

'Ga. Die. Koets. In,' drong mijn moeder opnieuw aan.

Ik keek naar het voertuig, zwart, glanzend en dodelijk. Toen keek ik weer naar mijn moeder en vader en schudde mijn hoofd.

Dit was mijn laatste kans.

Na een hoofdknik van mijn vader pakte de portier mijn hutkoffer en gooide hem van de trap af naar me toe. Ik hoorde iets breken in de koffer. Ik hoopte dat een gebroken parfumflesje niet het kleine beetje ruïneerde dat ik nog over had.

'Lieve hemel,' zei Lady Eastoffe, die zich uit de koets haastte. 'Help me hiermee,' zei ze tegen haar koetsier, die toegesneld kwam om de hutkoffer op te tillen. Lady Eastoffe keek mijn moeder aan zonder de moeite te nemen de woede in haar ogen te verbergen.

'Hebt u soms iets te zeggen?' beet mijn moeder haar toe.

Lady Eastoffe schudde haar hoofd en hield haar armen om me heen geslagen terwijl ik in verbijsterde stilte bleef staan. 'Ik heb heel veel doorstaan om mijn familie bij elkaar te houden. Ik begrijp niet hoe u uw gezin kunt verscheuren zonder er ook maar een seconde over na te denken. Ze is uw dochter.'

'Ik laat me door u de les niet lezen. Als u zo bezorgd bent, kan u nu de verantwoordelijkheid voor haar op zich nemen. Wacht maar tot u ziet hoe ze u terugbetaalt.'

'Ik zal zeker de verantwoordelijkheid voor haar op me nemen! Ik ben trots dat ik haar als mijn eigen kind kan zien. En het zou me niet verbazen als ze ooit meer bereikt dan wij allemaal.'

Moeder dempte haar stem. 'Niet als ze getrouwd is met dat varken van een zoon van u.'

'Kom,' fluisterde ik. 'Het heeft geen zin om met ze te praten. We kunnen beter gaan.'

Lady Eastoffe had de klasse haar mond te houden. Ze leidde me terug naar de koets. Op wankele benen stapte ik in en ging zitten op de plek die uitzicht bood op Varinger Hall. Als meisje had ik appels uit die bomen geplukt. Gedanst in het hoge gras. In de verte kon ik de schommel nog zien waar ik in was geklommen. Volgens mij waren we hier ooit allemaal gelukkig geweest. Voordat ze beseften dat ik hun enige hoop was. Voordat ik ze teleurstelde.

Ik keek hoe mijn ouders terug naar binnen gingen en de deuren achter zich dichttrokken. Het kille, knarsende geluid van die deuren bevestigde wat ik al vermoedde: ik had nu alleen Silas nog.

Er wachtten geen vriendinnen op me in het kasteel. Er waren geen vertrekken om me comfort te bieden. Mijn familie wilde me niet meer hebben en mijn ouderlijk huis stond niet meer voor me open. En zo vertrok ik, alleen dankbaar voor de arm die strak om mijn schouder was geslagen.

29

In een poging te zorgen dat Silas en ik binnen twee korte weken konden trouwen waren alle reparaties aan Abicrest Manor gericht op de begane grond. De Eastoffes wilden alle naburige families uitnodigen, als gebaar van goede wil en als kans hun te laten zien dat ze geen barbaren waren. De vloeren werden geschrobd, waardoor de steen nieuw leven werd ingeblazen. Meubilair en wandtapijten die de Eastoffes uit Isolte hadden meegebracht, werden gelucht en geplaatst op plekken waar ze goed zichtbaar waren. Er werd snel personeel aangetrokken en de Eastoffes verzekerden zich van hun loyaliteit met vriendelijkheid en extra eten.

In korte tijd werd ik opgenomen in de familie. En er werd veel moeite gedaan om te zorgen dat, wanneer onze verbintenis officieel werd, dat gebeurde met het beste feest dat ze zich konden veroorloven.

'Is dit hem?' vroeg Lady Eastoffe, die de stoffen bekeek die ik had meegenomen om uit te kiezen voor mijn trouwjurk. Ze bleef even staan bij mijn kleur, goud. 'Ik heb gehoord dat steeds meer bruiden kiezen voor wit. Het is bedoeld als symbool voor reinheid.'

Ik probeerde niet al te erg met mijn ogen te rollen. 'Na de manier waarop ik het kasteel heb verlaten, ben ik bang dat ik met wit alleen maar kritiek zou uitlokken.'

Scarlets adem stokte. 'Hollis! Als je wit wilt voor je jurk, moet je wit dragen! Kunt u deze iets verder naar buiten trekken, meneer?'

vroeg ze met haar hand op een rol ivoorwitte stof.

'Nee, nee,' zei ik nadrukkelijk. 'Trouwens, Silas zegt dat ik zijn stralende zon ben. Ik denk dat hij goud leuk zal vinden.'

'Wat lief,' zei Scarlet. 'Dan denk ik dat je gelijk hebt. Goud moet het worden.'

Mijn geluk werd een beetje bedorven door de wetenschap dat mijn ouders zich net aan de andere kant van de vlakte bevonden, voorbij het bos, op land dat al generaties lang in bezit van onze familie was, maar dat ze me niet wilden bezoeken. Omdat ze zich te erg schaamden om terug te keren naar het kasteel bleven ze op het platteland. Ze hadden zich net zo goed aan de andere kant van het continent kunnen bevinden, zo ver weg waren ze voor mijn gevoel. Zonder hun goedkeuring leek dit gevaarlijk veel op ertussenuit knijpen om stiekem te trouwen. Ik wist zeker dat Jameson moeite had gehad de heren over te halen mij goed te keuren omdat veel van het recht om het huwelijk draaide. De meeste families hadden schriftelijke contracten waarin de partijen afspraken maakten over de uitwisseling van goederen, om te bewijzen dat het huwelijk werd gesloten in het wederzijdse belang van beide groepen. Als er officieel een verbintenis werd aangegaan, was er een ander contract voor nodig om die ongedaan te maken. En als een ouder een overeenkomst namens zijn kind sloot, kwam er soms een geestelijke aan te pas, zo niet de koning zelf, om die te ontbinden. Door weg te lopen en snel te trouwen zonder de uitdrukkelijke toestemming van de familie zei je tegen de wereld dat die wetten onbeduidend waren en zou je tot aan het einde der tijden veroordeeld worden.

Eén blik op het leven van Delia Grace was genoeg om dat te bewijzen.

Terwijl de familie die ik verliet niets meer met me te maken wilde hebben, legde de familie waar ik bij zou horen me alleen maar in de watten. Dat bleek wel uit de voorbereiding van mijn trouwerij, de drukte die ze maakten omdat ze er een dochter bij kregen.

'Dan wordt het goud,' beaamde Lady Eastoffe. 'Wat voor stijl wil je? Ik weet dat de mouwen van Isoltische jurken zwaar kunnen zijn.

Ik zat te denken dat we misschien een ronde halslijn kunnen nemen om te proberen Coroa en Isolte samen te brengen?'

Ik lachte. Dat had ze over tientallen dingen gezegd. De jurk, mijn haar, het diner, de muziek... Het enige wat ze wilde was een nieuw leven voor ons allemaal opbouwen.

'Ik denk dat dat er heel mooi zal uitzien.'

De kleermaker knikte instemmend en nam zijn spullen mee om aan de slag te gaan. Hij zei dat zijn winkel in vijf dagen tijd een jurk kon produceren, dus dan bleven we op schema. Toen de kleermaker vertrok, kwam een dienstmeisje binnen die iets in Lady Eastoffes oor fluisterde.

'Absoluut. Laat haar onmiddellijk binnen.'

Mijn hart maakte een sprongetje in mijn borst. Mijn moeder was hier. Dat wist ik gewoon. Ze zou me haar zegen geven en me een familiestuk laten dragen. Alles zou goedkomen.

Maar het was niet mijn moeder die binnenkwam. Het was een oudere dame die er uitzag als een bediende. Ze kwam naar me toe en maakte een reverence voor me.

'Lady Hollis. Ik weet zeker dat u na zo veel jaar niet meer weet wie ik ben, maar ik werk in uw huis, in Varinger Hall.'

Ik bekeek het gezicht van de vrouw eens goed. Ze had gelijk: ik herkende haar niet. 'Sorry, ik herken je inderdaad niet meer. Is alles goed met mijn ouders? Is er iets mis met het landhuis?'

'Ze zijn in goede gezondheid, milady. Wel lijken ze nogal triest. Ik denk dat ze er spijt van hebben dat ze u hebben weggestuurd, maar het is niet aan mij om dat te beoordelen. Gisteren hebt u een brief ontvangen. Na alles wat u hebt meegemaakt had ik het gevoel dat het misschien wel goed zou zijn om wat geruststellende woorden te lezen. Daarom nam ik me voor vandaag hiernaartoe te komen. Vlak voordat ik vertrok kwam er een tweede brief binnen, dus heb ik die ook meegebracht.'

Ze hield de keurige briefjes omhoog en ik herkende meteen het handschrift van Delia Grace. Het andere was een raadsel.

'Heel erg bedankt... Sorry, hoe heet je ook alweer?'

'Hester, milady.'

'Hester, ik sta bij je in het krijt.'

'Het is geen moeite. Het zijn de simpele vriendelijke daden die het hem doen in het leven, nietwaar?'

Ik glimlachte. 'Dat is waar. Heb je een escorte naar huis nodig? Of een paard?'

Lady Eastoffe draaide zich om en wilde iemand roepen om te helpen, maar Hester hief haar hand. 'O nee. Het is een mooie dag voor een wandeling. Ik kan beter gaan. Veel gelukwensen voor uw huwelijk, milady.'

Ze bewoog langzaam, en ik vroeg me af hoe lang ze erover had gedaan hier te voet te komen.

'We zullen je wat privacy geven,' bood Scarlet aan. Ze trok haar moeder de kamer uit. Ik glimlachte dankbaar naar haar en begon met misschien wel de meer angstaanjagende update, die van Delia Grace.

Lieve Hollis,

Het ontging me niet dat ze niet de moeite nam me 'lady' te noemen.

Je had gelijk. De avond dat je vertrok had Zijne Majesteit een metgezel nodig. Toen ik naar hem toe ging om te rouwen om het vertrek van mijn beste vriendin, voelden we een verbinding met elkaar zoals we nog niet eerder hadden gevoeld. Vanochtend kreeg ik een nieuwe jurk. Ik denk dat ik eindelijk ben waar ik altijd al wilde zijn.

Er is ander nieuws. Een deel van de zuidvleugel vatte laatst vlam, maar gelukkig spreidde het vuur zich niet verder. Niemand heeft bekend dat hij de brand heeft gesticht, en hoewel de vertrekken in kwestie op dat moment leeg waren, denk ik dat ze van een van de Isoltische families waren. Die verblijven allemaal in hetzelfde deel van het kasteel. Het gerucht deed de ronde dat Jameson zelf de brand heeft gesticht, wat een vuile leugen is. Kasteel Keresken is zijn thuis.

Hoewel Zijne Majesteit zich vlak na je vertrek kregelig voelde, lijkt hij de afgelopen dagen weer bijna zichzelf. Hij schreeuwt minder, en ik heb hem overgehaald om voor de zonnewende een toernooi te organiseren. Het plannen daarvan heeft hem opgemonterd. Ik heb niet het talent om hem aan het lachen te maken, zoals jij, maar hij glimlacht soms naar mij. Ik ben de enige die erin slaagt hem dat te laten doen, dus ik zou zeggen dat mijn positie relatief veilig is. Als hij om me geeft, denk ik dat hij heel voorzichtig zal zijn met het opnieuw aanbieden van zijn hand. Eerlijk gezegd denkt een deel van me dat hij op jou wacht. Al snap ik niet waarom, na de manier waarop je bent vertrokken.

O ja: er doet een gerucht de ronde dat je een heks bent. Gezien het eerdere gedrag van de koning zei iemand dat je hem betoverd moet hebben om hem tot zulke waanzin te drijven. Maak je geen zorgen, ik heb dat gerucht de kop ingedrukt. Nou ja, dat heb ik geprobeerd. Toen deed er eentje de ronde dat je zwanger bent, wat mensen gezien je zorgeloze aard veel makkelijker geloofden. Je kunt niet veel doen om geruchten aan het hof de kop in te drukken, zoals je weet.

Over geruchten gesproken: er is er een die voor mij van bijzonder belang is. Iemand vertelde me dat je niet zomaar het kasteel hebt verlaten, maar dat je met de jongen van Eastoffe bent vertrokken. De oudste, die het zwaard heeft gemaakt. Ze zeiden dat je elk moment met hem kunt gaan trouwen en dat je al een tijdje van plan was om met hem het kasteel te verlaten.

Jameson heeft me nu natuurlijk zo hard nodig dat ik onmogelijk kan weggaan om dat zelf uit te zoeken, maar als er enige waarheid in schuilt wil ik het heel graag horen. Als het waar is, denk ik dat het voor Jameson zou doen wat de vooravond van je verloving voor mij heeft gedaan: dan kan hij zich neerleggen bij het onvermijdelijke. Ik denk dat hij veel gelukkiger zal zijn als hij eenmaal weet dat jouw hart een ander toebehoort.

Voor wat het waard is: het spijt me dat het niks is geworden. Dat ik hoopte zelf Jameson te krijgen betekent niet dat ik wil dat jij wordt kapotgemaakt. Misschien geloof je dat op dit moment niet – ik weet dat ik de afgelopen weken niet de beste vriendin ben geweest die ik

had kunnen zijn. Maar het is waar. Het spijt me.
Ik moet ervandoor. Ik ben tegenwoordig het middelpunt van heel veel aandacht en wil niemand teleurstellen.
Ik hoop dat het goed met je gaat, oude vriendin. Doe de groeten aan je familie.
Delia Grace

Ik schudde mijn hoofd en vouwde de brief op. Misschien speet het haar inderdaad, maar nergens zei ze dat ze wenste dat ik terug was, dat ze me miste. Terwijl ik haar nog steeds miste.

'Ik wed dat zij mij ook mist,' fluisterde ik tegen mezelf. Delia Grace had het altijd moeilijk gevonden haar gevoelens hardop uit te spreken, dus het verbaasde me niet dat ze er op papier ook moeite mee had. Maar ik kende haar beter dan wie dan ook. Ik vermoedde dat ze zich eenzaam voelde aan het hof, ondanks alle aandacht van Jameson. Voor hetzelfde geld miste ze me zo erg dat het te veel pijn deed om het op te schrijven.

Er zou een dag komen dat ik het gemis zou goedmaken.

Ik pakte de andere brief op en bekeek het sierlijke handschrift aandachtig. Toen ik hem omdraaide, zag ik het koninklijke zegel van Isolte in de was gedrukt staan.

'Valentina!' fluisterde ik hoopvol.

Lieve Hollis,
Je nieuws heeft me verrast en toch ook weer niet. Als ik even had nagedacht voordat ik mijn steun aan de huidige ruiter in het toernooi had gegeven, denk ik dat ik ook veel tevredener was geweest met een andere.

Met tot spleetjes geknepen ogen tuurde ik naar de woorden. Toernooi? Ik hield even op met lezen, draaide de brief om en bekeek het zegel opnieuw. Als ik goed keek, kon ik zien waar de was gesmolten was en het briefje opnieuw verzegeld was voordat het was opgestuurd naar mij.

Ze had me gewaarschuwd dat ze misschien in codetaal zou schrijven, dus ik dacht dat ze het over koning Quinten had. Ja, ook ik zou een andere ridder hebben gekozen.

Ik zou je zo graag weer zien. Ik kan nog wel een dobbelspelletje gebruiken.

... met me praten? Zich door iemand laten troosten?

Ik heb heel hard gewerkt aan mijn tuin, maar ik ben bang dat de zeer zeldzame bloem die ik had geplant is verwelkt. Het is moeilijk om zonder die bloem opgewekt te blijven.

Daar bleef ik even bij stilstaan. In mijn ogen kon dat maar één ding betekenen. Ik vond het vreselijk.

Ze was haar kind verloren.

Ik moest even gaan zitten en mijn tranen wegslikken. Eerder was ze zo zenuwachtig geweest, en zo blij toen ze eenmaal zeker wist dat er een kindje op komst was. Dat was nummer drie... Ik kon me niet voorstellen hoeveel pijn het haar moest doen.

Ik vind het heerlijk dat ik je brieven heb om naar uit te kijken. Als je eenmaal getrouwd en gesetteld bent, neem dan even de tijd om me een brief te schrijven met alle details van je speciale dag. Ik wil het gevoel hebben dat ik weer in Coroa ben, naast je sta en honingkoekjes eet.

Het spijt me dat deze brief zo kort is, maar sinds mijn tuin in verval is geraakt ben ik snel moe. Ik zal je binnenkort meer nieuws sturen en je alle roddels over de adel in Isolte vertellen, ook al ken je geen van die mensen. De verhalen zelf zijn grappig, en ik denk dat je ze wel vermakelijk zult vinden, daar op het platteland.

Zorg goed voor jezelf, Lady Hollis. Het ga je goed en schrijf snel.

Je lieve vriendin,

Valentina

Ik slaakte een zucht. Ik zou ook willen dat ze naast me kon staan. Ik stopte mijn brieven in mijn rokken en ging naar de enige persoon met wie ik hierover kon praten.

30

Als Silas niet hielp met de renovatie van het landhuis was hij altijd met Sullivan in de bijgebouwen te vinden, waar ze werkten aan nieuwe stukken. Ondanks de geruchten dat we er samen tussenuit waren geknepen kreeg hij blijkbaar nog steeds opdrachten. De mensen aan het hof hadden het werk van de Eastoffes nu al minstens twee keer met eigen ogen gezien; ze hadden onmiskenbaar talent.

Ik zag hem door het grote, glasloze raam op metaal staan hameren terwijl Sullivan verder achterin een stuk leek te polijsten.

'Goedemiddag, sir,' zei ik, terwijl ik op de vensterbank ging zitten.

'Milady!' riep Silas. Hij veegde het zweet van zijn gezicht voordat hij naar me toe kwam en me kuste. In de hoek stopte Sullivan zijn werk onder wat stro weg. 'Waaraan heb ik de eer van uw gezelschap te danken?'

'Ik wilde je iets vragen.'

Stilletjes sloop Sullivan de deur uit. Als je de tijd nam om te kijken, kon het je niet ontgaan hoe lief hij was. Hij had de neiging om in zijn eigen wereldje in zijn hoofd te leven maar wilde anderen ook privacy bieden. Gewoon voor het geval dat.

'Wat wil je weten?'

'Weet je nog dat het mijn taak was Valentina te vermaken?'

Hij lachte. 'Ja. En ik herinner me dat je dat geweldig deed, omdat niemand – en dan bedoel ik helemaal niemand – van het Isoltische hof haar aan het glimlachen kreeg, laat staan aan de praat.'

'Het voelde toen als een hele prestatie. Na ons gesprek over haar wist ik niet of je doorhad hoe hecht Valentina en ik met elkaar zijn.'

Silas trok zijn wenkbrauwen op en keek me aan. 'Dat had ik wel door. Ik wenste dat je alleen naar me toe was gekomen om met me praten, maar ik merkte ook hoe bezorgd je was om haar. Ik hoopte dat het een heel kortstondige vriendschap zou zijn.'

Ik trok een gezicht. 'Ik weet dat jullie niet bepaald op goede voet met de koninklijke familie staan.'

'Je moest eens weten...'

'Toch geef ik om Valentina. Ze heeft me een paar heel belangrijke geheimen toevertrouwd.'

Hij kneep zijn ogen halfdicht en sloeg zijn armen over elkaar. 'Zoals?'

Ik slaakte een zucht. 'Ze heeft net een miskraam gehad. Het is het derde kind dat ze is verloren.'

Met open mond staarde Silas me aan. 'Weet je het zeker?'

'Ja. Toen ze op bezoek was, vertelde ze me in strikt vertrouwen over de eerste twee, en ze schreef me net over de derde. Ik maak me zorgen om haar.'

Hij haalde zijn vingers door zijn haar. 'Drie... Dat moet ik mijn vader vertellen.'

'Nee!' zei ik nadrukkelijk, en ik hief mijn handen. 'Ik heb beloofd dat ik haar geheim zou bewaren, en ze vertrouwt me. Ik vertel het je alleen om mijn volgende, heel onredelijke verzoek te kunnen uitleggen.'

'En dat is?'

'Heb je... Kunnen we binnenkort naar Isolte gaan?'

'Hollis,' zei hij geschokt, en hij keek me verbijsterd aan.

'Niet voor lang!' beloofde ik. 'Ik weet dat Valentina helemaal alleen is, en ik weet zeker dat ze bang is dat de koning van haar zal scheiden nu ze een derde kind is verloren, of erger. Ik wil haar laten weten dat ze niet alleen is.'

'Schrijf haar dan een brief.'

'Dat is niet hetzelfde!' protesteerde ik.

Hij schudde zijn hoofd en staarde weer in het vuur. 'Ik heb me erbij neergelegd dat ik je niet het leven kan geven dat je in het kasteel zou hebben...'

'Ik wil dat leven niet,' merkte ik op.

'En ik heb mezelf beloofd dat ik, voor zover het in mijn vermogen ligt, je alles zal geven waar je ooit om vraagt.' Hij kwam dichterbij en dempte zijn stem. 'Maar Isolte is een gevaarlijke plek voor mijn familie. De koning vertrouwt ons niet en we weten niet of de Donkerste Ridders ons zullen tolereren, zelfs niet voor een bezoek. Verdorie, ik was degene die mijn familie heeft overgehaald om eindelijk weg te gaan.' Hij pakte mijn handen vast. 'Ik kan daar niet naar teruggaan. Nu niet... en misschien wel nooit.'

Ik sloeg mijn blik neer maar probeerde niet al te teleurgesteld te lijken. Door uit het kasteel weg te gaan had ik veel meer chaos veroorzaakt dan ik had verwacht, en ik bleef me er zorgen om maken dat ik Silas beperkte in plaats van iets waardevols toe te voegen aan zijn leven. Ik wilde niet dat dit nog weer iets was waar hij zich vanwege mij druk om zou maken.

'Je hebt gelijk. Het spijt me. Ik zal Valentina schrijven en proberen op die manier een troost te zijn.'

Hij drukte een kus op mijn voorhoofd. 'Ik heb er een hekel aan nee tegen je te zeggen. Voorlopig moeten we tijd voor onszelf nemen, ons eigen leven opbouwen.' Hij glimlachte. 'Ik heb het gevoel dat ik al eeuwen op je wacht.'

'Nou, veel langer hoeft u niet meer te wachten, sir.'

'Helemaal niet.' Hij glimlachte, en ik had het gevoel dat alles goed zou komen. Ik kon niet wachten om een Eastoffe te worden.

'Trouwens,' zei ik terwijl ik aanstalten maakte terug te lopen naar het landhuis, 'Delia Grace, die van de koning een jurk heeft gekregen, heeft geruchten gehoord dat ik ga trouwen en is er "erg bezorgd" om dat ze gegrond zijn.'

Hij lachte hartelijk. 'Ha, dat zal vast! Zeg maar tegen haar dat je met een paar zigeuners bent weggelopen om te trouwen. O! Nee, nee! Zeg tegen haar dat je je bij de monniken van Catal hebt aangesloten en nu in een grot woont. Ik heb gereedschap! We kunnen je brief in een steen uithakken!'

'Als we er een vinden die groot genoeg is.'

Terwijl ik terugliep bedacht ik dat ik Valentina iets moest vertellen om haar moed in te spreken. En ik wist dat Delia Grace op dit moment waarschijnlijk door haar kamer ijsbeerde en zich afvroeg of ik een getrouwde vrouw was of niet.

Toch kon ik ondanks dat alles vandaag maar één brief schrijven.

Allerliefste vader en moeder,

Het spijt me. Ik weet dat ik jullie teleurgesteld heb, niet alleen door te weigeren met de koning te trouwen, maar ook door de jarenlange verspilling van aandacht die tot de situatie van nu heeft geleid. Ik heb me zelden gedragen zoals jullie dat wensten. Deels is dat gewoon mijn aard, maar de rest kan ik niet uitleggen. Ik wilde niet ongedisciplineerd zijn. Ik wilde gewoon vreugde in alles vinden, en dat gaat moeilijk als je stilzit en je mond houdt. Het spijt me dat ik jullie heb teleurgesteld.

Ik kan niet ongedaan maken wat er is gebeurd, maar diep in mijn hart geloof ik dat Zijne Majesteit iemand zal vinden die veel beter is om mee te trouwen, iemand die een superieure leider voor Coroa zal zijn. Zelfs met mijn beste bedoelingen zou mijn leiderschap rampzalig zijn geweest. Ik hoop dat mijn afwezigheid uit het leven van mijn koning de mensen van Coroa uiteindelijk veel meer ten goede zal komen dan mijn aanwezigheid.

Ik geloof dat ik mijn gelijke heb gevonden in Silas Eastoffe. Ik weet dat jullie het betreuren dat hij niet bepaald als een heer leeft, ook al is hij afkomstig uit een oude Isoltische familie. En ik weet dat jullie er niet blij mee zijn dat hij geen Coroaan is, maar ik denk dat het vernederen van Isoltiërs ons volk niets heeft gebracht. Ik geef echt om het handjevol Isoltiërs dat ik goed ken. Ik kan niet meer doen alsof ik niet beter weet.

Ik hou van Silas en trouw over twee dagen met hem. Ik stuur jullie deze brief als laatste hoop dat jullie een manier zullen vinden om

me te vergeven en aanwezig te zijn op de belangrijkste dag van mijn leven.
Nee, ik was geen jongen, zoals jullie hadden gehoopt. Nee, ik ben geen koningin geworden. En ja, ik heb onze familie publiekelijk te schande gemaakt. Maar waarom doet dat er iets toe? De spelletjes aan het hof leiden, als je je erdoor laat meeslepen, op zijn best tot een vroeg graf. Jullie maken nog steeds deel uit van een van de sterkste families in Coroa. Jullie hebben nog steeds landerijen en bezittingen waardoor jullie boven het grootste deel van het land staan. En jullie hebben nog steeds een dochter die dolgraag deel wil uitmaken van jullie leven. Overweeg alsjeblieft om naar mijn trouwerij te komen. Zo niet, dan zal ik wachten tot jullie klaar zijn om me weer te zien, in het vertrouwen dat die dag zal komen. Ik mag dan in veel dingen niet goed zijn, ik ben buitengewoon getalenteerd in het koesteren van hoop.
Over twee dagen, om vijf uur 's avonds in Abicrest Manor.
Met al mijn liefde,
Jullie dochter Hollis

31

'Met deze ring neem ik jou, Hollis Brite, tot mijn vrouw. Met mijn lichaam zweer ik je mijn trouwe dienst. Met mijn hart zweer ik je mijn oneindige trouw. En met mijn leven zweer ik je mijn toegewijde zorg, zo lang als onze God het nodig acht.'

De ring die Silas had gemaakt gleed om mijn vinger omlaag. Na alle juwelen die ik de afgelopen maanden had gedragen had ik om iets eenvoudigs gevraagd. En hoewel hij het er niet mee eens was geweest, voldeed hij daaraan. Toen de smalle gouden band eenmaal op zijn plaats zat, draaide ik me naar hem toe, klaar om zelf de geloften op te zeggen.

'Met deze ring neem ik jou, Silas Eastoffe, tot mijn man. Met mijn lichaam zweer ik je mijn trouwe dienst. Met mijn hart zweer ik je mijn oneindige trouw. En met mijn leven zweer ik je mijn toegewijde zorg, zolang de goden het nodig achten.'

De iets grotere ring gleed perfect op zijn plaats aan zijn hand. Eindelijk was ik getrouwd.

'Je mag je bruid kussen,' zei de geestelijke.

Zodra Silas zich boog om me te kussen was de ceremonie voorbij. Overal in de ruimte werd geapplaudisseerd. De grote zaal in Abicrest Manor zat verrassend vol. Buren van verschillende landgoederen waren voor het eerst gekomen om de Eastoffes te ontmoeten. Velen kenden me uit mijn jeugd of de tijd die we in het kasteel hadden gedeeld, en ze leken erg nieuwsgierig naar de persoon die ik boven een koning had verkozen.

De Eastoffes lieten zelfs hun personeel, dat zo onvermoeibaar had gewerkt om het landhuis representatief te maken, achterin staan bij de ceremonie. Toen sommigen van hen drinkbekers met bier begonnen uit te delen, was ik blij te zien dat hun collega's ze als eersten kregen. En daar, te midden van mijn gasten, stonden mijn ouders.

Ze glimlachten niet. Terwijl iedereen applaudisseerde en drankjes kreeg om mee te proosten, leken zij op gedempte toon te ruziën. Ik besteedde er geen aandacht aan, ze waren in elk geval gekomen.

'Een toost,' begon Lord Eastoffe. 'Op onze geweldige buren en vrienden, voor hun steun nu we ons settelen in Coroa. Op een absoluut perfecte dag voor de allermooiste viering. En op Silas en Hollis. Hollis, we houden al van meet af aan van je en zijn blij dat je je hebt aangesloten bij de schandelijkste, meest teleurstellende familie in Coroa, jij arme meid.'

Daar moest iedereen om lachen, ik ook. Ik wist precies waaraan ik begon.

'Op Silas en Hollis,' eindigde hij.

Alle aanwezigen herhaalden die woorden in koor en hieven hun glas. Met een elegante, ingestudeerde beweging begonnen de violisten te spelen terwijl de mensen hun drankjes lieten zakken. Iedereen bewoog zich door de kamer om met anderen te praten.

'Ik heb een zus, ik heb een zus!' jubelde Scarlet en ze gaf me een dikke knuffel.

'Ik ook! Ik wilde mijn hele leven al broers en zussen. Nu krijg ik er drie op één dag!'

Saul sloeg zijn armen om mijn middel en probeerde de ruimte te vullen die Scarlet openliet. En toen ze eindelijk uit geknuffeld waren, sloop Sullivan met een diepe blos op zijn wangen naar me toe en omhelsde me ook. Tot mijn verbazing was het geen snelle knuffel. Hij bleef me vasthouden, met zijn handpalmen plat op mijn rug, en ademde rustig door. Ik omhelsde hem ook en vroeg me af of hij het nodig had zo nu en dan zo geknuffeld te worden maar te verlegen was om dat te zeggen.

Glimlachend deed hij een stap achteruit. 'Welkom in de familie.'

'Dank je wel. En bedankt voor mijn hoofdsieraad; ik vind het geweldig!' Sullivans kleine project in het bijgebouw dat hij zo snel had weggestopt was zijn huwelijksgeschenk aan mij. Het gouden hoofdsieraad was prachtig. Hij lag mooi op mijn hoofd en had twee haakjes voor de sluier die over mijn rug omlaag hing. Bovendien had hij aan de voorkant lusjes gemaakt waar ik bloemen doorheen kon steken. Het resultaat was verbluffend. Dit zou ik de rest van mijn leven elke Kroningsdag dragen.

Hij knikte kort voordat hij nog verder naar achter liep. Silas gaf zijn broer een por tegen zijn arm, hun eigen manier van communiceren, en alles – álles – was perfect.

'Kom hier, vrouw,' zei Silas, en hij trok me mee. 'Ik wil je ouders begroeten voordat ze een excuus vinden om te vertrekken.'

Hij omzeilde alle etiquetteregels die ik kende door naar mijn moeder toe te lopen en haar te omhelzen. 'Moeder!' verkondigde hij.

Ik hield een beetje afstand en probeerde niet te lachen om de afschuw op haar gezicht. 'En vader.' Hij stak zijn hand uit voor een handdruk. 'We zijn allebei zo blij dat jullie hier vandaag konden zijn.'

'Ik denk niet dat we lang kunnen blijven,' zei mijn vader snel. 'We zijn van plan morgen terug te gaan naar Keresken en we moeten toezicht houden op het pakken van onze spullen.'

'Zo snel al?' vroeg ik.

'We geven de voorkeur aan onze vertrekken in het kasteel,' zei mijn moeder openhartig. 'In Varinger galmt het zo.'

Tja, in zo'n groot huis met zo weinig mensen voelde je je vast klein.

'Beloof me dat jullie niet weggaan voor het dessert geserveerd is. Lady Eastoffe heeft appeltaartjes besteld, en blijkbaar is het een Isoltische traditie dat er een boven mijn hoofd wordt verkruimeld. Dat brengt geluk.'

Moeder lachte, wat zo zelden gebeurde dat ik het als een huwelijkscadeau beschouwde. 'Je komt dus onder de kruimels te zitten?'

'Ja, maar volgens mij mag ik ook eerder dan alle anderen iets van het dessert eten, dus ik mag niet klagen.'

Ze schudde haar hoofd. 'Je bekijkt dingen altijd van de zonnige kant.' Ze sloot haar ogen en haalde diep adem voordat ze weer sprak. 'Ik wou dat ik dat meer had kunnen waarderen.'

'Er is nog tijd,' fluisterde ik.

Ze knikte met tranen in haar ogen. Ik kon zien dat ze nog steeds veel moeite had met alles wat er was gebeurd, maar het leek er ook op dat ze voorwaarts wilde gaan. Ik hoopte dat er nog ruimte voor mij was in haar hart.

'We blijven voor de appeltaartjes,' beloofde mijn vader. 'Daarna moeten we echt gaan. Er zijn... dingen die we in het kasteel moeten doen.'

Ik knikte. 'Ik begrijp het. Willen jullie tegen de koning zeggen hoe gelukkig ik eruitzag? En dat ik hem hetzelfde geluk toewens?'

Vader blies een lange ademteug uit. 'Ik... Ik zal zeggen wat op dat moment gepast voelt.'

Dat was niet het antwoord dat ik had willen horen. Ik hoopte op een betere toekomst voor de koning, en ook dat hij de mijne zou zegenen. Blijkbaar dachten mijn ouders dat dat niet mogelijk was.

Ik maakte een reverence en liet me wegleiden door Silas. 'Ik wilde ze hier zelf hebben, maar dat was toch een moeilijk moment.'

'Iedereen moet nog wennen,' verzekerde hij me. 'Geloof me, alles zal op zijn pootjes terecht komen.'

'Ik hoop het.'

'Je mag je wenkbrauwen niet zo fronsen, Hollis. Niet op je trouwdag. Als je niet gauw vrolijker wordt, zal ik de verrassing moeten bederven.'

Ik trok aan zijn arm zodat hij bleef staan en keek wantrouwig naar de tevreden grijns op zijn gezicht. 'Verrassing?'

Hij begon te neuriën.

'Silas Eastoffe, vertel het me nu meteen!' eiste ik, en ik greep zijn arm stevig vast. Hij lachte tot hij besloot een einde te maken aan de spanning.

Hij draaide zich naar me toe en nam mijn gezicht in zijn handen. 'Het spijt me dat ik je niet kan meenemen naar Isolte. Maar... ik kan je wel meenemen naar Eradore.'

Ik ademde scherp in. 'Gaan we daarheen? Meen je dat?'

Hij knikte. 'Ik moet eind volgende week twee jachtmessen afleveren en zodra die klaar zijn, vertrekken we naar de kust.'

Ik vloog hem zijn nek. 'Dank je wel!'

'Ik zei toch dat ik je alles wil geven wat ik kan. Dit is nog maar het begin.'

'Hollis, mag ik je even lenen?' vroeg Lady Eastoffe, die achter me kwam staan.

'Ik kan meer gasten gaan begroeten,' bood Silas aan.

'Je gaat een heel verwende vrouw krijgen,' waarschuwde ik hem.

'Mooi!' riep hij, en hij liep opgewekt naar het dichtstbijzijnde stel om ze te begroeten.

'Lady Eastoffe,' groette zijn moeder me.

Ik giechelde van vreugde. 'Dat is ook zo! Eindelijk ben ik een Eastoffe.'

'En daar ben ik heel blij om.' Ze sloeg een arm om me heen. 'Voordat het hier te hectisch wordt wilde ik even praten. Wil je met me meelopen naar buiten?'

'Natuurlijk.'

Ze knikte naar de deur en we gingen de tuin in. De delen meer naar achteren waren nog een beetje overwoekerd, maar alles wat de gasten zagen lag er smetteloos bij. De hoge, dikke muren van struiken maakten dit een perfecte plek om te wandelen en na te denken, en ik had hier de afgelopen twee weken veel tijd in de zon doorgebracht. Nu ging de zon onder, waardoor de hemel een prachtige paarstint kreeg.

'Het doet mijn hart goed om te zien dat Silas en jij gesetteld raken. Nu kan niemand meer twisten over je positie, en ik denk dat het ons ook zal helpen. We zijn voor altijd verbonden met Coroa,' zei ze met een glimlach.

'Ik heb het gevoel dat we door een enorme warboel heen moesten om hieruit te komen, alsof het onmogelijk zou zijn. Maar nu is het zover. En er zijn mensen gekomen om er getuige van te zijn, om ons hun vriendschap te betonen. Mijn ouders zijn hier... Het is ongelofelijk, zo perfect als het is.'

'Dat is het zeker,' beaamde ze. 'En ik hoop dat je je dit moment de rest van je leven zult blijven herinneren. Het huwelijk kan een uitdaging zijn, maar als je altijd kunt terugkomen naar deze plek, naar de liefde, naar je geloften, dan komt alles vanzelf goed.'

'Dat zal ik onthouden. Dank u wel.'

Ze glimlachte en bleef staan. 'Geen dank. Goed, door de trouwerij is alles nu officieel, maar er zijn ook andere tradities die in ere moeten worden gehouden. Het brengt geluk om iets ouds te hebben, dus ik geef deze aan je door.'

Lady Eastoffe reikte naar haar rechterhand en liet een grote saffieren ring van haar vinger glijden, die ze in het licht van de vallende avond omhooghield. 'Deze ring werd ooit gedragen door een groots man in Isolte. Hij werd aan zijn vijfde kind gegeven – zijn derde zoon – en is generaties lang binnen de familie Eastoffe doorgegeven. Ik weet dat ons verleden hier weinig betekent, maar het is een rijke geschiedenis die eeuwen teruggaat. Op een dag zal ik er eens goed voor gaan zitten om je alle oude verhalen te vertellen. Voorlopig moet je deze dragen. En draag hem met trots.'

Ze had verhalen voor me. En ik vermoedde dat Silas zijn eigen verhalen had. Al snel zouden ze met mijn leven verweven worden, naarmate onze geschiedenissen met elkaar verstrengeld raakten.

Mijn vingers beefden toen ik naar die ring reikte, nog een draad in het wandtapijt. 'Hij is prachtig. Maar weet u het zeker? Zou Scarlet hem niet moeten krijgen?'

'Ik heb andere dingen om aan haar door te geven. Jij bent de vrouw van mijn oudste zoon en ik ben de vrouw van een oudste zoon. Het is traditie. En als wij Isoltiërs iets belangrijk vinden, dan zijn het wel tradities.'

'Dat heb ik gemerkt.' Naarmate ik meer tijd in het huis van de Eastoffes doorbracht, zag ik hoe ze er alles aan deden om hun levenswijze te behouden. De dagelijkse uitvoering van hun taken bestond uit tientallen kleine details, en elke taak ging vergezeld van uitleg over het belang ervan, die met grote zorgvuldigheid werd gegeven. 'Als dit de gewoonte is, dan neem ik de ring aan. Zolang u maar zeker weet dat Scarlet niet van streek zal zijn,'

Lady Eastoffe omhelsde me. 'Door deze aan je hand te schuiven maak je deel uit van onze lijn. Ze zal dolblij zijn.'

'U doet het klinken alsof...'

We werden uit ons kleine moment samen weggerukt door een golf van schrille kreten.

'Wat is dat?' vroeg ik.

We waren verder tussen de hoge struiken in de tuin door gewandeld dan ik me had gerealiseerd en konden het huis niet zien. Terwijl het geschreeuw doorging renden we tussen de struiken door in een poging erachter te komen wat er aan de hand was. We kropen naar de rand van een hoge muur van struikgewas en tuurden eromheen. Er stond minstens een tiental paarden bij de ingang.

'Ze zijn naar ons toe gekomen,' fluisterde Lady Eastoffe ontzet. 'Ze zijn eindelijk gekomen.'

32

Ze. Dankzij Valentina wist ik precies wie dat waren.

'De Donkerste Ridders,' fluisterde ik zo zacht dat Lady Eastoffe me volgens mij niet kon horen.

Er klonk meer geschreeuw en in een opwelling begon ik te rennen. Silas was daarbinnen. Voordat ik ver kon komen werd ik tegen de grond gesmeten. Onder het vallen hoorde ik mijn sluier scheuren.

'Wat doet u nou?' vroeg ik, en ik begon te huilen. 'We moeten ze helpen!'

'Sst!' zei ze dringend en ze bedekte mijn mond totdat ik genoeg was gekalmeerd om naar haar te luisteren. 'Wat denk je dat je zou kunnen doen? We hebben geen paarden, geen zwaarden, niets. Mijn man en die van jou zouden ons opdragen te blijven waar we zijn als ze dat konden, en dat zullen we doen ook.'

'Dat is onze familie daarbinnen!' hield ik vol. 'Dat is onze famílie!'

Ze sleepte me achteruit de beschutting van een paar vormbomen in en ik schopte de hele weg. Ik wilde niet bij Silas worden weggehouden.

'Kijk me aan, Hollis!'

Ik stopte lang genoeg met tegenstribbelen om haar in de ogen te kijken. Wat ik daar zag schokte me diep. Wat was haar uitstraling snel van trots overgegaan in gebroken, haar uiterlijk van mooi naar verfomfaaid. 'Als je denkt dat ik hier niet aan kapotga, heb je het mis. Maar Dashiell en ik hebben een overeenkomst gesloten. We hebben plannen gemaakt. Als een van ons ooit levend kon wegkomen, zouden we dat doen...'

Ze trok dunne takken weg om een glimp op te vangen van wat er gebeurde. Het was een schokkend contrast: de prachtige lucht, de geur van de bloemen... en de schrille kreten die de lucht vulden.

'Waarom wilt u niet naar ze toe gaan? Waarom hebben jullie zo'n plan gemaakt?'

Toen ze niet antwoordde wilde ik opstaan, maar in een oogwenk zat ze weer boven op me.

'Ik heb ook beloftes gedaan aan Silas. Blijf nu liggen!'

Bij het horen van zijn naam verstilde ik. Waarom zou Silas in 's hemelsnaam een plan voor mij hebben? Waarom wist ik daar niets van? Waarom zat ik in elkaar gedoken op het gras terwijl hij misschien wel doodging?

Ik sloeg mijn handen voor mijn oren. Toch kon ik de worstelingen van de strijd nog horen. Ik zou willen dat ik kon schreeuwen, dat ik tegen iedereen kon zeggen dat ze moesten ophouden. Maar blijkbaar had ik al te veel risico's genomen. Ik mocht het gevaar niet naar iemand toe lokken die had gezworen me te beschermen.

'Ik begrijp het niet,' bleef ik volhouden. De woorden kwamen jammerend over mijn lippen. 'Waarom helpen we niet?'

Ze zei niets. Ze keek alleen voorzichtig langs de struiken toen ze dacht dat het veilig was en trok zich snel weer terug. Met haar handen hield ze me stevig vast, klaar om me weer neer te drukken als ik dreigde te vluchten.

Ik herinnerde me wat Silas had gezegd. Hij had me verteld dat de Donkerste Ridders alles met de grond gelijk maakten. Ik moest kokhalzen bij de gedachte dat Silas met de grond gelijk zou worden gemaakt.

Voor mijn gevoel ging de verschrikking een eeuwigheid door. Ik probeerde Silas te dwingen in leven te blijven, te overleven wat net was gebeurd. Meteen voelde ik me schuldig omdat ik alleen aan hem dacht, niet aan de anderen. Saul had nog een heel leven voor zich, en Sullivan was zo'n zachtaardige ziel dat alleen al in die ruimte zijn waarschijnlijk genoeg was om hem kapot te maken. En ook al waren mijn ouders niet helemaal tevreden, dan hadden ze toch zeker wel meer tijd verdiend om te proberen dat te worden.

Na een tijd die zowel te lang als te kort leek te duren bedaarden de kreten en het geschreeuw en maakten ze plaats voor een misselijkmakend gelach. Daardoor wist ik dat ze vertrokken. Die mannen waren klaar met hun taak en maakten nu grapjes over hun succes. Het klonk walgelijk voldaan, het geluid van een goed uitgevoerde klus, van vele felicitaties.

Opeens hoorde ik nog een ander geluid: geknapper. We zagen ze wegrijden en zorgden dat we de paarden niet meer konden horen voordat we het aandurfden op te staan.

'Alsjeblieft,' fluisterde ik. 'Alsjeblieft.' Toen waagde ik het mijn ogen te openen.

Hoewel het geluid het wel duidelijk had gemaakt, kon ik toch nog steeds niet geloven dat ze het huis in brand hadden gestoken. We haastten ons de tuin uit en renden naar het huis, ook al was ik bang dat onze kans om te helpen voorbij was. Bij elke stap drukte ik mijn angst weg, zo wanhopig was ik om dichterbij te komen, om te zien of iemand het had overleefd. Slechts één hoek van het huis stond in brand. Er was een kans dat we iedereen die nog ademde konden redden.

Voor de hoofdingang bleef ik staan, bang om naar binnen te gaan, doodsbenauwd voor wat ik zou zien.

'Moeder?' jammerde iemand vanuit een schaduwrijke hoek bij de voordeur.

'Scarlet? Ben jij dat? Oh, godzijdank!' Ze rende erheen en greep luid huilend haar kind vast. 'Mijn meisje! Ik heb mijn meisje nog!'

Ik keek naar het huis. Niets bewoog. Was zij de enige die nog in leven was?

'Waren dat de Donkerste Ridders?' vroeg ik, hoewel ik daar al vrij zeker van was.

Met een ruk draaide Lady Eastoffe haar hoofd naar me toe. 'Hoe weet jij van ze af?' vroeg ze terwijl ze zich omdraaide om elke centimeter van Scarlets gezicht aan te raken. Ze kon niet geloven dat ze er nog was.

'Door Valentina. En Silas.'

Ze schudde haar hoofd en wendde zich weer tot haar dochter. 'Ik dacht dat ze ons met rust zouden laten als we weggingen, maar ik had het mis.'

Het was gewoon niet logisch. 'Waarom zouden ze jullie dit aandoen?'

'O, moeder, ze kwamen binnen met hun maskers op en getrokken zwaarden. Ze staken iedereen neer die in de weg stond, zelfs de dienstmeisjes. Ik weet niet wat er met me gebeurd is... Ik verstijfde. Ik kon niet vechten.'

'Je hoort ook niet te vechten. Dat weet je,' zei haar moeder nadrukkelijk. 'Je hoort te vluchten!'

'Een man pakte me bij mijn schouders beet en hield me even vast. Ik dacht dat hij me langzaam zou vermoorden. Toen greep hij me bij een pols beet en gooide me naar buiten. Ik wilde vluchten maar mijn benen weigerden dienst. Daarom kroop ik de struiken in en verstopte me. Ik wilde vechten, moeder. Ik wilde ze iets aandoen.'

Lady Eastoffe pakte haar steviger vast.

'Ze hebben me gespaard en ik weet niet waarom! En ik keek toe... Ik zag...' Ze barstte in snikken uit en kon er niet meer over praten.

Ik schudde mijn hoofd. Ik begreep er niets van. Daarom tilde ik mijn rok op om naar binnen te lopen.

'Wat doe je?' vroeg Lady Eastoffe.

'Ik ga kijken of er overlevenden zijn.'

Haar blauwe ogen stonden hol. 'Hollis, luister naar me. Je zult geen overlevenden vinden.'

Ik slikte. 'Ik heb... Ik moet...'

Ze schudde haar hoofd. 'Alsjeblieft, Hollis,' zei ze, en alleen al haar stem was een duidelijke waarschuwing. 'Dat zal je meer kwaad dan goed doen.'

De zekerheid waarmee ze die woorden uitsprak, alsof dit niets nieuws was, maakte dat ik vanbinnen helemaal kil werd, ondanks de hitte van de vlammen die de oostvleugel van het landhuis begonnen te verzwelgen. Ik dacht dat we wachtten om te voorkomen dat we gedood zouden worden, zodat we dan naar binnen konden gaan om naar overlevenden te zoeken. Maar misschien wist zij al dat we geen overlevenden zouden vinden.

'Ik moet...'

Ze boog haar hoofd toen ik naar voren liep.

Ik liep het huis in en werd bijna meteen omvergelopen door een bediende met gouden borden in zijn handen, die rende alsof zijn leven ervan afhing. Hoopvol zoog ik lucht in mijn longen omdat ik geloofde dat er vast mensen waren die het hadden overleefd. Daar kreeg ik meteen spijt van, want ik moest hoesten van de rook.

Toen ik me omdraaide naar de grote zaal, waar we nog maar kortgeleden op de toekomst hadden getoost, zag ik dat de tafels en wandtapijten en iemand die eruitzag als Saul door grote vuurtongen werden verslonden. Hij was vlak bij de deur neergestoken.

Ik keek weg en sloeg een hand voor mijn mond om mijn kreten binnen te houden.

Ze had gelijk. Alleen al die aanblik maakte het allemaal nog veel erger. In plaats van het idee dat de groep als geheel was omgekomen had ik nu een gezicht, een beeld. Dat bloed, die geur, zou ik nooit meer vergeten.

Ik wilde doorgaan. Ik kon proberen Silas te vinden. Maar er was op meer plekken brandgesticht dan we van buitenaf konden zien... en niemand riep om hulp. Als Silas een plan voor mij had gemaakt waarin ik overleefde, dan moest ik nu weglopen. Want ik zou het niet overleven hem in stukken gehakt of door vlammen verteerd te zien. En als ik veel verder naar binnen liep, zou ik misschien niet meer kunnen terugkomen.

Ik hoestte. Het kostte me moeite adem te halen. Snel rende ik weer naar buiten.

Lady Eastoffe zag de afschuw op mijn gezicht en knikte eenmaal. Ik keek naar Scarlet en vermoedde dat mijn gezichtsuitdrukking een holle weerspiegeling van de hare was. Ze was verdwaald in wat ze net had gezien. Ik kon alle geesten in haar ogen zien. Ik liep naar beneden en omhelsde haar, en ze hield me even stevig vast.

Lady Eastoffe pakte Scarlets hand en de mijne vast. Ze draaide zich naar het pad toe dat ze nieuw hadden aangelegd voor mijn bruiloft en staarde in de verte.

'Waar gaan we naartoe?' vroeg Scarlet.

'Naar Varinger Hall, natuurlijk,' opperde ik mat.

Lady Eastoffe hief haar kin en begon te lopen. 'Kom, meisjes. We mogen niet achteromkijken.'

Maar dat deed ik wel. Ik zag hoe de gordijnen het vuur steeds hoger opstuwden. Ze had gelijk: we moesten blijven lopen.

Het was me nu wel duidelijk dat deze familie minstens één keer eerder een moment als dit moest hebben meegemaakt. Hoe konden ze er anders zo rustig bij weglopen, alsof het slechts een kwestie van tijd was totdat ze weer zo'n moment voor hun kiezen kregen? Waarom zouden ze anders plannen dat in elk geval één van hen in leven moest proberen te blijven, als dat kon?

Door de manier waarop Silas me over de Donkerste Ridders had verteld, had het geleken alsof het gevaar op een afstand was. Maar er was geen twijfel over mogelijk dat ze eerder oog in oog met elkaar hadden gestaan. Deze keer was hij alleen niet levend bij het treffen weggelopen.

Als we hadden nagedacht waren we misschien naar de stallen gegaan om een paard te halen. In plaats daarvan liepen we in stilte in de richting van mijn ouderlijk huis. Het had me een gevoel van veiligheid moeten geven dat ik eindelijk weer door de deur van Varinger Hall zou gaan, maar het enige waaraan ik kon denken was waarom dat moest. Ik was liever voor altijd buitengesloten gebleven. Met gespitste oren luisterde ik naar het geluid van paarden of geschreeuw, of wat dan ook dat me zou vertellen dat ik het op een lopen moest zetten.

Maar er waren geen paarden. Geen geschreeuw. Alleen wij.

Toen we eindelijk de voorpoort naderden stond er een opzichter op ons te wachten op de trap. Hij hield een lantaarn omhoog en zag daardoor dat er drie gestaltes waren in plaats van twee, dat er alleen vrouwelijke silhouetten waren, en dat de mooie koets nergens te zien was.

'Wakker worden! Wakker worden,' riep hij het huis in. Tegen de tijd dat we bij de voordeur stonden was er een legertje personeel aangetreden om in onze behoeften te voorzien, onder wie de lieve dame die me de brieven had gebracht toen ik in Abicrest Manor woonde.

'Lady Hollis! Wat is er met u gebeurd?' vroeg ze. 'Waar zijn uw ouders?'

In plaats van te antwoorden zakte ik in elkaar en krijste het uit.

33

Toen drong het tot me door, ook al was ik me er al uren van bewust. Mijn ouders waren dood. Mijn man was dood. Ik was alleen.

'Ze komen niet meer thuis,' fluisterde Lady Eastoffe namens mij tegen haar. Haar gezicht was kalm maar stond hol, met twee duidelijke sporen over haar wangen waar tranen door het roet en het vuil waren gebiggeld. Toch zag ze er zelfs in die toestand adellijk uit. Toen ze de trap op wilde lopen sneed iemand van het personeel haar de pas af.

'We bieden jullie geen onderdak,' zei hij, en hij zette een hoge borst op. 'Onze meesters haatten jullie soort en ze...'

'Denk je dat dat er nu nog toe doet?' beet Hester hem toe. 'Ze zijn dood. Lady Hollis is hier nu de vrouw des huizes. Je kunt er maar beter aan wennen dat je bevelen krijgt van haar. Dit zijn haar mensen, en ze zullen gevoed en verzorgd worden.'

'Ze heeft gelijk,' mompelde iemand anders. 'Lady Hollis is nu de vrouw des huizes.'

'Ik zal jullie naar de zitkamer brengen,' zei Hester.

'Dank je. Kom, meisje. Omhoog met jou.' Lady Eastoffe trok me omhoog en we sleepten ons naar de grootste zitkamer, dankbaar voor de open haard. Ik plofte zo dicht mogelijk bij het vuur op de grond neer en verwarmde mijn pijnlijke handen. Scarlet zat heel stilletjes te huilen en maakte maar af en toe geluid. Ik kon het haar niet kwalijk nemen. Er was zoveel te voelen. Verdriet om wat we waren verloren, schuldgevoelens omdat wij gespaard waren gebleven, angst voor wat hierna zou kunnen gebeuren...

'Het komt wel goed,' fluisterde Scarlets moeder tegen haar terwijl ze haar haar streelde. 'We zullen een nieuw thuis maken. Dat beloof ik.'

Scarlet leunde met haar hoofd tegen haar moeder aan. Ik voelde dat die belofte niet genoeg was om wat er net was gebeurd ongedaan te maken. Ik sloeg mijn ogen op naar Lady Eastoffe en zag dat ze wezenloos voor zich uit keek, in het niets staarde. Ze was zo verstandig geweest mij op mijn plek te houden, had het doorzettingsvermogen om te zorgen dat we opstonden en gingen lopen, en ik twijfelde er niet aan dat ze ons allebei door de komende dagen heen zou slepen. Maar ik zag ook dat ze geschokt was, veranderd. Datgene waarop ze zich naar eigen zeggen hadden voorbereid was gebeurd, en nu bleef ze achter met de hartverscheurende nasleep.

'Waarom zouden ze dat doen?' vroeg ik nog eens, al verwachtte ik niet echt meer een antwoord. 'Ze hebben iedereen vermoord behalve Scarlet, hebben brand gesticht en niets meegenomen. Ik begrijp het niet.'

Lady Eastoffe sloot haar ogen en haalde moeizaam adem. 'Wij helaas wel, beste Hollis.'

Ik keek op naar Lady Eastoffe. 'Dit is jullie al eens eerder overkomen, hè?'

'Niet op deze manier,' zei ze hoofdschuddend, en ze ging eindelijk in een stoel zitten. 'Maar we zijn al eerder mensen verloren. En spullen. Uit ons huis verjaagd... Ik had alleen niet gedacht dat de dreiging ons hierheen zou volgen.'

Ik schudde mijn hoofd. 'U zult met een betere uitleg moeten komen.'

Ze slaakte een zucht in een poging zichzelf te kalmeren. Op dat moment snelde het personeel naar binnen met dienbladen, handdoeken en grote kommen met water. Een dienstmeisje zette een bord met brood en peren naast me neer, hoewel ik niet dacht dat ik op dit moment iets kon eten. Lady Eastoffe bedankte de dienstmeisjes en doopte haar handen in het water om het vuil en de as van haar gezicht te wassen.

Zodra ze weg waren wendde ze zich weer tot mij.

'Herinner je je onze eerste dag in het kasteel nog?'

Er verscheen een zwakke glimlach om mijn lippen, ook al biggelden stille tranen over mijn gezicht. 'Die zal ik nooit vergeten.'

'Toen Koning Jameson onze naam herkende, wist ik zeker dat er een van twee dingen zou gebeuren. Hij zou ons zonder plichtplegingen straffen... ons misschien wel in een toren opsluiten of ons het land uit zetten, óf hij zou ons bij zich roepen en tot een van de zichtbaarste families aan zijn hof maken, voortdurend in zijn dienst. Ik was geschokt toen hij ons de toestemming gaf ons uiteindelijk te vestigen waar we maar wilden, dat we überhaupt in Corea mochten wonen van hem.'

'Waarom zou hij een van die twee dingen doen?'

Ze liet haar hoofd tegen de hoge rugleuning van de stoel rusten en staarde naar het plafond. 'Omdat dat soort dingen vaak gebeurt met mensen die zich in de periferie van een koningshuis bevinden.'

Ik staarde haar aan en probeerde de woorden te begrijpen. 'Koningshuis?'

'Het is een beetje een rommelige geschiedenis,' begon ze, en ze boog zich naar voren. 'Ik zal proberen het eenvoudig te houden. Koning Quinten is de directe afstammeling van Jedreck de Grote. De kroon werd doorgegeven aan de eerstgeboren zoon van Jedreck en Quinten stamt uit die lijn, dus de kroon is van hem. Maar Jedreck de Grote had drie zonen en vier dochters.

'Sommigen trouwden in andere koninklijke families, anderen kozen voor een rustig leven in dienst van de kroon en weer anderen zijn gestorven zonder nakomelingen, zodat die lijnen doodliepen. De familie Eastoffe is een van de takken van de stamboom die nog leeft. De directe afstammelingen van het vijfde kind, Auberon. De ring aan je vinger was van hem, aan hem gegeven door zijn vader, de koning.'

Ik keek naar de saffier, die heel goed paste bij het Isoltische blauw, en dacht erover na. Ik kon geen enkele herinnering aan onze tijd samen vinden die dat verhaal ondersteunde.

'Naast Quinten en Hadrian, natuurlijk, en ons, is er nog maar één andere familie die tot de Pardus-lijn behoort: de Northcotts. Herinner je je ze nog?'

Ik knikte. Etan had helaas een onvergetelijke indruk op mij gemaakt. Geen sprake van dat die jongen ook maar een druppel koninklijk bloed in zijn aderen had vloeien.

'De resten van de koninklijke lijn liggen bij onze drie families, van iedereen die nog in leven is en aanspraak kan maken op de troon. Maar... omdat mannelijke erfgenamen meestal de troonopvolgers zijn en mijn man en zonen... mijn zonen...' Ze barstte in huilen uit en snikte onbeheerst. Ik durfde te wedden dat ze diepe bronnen vol tranen had. Ik beslist wel.

Scarlet krulde zich tot een strakkere bal op in haar stoel. Zij voelde haar eigen diepe, donkere verdriet; ze had vandaag te veel gezien. Daarom sprong ik op om mijn armen om haar moeder heen te slaan.

'Ik vind het zo erg voor u.'

'Dat weet ik,' zei ze huilend, en ze hield mij ook vast. 'Ik ook. Voor jou. Dat je zo jong wees bent geworden. Ik vind het vreselijk voor je, Hollis. Ik zou hier nooit mee hebben ingestemd als ik had gedacht dat jij dan gevaar zou lopen. Ik had gedacht dat ze ons wel met rust zouden laten.'

'Wie zijn die Donkerste Ridders eigenlijk?' vroeg ik, want ik herinnerde me dat zelfs Silas daar geen duidelijk antwoord op had gehad. 'Wie zou jullie dit willen aandoen?'

'Wie is de enige die eventuele geschillen om de troon wil uitbannen?' vroeg ze.

Het antwoord kwam onmiddellijk in mijn gedachten op, hoewel ik het niet voor mogelijk achtte. 'Toch niet jullie koning?'

Maar goed, toen ik er eenmaal over nadacht leek het toch niet zo onmogelijk. Alleen al bij de herinnering aan koning Quinten kreeg ik het koud. Hij was degene die Valentina in afzondering hield, die zijn zieke zoon dwong om altijd op de voorgrond te treden, ook al vond de jongen het duidelijk een kwelling. Als hij de mensen om wie hij schijnbaar gaf al zo behandelde, wat zou hem er dan van weerhouden alle anderen nog slechter te behandelen?

'Een paar weken voor ons vertrek uit Isolte gingen we naar het kasteel om de koning te bezoeken en zijn 25e jaar op de troon te vieren. Je hebt zelf gezien hoe oud en ijdel hij is. Je hebt gezien hoe hij de mensen die hem het meest na staan kwelt. Maar je wilt beslist niet het risico lopen hem boos te maken. Daarom zijn we toch gegaan, ook al waren we veel liever thuisgebleven. Ik denk dat we niet goed genoeg hebben verhuld hoe vermoeiend we dat soort circussen vinden.

'Toen we thuiskwamen waren al onze dieren afgeslacht. Dat was niet gedaan door een wolf of een beer, dat konden we aan de wonden zien. En onze bedienden...' Even was ze stil om nog een golf tranen weg te slikken. 'Degenen die waren overbleven zeiden dat mannen met zwarte capes waren gekomen en de anderen hadden meegenomen, ze in de boeien hadden geslagen. Een paar hadden teruggevochten. We vonden hun lijken opgestapeld onder een boom.

'Het was welbewust zo getimed en bracht een zeer krachtige boodschap over. Hij kan er niet tegen dat zijn lijn wordt bedreigd, al lijkt het erop dat die zeer binnenkort zal uitsterven. De Northcotts maken nu de grootste aanspraak op de troon. Sommige mensen stellen dat ze er al lang de grootste aanspraak op maken. Ik vermoed dat hij nu achter hen aan zal gaan...

'Maar de Northcotts zijn slim geweest. Je zag dat ze aanwezig waren toen Quinten en Valentina op bezoek kwamen. Ze missen nooit een evenement en maken er een punt van om bij hem in een goed blaadje te blijven staan, als er al zoiets bestaat. En hoewel ze zelf verliezen hebben geleden, weigerden ze om erdoor afgeschrikt te worden. Het zou wel eens moeilijker voor Quinten kunnen zijn om hen weg te jagen dan hij denkt.'

Ik kneep mijn ogen tot spleetjes. 'Zijn de Northcotts ook aangevallen door de Donkerste Ridders? Dit... leger is dus niet zo anoniem als sommige mensen denken? Het zijn absoluut mannen van de koning?'

'Ik zie niet wat ze anders zouden kunnen zijn,' antwoordde ze met een vermoeide schouderbeweging.

Ik zat op de armleuning van de stoel met mijn armen nog uitgestrekt naar Lady Eastoffe. 'Dan is uw koning niet alleen ijdel, maar ook dom. Als hij geen erfgenamen heeft en degenen vermoordt die aanspraak kunnen maken op de kroon, zal die dan niet in handen van een onbekende vallen? Erger nog, uw land kan worden geannexeerd als het geen leider heeft om het te verdedigen.'

Ze gaf me een klopje op mijn hand. 'Je bent wijzer dan hij. Helaas heb je niet zo veel macht. Nu hebben Scarlet en ik dus geen land, geen huis en geen familie meer.' Ze perste haar lippen op elkaar, vechtend tegen nog meer tranen.

Wat er op één enkele avond was gebeurd had vele levens aan flarden gescheurd. Zou ik er ooit nog bovenop komen? En zij?

Ik keek omlaag naar mijn kleine handen. Te klein om iets te redden, te zwak om een afschuwelijke aanval tegen te houden. Maar aan mijn vinger zat een ring. Ik keek naar de glimmende blauwe steen en herinnerde me dat Lady Eastoffe me had verteld dat die door een groots man was gedragen. En ik keek naar het eenvoudiger exemplaar aan mijn linkerhand, dat op de een of andere manier oneindig veel waardevoller leek.

'Jullie zijn niet je hele familie kwijt,' zei ik. Ze sloeg haar ogen naar me op. 'Ik ben vandaag in jullie familie getrouwd, dus jullie hebben mij. Het is zo bindend als welke wet ook. En ondanks de twijfels van mijn ouders ben ik hun enige erfgenaam. Dit huis en alles erin en eromheen zijn van mij. En dus behoren ze ook mijn familie toe.' Ze glimlachte, en zelfs Scarlet kikkerde even op. 'Jullie zijn niet verloren.'

34

Toen ik wakker werd herinnerde ik me een mooie seconde lang niet meer wat er was gebeurd. Pas nadat ik door mijn ogen had gewreven en me realiseerde dat de zon aangaf dat het rond het middaguur was, wist ik weer dat ik tegen zonsopgang mijn huis in was gelopen. Ik besefte ook dat ik op de grond lag. Ik keek omhoog en zag Lady Eastoffe en Scarlet op mijn bed liggen. Nadat ik mijn ladekast tegen de deur had geduwd waren we allemaal even gaan zitten om na te denken, maar we waren binnen enkele ogenblikken in slaap gevallen.

Mijn ouders waren er niet meer. Sullivan was er niet meer. Lord Eastoffe niet. Kleine Saul niet.

En Silas niet.

Wat was het laatste wat Silas tegen mij gezegd had? Hij had 'mooi' gezegd. Ik had hem verteld dat hij een verwende vrouw zou krijgen en hij was erg blij met het vooruitzicht geweest. Dat moment probeerde ik vast te houden. Op dat beeld was een stukje van mijn sluier in de hoek te zien, omdat ik over mijn schouder achterom had gekeken. Zijn glimlach was ondeugend, alsof hij dingen aan het plannen was waarvoor ik niet de verbeelding had om ze in mijn eentje op te zetten. 'Mooi,' had hij gezegd. 'Mooi.'

'Ik heb iets bedacht.' Lady Eastoffe was wakker geworden en kwam stilletjes van het bed af, zodat Scarlet kon blijven rusten.

'O, godzijdank,' verzuchtte ik.

'Ik kan niet garanderen dat het iets gaat opleveren, maar het is misschien wel het enige wat we kunnen doen.' Ze kwam naast me op de grond zitten. Ik vond dat ze er zelfs in haar verfomfaaide staat en in de rouw heel evenwichtig uitzag. 'Ik denk dat Scarlet en ik moeten gaan. En ik denk dat jij hier moet blijven en aan je leven hier moet beginnen.'

'Wat?' Mijn hart begon te bonzen. 'Wilt u me in de steek laten?'

'Nee,' zei ze met klem, en ze legde haar handen om mijn gezicht. 'Ik wil je beschermen. Ik kan alleen zorgen dat je leven geen gevaar loopt door zo snel mogelijk zo veel mogelijk afstand van je te nemen. Ik weet niet of koning Quinten niet nog eens zal komen zodra hij hoort dat ik nog leef, ook al ben ik oud en hebben Scarlet noch ik de hoop ooit de troon te bestijgen. Vanwege hem zal ik altijd over mijn schouder moeten kijken. De enige manier waarop je veilig bent is als ik ergens ben waar jij niet bent.'

Ik keek weg en zocht naar gaten in haar logica.

'Je hebt een behoorlijk landgoed geërfd, lieverd. Neem de tijd om te rouwen en dan, als je een nieuw iemand vindt...'

'Ik zal nooit iemand anders vinden.'

'O, Hollis, je bent nog zo jong. Je hebt nog een heel leven voor je. Ga verder met je leven, krijg kinderen. In zulke donkere dagen is dat het hoogste waarop we kunnen hopen. Als mijn vertrek betekent dat ik je uit de buurt hou van wat er gisteravond is gebeurd, dan vertrek ik met plezier.

'Wel moet je weten,' zei ze terwijl ze haar hand door mijn vuile haar haalde, 'dat ik het net zo moeilijk te verdragen vind om van jou gescheiden te zijn als van mijn zonen.'

Ik probeerde er iets positiefs in te bespeuren, in het feit dat ik werd achtergelaten. Het enige lichtpuntje was dat ze evenveel van me hield als ik van haar, zo veel als ik al een tijdje vermoedde. En dat was iets, te midden van zo veel verdriet: te weten dat iemand van me hield.

'Waar gaan jullie wonen?'

Ze keek me aan alsof ik een rare vraag had gesteld. 'We gaan terug naar Isolte,' zei ze nuchter.

O. Toen ze zei dat ze zou weggaan, bedoelde ze dus écht weggaan.

'Bent u gek geworden?' zei ik een beetje te luid. Nog in slaap rolde Scarlet zich om. 'Als u er zo zeker van bent dat uw koning u probeert te vermoorden, maakt u het hem door terug te gaan niet al te makkelijk om de klus te klaren?'

Ze schudde haar hoofd. 'Ik denk van niet. Al staat het misschien niet in de wet vermeld, de Isoltische traditie schrijft voor dat bij koninklijke opvolging alleen de mannen tellen. Daarom is onze lijn zoveel bedreigender dan die van de Northcotts: zij stammen af van een van Jedrecks dochters. Maar...' Even was ze stil, denkend aan alle kleine details. '...zij was de eerstgeborene, en soms legt dat in Isolte ook gewicht in de schaal. Vroeger waren er groepjes mensen die haar zoon Swithun een warm hart toedroegen. Bovendien is haar lijn altijd heel sterk en eerlijk geweest, wat van veel andere lijnen niet gezegd kan worden voordat ze uitstierven...'

Haar focus veranderde plotseling, alsof ze naar een beeld op de grond keek dat ik niet kon zien. 'Ik denk dat de koning de Northcotts met rust heeft gelaten omdat het hun bijna is gelukt zonder veel hulp zelf hun lijn af te kappen...' Ze knipperde een paar keer met haar ogen en ging toen terug naar haar gespreksonderwerp.

'Bij de opvoeding van onze kinderen hebben Dashiell en ik ze bijgebracht wie ze zijn, wiens bloed door hun aderen vloeit en waarom ze daardoor vijanden van de koning zijn. Ze begrepen waarom we soms 's nachts bewakers voor hun deur neerzetten, waarom we het kasteel bezochten om Koning Quinten zelfs bij de minste gebeurtenis in zijn leven eer te bewijzen. Als Scarlet en ik sterven, sterven we eervol. Als jij sterft? Dan komt het doordat je met ons geassocieerd wordt. Daarmee zou ik niet kunnen leven.'

Ik stond op en liep naar het raam. Mijn moeder zei altijd dat je, als je absoluut een beslissing moest nemen, dat in het zonlicht moest doen. Als kind dacht ik dat het haar manier was om me te laten wachten op antwoorden die ze nooit wilde geven, antwoorden op vragen die ik altijd vlak voor het slapengaan leek te stellen. Maar soms deed ik het nog steeds. Ik hoopte dat het alle wolken in mijn hoofd zou verjagen.

'Bent u van plan gewoon op Koning Quinten af te lopen? En hem te vertellen dat u zijn trouwe dienares bent, nadat hij net uw familie heeft vermoord?'

'Inderdaad.' Ze sloot haar ogen even en liet haar eigen woorden tot zich doordringen. 'Ik zal zijn hoop bevestigen dat er een eind is gekomen aan de mannelijke lijn en hem dan trouw zweren. Zelfs als jij er niet mee gered bent, denk ik dat we terug moeten gaan. Wat er ook gebeurt, Isolte is ons thuis, en dat wil ik beschermen. Ik wil het goede dat er is redden, zolang het nog kan. Want op een dag zal die boosaardige oude man overlijden. Hij zal sterven en een gebroken koninkrijk achterlaten, en ik zou geschokt zijn als iemand het in zijn hoofd zou halen om om hem te rouwen.'

'Het is riskant. Hij kan u zonder waarschuwing doden en echt een einde maken aan uw lijn. Hebt u daar wel aan gedacht?'

'Dat zou hij kunnen doen,' gaf ze toe. Blijkbaar had ze zich neergelegd bij een waarheid die vast al sinds haar trouwdag deel uitmaakte van haar leven. 'Maar ik heb een lang leven gehad. Ik heb het gebruikt om lief te hebben en te moederen. Om me zorgen te maken en te vluchten. Nu zal ik het gebruiken om te waken. Ik zal waken over Isolte door terug te gaan, en over jou door te vertrekken. Zie je? We móéten gaan.'

De zon bood me niets. Ik zag haar, voelde zelfs haar warmte... maar ze veranderde niets. Ik draaide me om en stortte me in haar armen.

'Ik weet niet of ik dit alleen aankan.'

'Onzin,' zei ze met klem, op een toon die onmiskenbaar moederlijk was. 'Denk aan alles wat je de afgelopen maanden hebt bereikt. Als iemand dit kan ben jij het wel. Je bent een heel slimme jongedame.'

'Luistert u dan naar me wanneer ik zeg dat het dom is om terug te gaan?'

Ze grinnikte. 'Misschien heb je wel gelijk. Maar ik kan mijn laatste jaren niet ondergedoken doorbrengen. Ik moet mijn monster onder ogen zien.'

'Een monster,' zei ik. Dat was precies wat Quinten was. 'Eerlijk gezegd kom ik liever een draak onder ogen dan in mijn eentje hier te zijn.'

'Ik zal je zo vaak schrijven dat je zult verdrinken in de brieven. Ik zal zelfs schrijven als er niets is wat de moeite van het schrijven waard is. Op een gegeven moment ga je misschien wel wensen dat we nooit familie waren geworden.'

'Nu bent u degene die onzin praat. Ik hou van u zoals ik van de rest van uw familie hield: vanaf de eerste dag, met heel mijn hart en zonder reden.'

'Stop. Je maakt me weer aan het huilen, en mijn ogen doen al zeer omdat ik te veel heb gehuild.' Ze kuste me op mijn hoofd. 'Nu moet ik regelingen gaan treffen voor begrafenissen. Jij ook. Ik hoop dat niemand zich beledigd zal voelen als we het informeel houden. Ik wil gewoon mijn doden te ruste leggen.'

Ze keek omlaag en schraapte haar keel. Op de korte uitbarsting van de vorige avond na had ze veel moeite gedaan om haar emoties te onderdrukken. Ik vermoedde dat ze het voor mij deed.

'En dan,' begon ze weer, met een minder vaste stem dan voorheen, 'zullen we zien of er iets te redden is van het landhuis. Als het mooi weer is vertrekken we zodra het kan. Ik moet de Northcotts schrijven. Het is waarschijnlijk het veiligst als ze Etan naar ons toe sturen om ons te begeleiden...'

Ze praatte de hele dag door, stopte al haar energie in haar planning. Ik was diep onder de indruk. Mijn verdriet nam te veel ruimte in om aan iets anders te denken.

35

De Northcotts reageerden snel en boden aan Lady Eastoffe en Scarlet zo lang als nodig was te huisvesten. Er werd een datum afgesproken en Etan zou een koets regelen om de reis zo comfortabel mogelijk te maken. Ze leken blij dat ze op zo'n vreselijk moment konden helpen, maar ik kreeg een ongemakkelijk gevoel bij het hele gebeuren. Als de Northcotts zich in een vergelijkbare positie bevonden, waarom zouden ze zich dan in 's hemelsnaam allemaal op één plek verzamelen?

'Zij hebben het zo ver gebracht bij de gratie van Quintens eigen arrogantie en zijn schijnbare minachting voor de vrouwelijke lijn. Ik durf wel te zeggen dat we daardoor allemaal op zijn minst nog iets verder zullen komen,' zei Lady Eastoffe, al stelde dat me niet gerust.

'Ik vind het nog steeds riskant,' zei ik snuivend, en ik sloeg mijn armen over elkaar. 'Zou u alstublieft willen overwegen...'

'Sorry, vrouwe, maar er is een pakket voor u afgeleverd,' zei Hester, die met haar aandoenlijke langzame tred binnenstapte. 'Het is nogal zwaar, dus het staat bij de deur.'

'Zwaar?'

Ze knikte. Lady Eastoffe en ik wisselden een blik. 'Dank je, Hester. Bij de voordeur?'

'Ja, vrouwe.'

Met Lady Eastoffe achter me aan liep ik naar beneden. Ik moest er nog aan wennen de vrouwe van Varinger Hall genoemd te worden.

Het voelde als nog een last die ik moest dragen, en ik had het gevoel dat ik niet veel meer aankon.

'Hé,' zei Lady Eastoffe. 'Zo groot is het niet. Ik vraag me af waarom het dan zo zwaar is.'

Op de ronde tafel die mijn ouders meestal vol bloemen zetten stond een kleine kist met een brief erbovenop. Ik stak mijn hand uit om de brief te pakken.

'O.' Mijn adem stokte. Ik keek naar mijn hand, die begon te trillen.

'Wat is er?'

'Het zegel. Het is het koninklijke zegel.' Ik slikte. 'Dit is van Koning Jameson.'

'Wil je dat ik hem eerst lees?' bood ze aan.

'Nee.' Ik aarzelde. 'Nee, het gaat wel.' Ik verbrak het zegel, draaide de brief om en zag het vertrouwde handschrift. Hoe vaak had ik niet brieven ontvangen die in dit handschrift waren geschreven?

Mijn liefste Hollis,

Hoewel het je misschien onwaarschijnlijk lijkt na alles wat er tussen ons is gebeurd, brak mijn hart toen ik hoorde van de recente dood van je verloofde en ouders. Alles wat jou verdriet doet zal mij altijd verdriet doen, en ik schrijf je om je mijn diepste medeleven te betuigen.
Als lid van de adel heb je natuurlijk recht op jaargeld. Uitgaand van de hoop en de veronderstelling dat je nog vijftig jaar zult leven heb ik besloten om je het hele bedrag in één keer te geven, als teken van mijn vergiffenis voor eventuele misstappen uit het verleden en mijn huidige gedeelde verdriet.

'O, mijn hemel.' Ik sleepte de kist verder de hal in en klapte hem open. Bij het zien van zo veel geld stokte de adem in mijn keel, net als bij Lady Eastoffe.

'Wat is dit?'

'De koning biedt me een vergoeding aan, wat gebruikelijk is wanneer een lid van de adel weduwe is geworden.'

'Ook al was je maar een paar uur getrouwd?' vroeg ze vol ongeloof.

'Ik zei al dat er veel wetten zijn rond het huwelijk, volgens mij om te zorgen dat mensen niet lichtvaardig in het huwelijksbootje stappen. En ik ben weduwe... ook al noemt Jameson Silas hier alleen mijn verloofde.'

'Ik zou graag commentaar geven op hoe eigenaardig dat is, maar als ik aan de Isoltische lijsten van gebruiken denk, heb ik geen recht van spreken.' Ze pakte een handvol gouden munten. 'Hemeltjelief, je bent schatrijk, Hollis.'

Ik ging terug naar de brief.

Ik hoop dat je hierdoor de levensstandaard kunt aanhouden die je als hooggeboren dame en een van de liefste vrouwen die Coroa ooit heeft gekend gewend bent en verdiend hebt.

Even iets anders. Ik hoop dat dit je meer vreugde en geen verdriet zal brengen: ik ben heel hecht geworden met onze vriendin Delia Grace. Zij zal mijn officiële gezelschapsdame zijn voor de zonnewende, die niet ver weg is. Misschien zouden de festiviteiten je van je verdriet kunnen afleiden. Kom naar Keresken, dan zullen wij voor je zorgen. Nu je je ouders bent verloren zal het wel heel eenzaam zijn op het platteland. Hier zul je je op je gemak voelen.

Je zult altijd bijzonder voor me blijven, Hollis. Laat me je met eigen ogen aankijken en zien dat je weer gelukkig bent, ik smeek het je. Dan zou ik mijn geluk niet op kunnen. Ik hoop je snel weer te zien.

Je nederige dienaar,

Jameson

'Hij nodigt me ook uit om naar het hof te komen. Binnenkort,' zei ik, en ik gaf de brief aan haar door. 'Het klinkt alsof hij eindelijk gekoppeld is aan Delia Grace.'

'Inderdaad! Nou, dat is toch goed nieuws?'

'Ja,' antwoordde ik, al wist ik niet zeker of ik overtuigend klonk. Mijn gevoelens over Delia Grace waren nog steeds niet duidelijk. Ik was verdrietig omdat ik haar enorm miste, en ik hoopte dat zij mij ook miste. Ik voelde me schuldig over de manier waarop ik was vertrokken, maar ik was ook blij voor haar. Nu had in elk geval een van ons wat ze wilde. 'Misschien is het wel leuk om haar weer te zien. Het zou goed voor ons allemaal kunnen zijn om de losse eindjes aan elkaar te knopen.'

'Dan denk ik dat je moet gaan. Afleiding kan je goed doen, en wij gaan binnenkort toch weg. Dit huis is mooi, maar het is wel heel erg groot voor één persoon.'

Ik liet mezelf in een stoel vallen op een manier die mijn moeder als nukkig zou hebben omschreven. Op dat moment zou ik willen dat ze hier was om me dat te vertellen. Hoeveel geld zou ik niet willen neertellen om nog een keer een uitbrander van mijn moeder te krijgen. Ik duwde de gedachte weg en keek naar Lady Eastoffe. 'U hebt vast gelijk. Dat hebt u meestal.'

Ze grinnikte en liep naar de tafel om haar brief af te maken.

'Wilt u me excuseren?' vervolgde ik. 'Ik moet iets doen.'

'Dat hoeft je me niet te vragen,' zei ze terwijl ze opkeek van de tafel. 'Jij bent hier de vrouw des huizes.'

O. Dat was ook zo. Ik stak mijn kin omhoog, 'Nou, in dat geval heb ik iets te doen en ga ik nu weg, wat u er ook van vindt.'

'Dat lijkt er meer op.'

Ik liep de trap die naar de hal leidde af en ging naar de stallen, waar de paarden net werden verzorgd.

'Goedendag, vrouwe,' zei de stalknecht. 'Het spijt me, ik wist niet dat u zou komen.'

'Maak je geen zorgen,' zei ik met klem terwijl ik zijn schouder aanraakte. 'Ik moet Madge even lenen voor een korte rit.'

Hij keek me aan. 'Maar u hebt geen rijkleding aan, vrouwe,' merkte hij op. 'Misschien kan ik de koets halen?'

'Nee, dat hoeft niet. Ik maak me niet druk om mijn kleren. Ik moet gewoon... nadenken.'

Er verscheen een begripvolle blik in zijn ogen en hij leidde mijn mooie donkere paard naar buiten.

'Als iemand het vraagt: je hebt me niet gezien.'

Hij schonk me een knipoog. Ik trok aan de teugels toen Madge in galop overging. We reden hard, maar ik was niet bang dat ze op hol zou slaan of me zou afwerpen. Net als ik was ze buitengewoon gefocust.

Zoals ik de afgelopen dagen had gedaan, reed ik met Madge diep het bos in, in de richting van het westen. Ze kende het terrein en navigeerde er kundig overheen, waarbij ze ons beiden beschermde tegen bomen en wortels. Zo reden we naar mijn tweede thuis, Abicrest Manor.

De heuvels aarde onder de grote wilgenboom hadden een opvallend heldere bruintint en waren nog steeds enkele centimeters hoger dan de grond eromheen, al zouden ze in de loop der jaren helemaal afvlakken.

Ik wist niet of het de gewoonte was of een vriendelijk gebaar van de Eastoffes, maar de bedienden waren naast hun meesters begraven. Daardoor lagen er bijna twintig graven in nette rijen langs de buitenrand van het landgoed. Niet iedereen was hier ter aarde besteld, zoals mijn ouders, die een graf in het mausoleum naast de grote tempel hadden, of die onfortuinlijke buren, die hun eigen rustplaatsen hadden.

Uiteindelijk hadden we heel weinig te begraven. We hadden twee van die heilige zilveren ringen in de as gevonden. Van een ervan had ik gegokt dat hij van mijn vader was en ik had ze samen met hun eigenaren begraven.

Ik voelde me afwisselend schuldig als verdrietig. Het was allemaal een kwestie van timing geweest. Als we een paar minuten eerder waren teruggelopen zou ik er nu ook niet meer zijn geweest. Als Lady Eastoffe ervoor had gekozen haar zoon bij het geven van deze ring te betrekken, zou hij nog leven. Als, als, als. 'Als' was een vraag zonder antwoord.

Ik bond Madge vast aan een laaghangende tak en krabbelde haar achter haar oor. Daarna liep ik naar de tijdelijke steen die de plek markeerde waar het weinige wat er van Silas over was te ruste was gelegd.

'Ik heb geprobeerd haar uit haar hoofd te praten weg te gaan. Ik heb het talloze keren geprobeerd, met zo veel smoezen als ik kon bedenken... Ik denk niet dat het me is gelukt.'

De wind waaide door de bladeren.

'Nou, nee, ik heb niet geprobeerd te smeken. Dat zou in mijn geval niet gepast zijn. Ik moet nu de vrouwe van Varinger Hall zijn. Ze zegt steeds dingen die me herinneren aan mijn positie. Maar...' Ik slikte mijn tranen in. 'Het enige wat ik wilde zijn was de vrouwe van jóúw huis. Nu ben jij weg en staat het huis nauwelijks nog overeind. En ook al heb ik heel veel, het voelt alsof ik niets meer heb.'

De takken ritselden.

'Ik ben echt wel dankbaar. Ik weet dat het een geschenk is om een situatie te overleven waarin ik eigenlijk had moeten sterven, maar ik kan me niet voorstellen waarom de goden mij zouden sparen. Wat hebben ze nou aan mij?'

Er klonk geen geluid.

'Jameson heeft me uitgenodigd naar het hof te komen. Ik kan niet geloven dat hij het heeft kunnen opbrengen om me te vergeven. Ik denk dat die voortkomt uit medelijden.' Starend naar de horizon schudde ik mijn hoofd. 'Ik beledig de koning als ik niet ga, en ik heb hem al genoeg reden gegeven om me te haten. Mijn enige angst is, denk ik... dat ik gedwongen zal worden jou los te laten.'

Ik begon te huilen en veegde de tranen met de mouw van mijn jurk weg. 'Ik had altijd het gevoel dat er iets was wat me naar je toe trok. Ik wist niet wat het was, maar sinds de eerste keer dat ik je zag voelde het alsof er een touwtje om mijn hart zat dat met jou verbonden was, waar je ook was.' Ik schudde mijn hoofd. 'Dat voel ik niet meer. En ik wil het zo graag voelen.'

Ik zou zo graag willen dat hij antwoord kon geven, dat hij me een van die snelle waarheden kon toefluisteren die hij altijd achter de hand leek te hebben. Maar dat kon hij niet. Dat zou hij nooit meer doen.

Ik kon hem niet meer voelen.

'Ik wil dat je weet dat ik je nooit zal vergeten, ook al voel ik je niet meer. En als ik op een dag de wil vind om weer lief te hebben, zal ik alleen weten of het liefde is... omdat jij me hebt geleerd wat dat is. Voordat ik jou ontmoette was elke glimp die ik ervan had opgevangen een leugen. En dat wist ik pas toen je die zaal in kwam met dat gouden zwaard in je handen, stil en trots.

'Zonder een woord te zeggen nam je me voor je in. Ik weet niet of ik je dat ooit heb verteld. Vanaf het allereerste begin was ik van jou. Vanaf het moment dat onze blikken elkaar kruisten was ik verkocht. Je beloofde om onvoorwaardelijk van me te houden en dat heb je gedaan. Heel erg bedankt, Silas. Dank je wel.'

Ik keek om me heen. Ik moest dit seizoen in een hoekje van mijn hart opsluiten, en dat hart moest blijven kloppen.

'Ik hou van je. Dank je.'

Ik kuste mijn vingertoppen en raakte de steen ermee aan. Madge hief haar hoofd toen ik in het zadel klom. Deze keer keek ik bij het wegrijden niet meer om.

36

Dezer dagen kostte het me moeite enthousiasme op te brengen voor de meeste dingen, ook voor dingen waarvan ik genoot. Eten was moeilijk, me aankleden ook. Alles was moeilijk. Ik kon mezelf dus onmogelijk dwingen vrolijk te zijn omdat iemand als Etan Northcott naar mijn huis toe kwam, zeker als je bedacht dat hij alleen maar kwam om wat er nog van mijn familie over was mee te nemen.

En of ik het nu wilde of niet, toch reed hij te paard de oprijlaan op, naast een statige koets die een tint of twee donkerder was dan de blauwe kleur die ik normaal gesproken met Isolte associeerde. Ik stond bij de voortrap te wachten om hem te begroeten, zoals het fatsoen voorschreef. Zijn gezicht stond net zo somber als toen ik hem voor het eerst ontmoette, waardoor ik me afvroeg of iemand ooit wist hoe hij echt gehumeurd was. Hij steeg af en liep naar me toe. Ik stak hem mijn rechterhand toe als begroeting.

'Sir Northcott. Welkom op Varinger Hall.'

Hij stak zijn hand uit om me met een handdruk te begroeten, maar verstarde.

'Wat is er?'

Hij hield zijn blik op mijn hand gericht. 'U draagt de ring. Die is niet van u.'

Ik stak mijn linkerhand uit. 'Volgens deze ring wel. Kom binnen. Je tante en nicht verwachten je.'

Ik liep het huis binnen en hoorde het geklak van zijn laarzen achter me weergalmen. Dit huis had mensen nodig om het geluid te dempen. Ik hield mijn stem zacht en vond het vreselijk dat ik hem iets moest vertellen, maar ik wist dat dat moest.

'Ik vind dat ik je moet waarschuwen. Alles welbeschouwd houdt Lady Eastoffe zich goed. Ze heeft zich gestort op het plannen maken en zorg verlenen. Ik weet niet of haar verdriet binnenkort naar boven zal komen, maar hou het in de gaten.'

'Dat zal ik doen.'

'En Scarlet... Ze is nog lang niet zichzelf. Ik weet niet of je het hebt gehoord, maar ze was in de zaal toen het gebeurde. Ze zag alles en is naar buiten gegooid. We weten niet waarom.'

Zijn masker gleed een tikje af en hij leek echt bedroefd vanwege haar. 'Heeft ze u erover verteld?'

'Nee. Ze heeft nog nauwelijks iets gezegd. Ik hoop dat ze terugkomt naar ons, want ik hou heel veel van haar. Maar je zult je er misschien wel op moeten voorbereiden dat ze zo blijft. Ik weet niet wat ik voor haar kan doen en Lady Eastoffe volgens mij ook niet. Het beste wat we kunnen hopen is dat de tijd haar pijn zal wegnemen.'

Hij knikte. 'En hoe...' Hij zweeg abrupt en schraapte zijn keel. 'Hoe gaat het met u?'

Ik wist zeker dat het me niet lukte te verhullen hoe geschokt ik was dat hem dat iets kon schelen. Of, als het hem niet kon schelen, dat hij het vroeg.

'De enige met wie ik alles kon delen is er niet meer. Mijn hele familie en het grootste deel van zijn familie zijn met hem verdwenen... Het is te veel om allemaal tegelijk te voelen, dus ik doe ik dat beetje bij beetje. Meer kan ik er eigenlijk niet over zeggen.'

Ik vertrouwde Etan niet genoeg om hem te vertellen dat ik 's nachts mijn gezicht met mijn kussen bedekte zodat niemand me zou horen huilen. Ik kon hem niet vertellen hoe schuldig ik me voelde omdat ik het had overleefd en zo veel anderen niet. Hoewel ik Isoltiërs niet meer als mijn vijand beschouwde – nou ja, alleen hun koning misschien – beschouwde ik Etan ook allesbehalve als een vriend.

'Wat vind ik dat erg voor u,' zei hij.

Ik zou heel graag willen dat ik hem kon geloven.

'Ze zijn hierbinnen,' zei ik, en ik leidde hem de salon in waar Lady Eastoffe en Scarlet zaten te wachtten.

Lady Eastoffes gezicht fleurde op en ze kwam overeind om haar neef te begroeten. 'O, Etan, lieve jongen. Heel erg bedankt voor je komst. Nu zal ik me onderweg veel beter voelen.'

Scarlet keek hem aan maar liet haar blik wegglijden.

Etan keek me over zijn schouder aan, en ik trok mijn wenkbrauwen op, waarmee ik wilde zeggen: zie je wat ik bedoel?

'Ik ben altijd bereid u te dienen, tante Whitley. We kunnen vertrekken zodra jullie er klaar voor zijn,' opperde hij.

'Laten we geen tijd verspillen,' zei ze. 'Hoe eerder we terug zijn in Isolte, hoe beter.'

Prompt vond mijn verbrijzelde hart nieuwe manieren om te breken.

Etan hielp Scarlet de voortrap af. Haar stilzwijgen leek Etan te beangstigen en hij bleef achteromkijken om geruststelling te zoeken bij mij. Ik wist niet wat ik nog meer moest zeggen. Voorlopig was dit hoe ze eraan toe was.

Met zijn drieën waren we een schoolvoorbeeld van hoe verdriet mensen veranderde. Lady Eastoffe ging met een indrukwekkend doorzettingsvermogen verder, Scarlet raakte helemaal in zichzelf gekeerd en ik... tja, ik nam elke dag zoals die kwam, bang om plannen te maken die me verder vooruit zouden duwen.

Ik wachtte buiten de deur van de koets, en ze gaf me nog een laatste knuffel.

'Vaarwel, Hollis,' zei Scarlet. 'Ik zal je missen.'

'Ik jou ook. Schrijf me alsjeblieft zodra je je ertoe in staat voelt.'

'Moet ik de brieven hiernaartoe sturen, of naar het kasteel?'

Ik haalde mijn schouders op. 'Ik heb geen idee.'

Ze slaakte een zucht. 'Laat het me weten zodra dat duidelijk is.'

Etan stak een hand naar haar uit, en die pakte ze toen ze in de koets klom die haar zou wegvoeren van mij.

'U lijkt er niet van overtuigd dat ze moeten gaan,' merkte Etan zachtjes op.

'Dat ben ik ook niet. Ik zou willen dat ze bleven.'

'Het is beter voor hen om bij hun familie te zijn.'

'Ik ben hun familie. Ik ben een Eastoffe.'

Hij glimlachte. 'Daar is iets meer voor nodig.'

Ik wilde hem tegenspreken, maar Lady Eastoffe kwam de voortrap af, met een paar handschoenen aan die van mijn moeder waren geweest en die ik aan haar had doorgegeven. Ik ging onze laatste momenten niet verpesten door ruzie te maken. Etan liep weg en klom in het zadel. Vermoedelijk zat hij liever op zijn paard op de uitkijk dan opgesloten in de koets.

'Ik heb onze kamers gecontroleerd,' verzekerde ze me. 'Volgens mij hebben we alles wel.'

Ik moest glimlachen om haar doortastendheid. 'Er is nog iets,' zei ik terwijl ik me naar haar toe draaide. Hoewel ik alles aan Etan als persoon onaangenaam vond, had hij wel gelijk toen hij zei hoe Jameson me zag. Misschien had hij hierover ook wel gelijk.

Ik begon haar ring van mijn vinger te schuiven.

'O, Hollis, nee! Nee, ik sta erop dat je hem houdt.'

'Hij hoort in uw familie thuis. Scarlet zou hem moeten krijgen,' zei ik dringend.

'Nee, dank je,' mompelde die vanuit de koets.

Lady Eastoffe dempte haar stem. 'Ik denk niet dat ze nog iets met ons erfgoed te maken wil hebben. Kun je het haar kwalijk nemen?' Toen ik mijn hoofd schudde, vervolgde ze: 'Je zei dat je een Eastoffe bent,' bracht ze me in herinnering. 'Dit is jouw ring.'

'Ik weet het niet.'

'Draag hem gewoon een tijdje. Als je daarna nog steeds vindt dat hij van mij hoort te zijn, kun je hem in Isolte bij me komen afleveren. Afgesproken?'

Ik glimlachte bij de gedachte haar weer te zien. 'Afgesproken.'

'Wanneer vertrek je naar het kasteel?' vroeg ze.

'Over een paar uur. Ik hoop vroeg in de avond aan te komen,

wanneer iedereen aan het diner zit. Hoe minder aandacht ik op mezelf vestig, hoe beter.' Ik kon me niet voorstellen hoe ik in Keresken zou worden ontvangen.

'Ik wil dat je weet... Als de koning je ziet en jullie gevoelens voor elkaar om wat voor reden dan ook opnieuw oplaaien, dan is dat geen schande. Als Silas' moeder dacht ik dat je dat wel zou geloven als die woorden van mij kwamen.'

Ik zuchtte. 'Ik waardeer de gedachte, maar ik weet allang dat ik nooit meer zelfs maar in de buurt van een kroon wil komen. En... Jameson... Ik weet niet of hij ooit echt van me heeft gehouden. Of ik ooit echt van hem heb gehouden. Mijn doel is te bekrachtigen hoe geschikt Delia Grace is voor de troon, en dan... Eerlijk gezegd heb ik niet echt een plan voor daarna.'

'Je past je wel aan.'

'Hoe kom ik het te weten?' fluisterde ik. 'Als er iets met u gebeurt, hoe kom ik dat dan te weten?'

'Ik heb de Northcotts al gezegd dat ze je in dat geval een bericht moeten sturen. Maar je hoeft je geen zorgen te maken. Ik ben een oude vrouw. Koning Quinten voelde zich misschien bedreigd door mijn zonen; het is onwaarschijnlijk dat hij zich om mij drukt maakt. En Etan zal ons onderweg beschermen.'

Ik keek hem sceptisch aan. 'Als u daar zeker van bent.'

Zo bleven we even staan. Er restte ons niets anders dan afscheid te nemen en daar was ik niet klaar voor.

Ze boog zich voorover en kuste me op mijn wangen. 'Ik hou van je, Hollis. Ik mis je nu al.'

Ik knikte en deed een stap achteruit. 'Ik hou ook van u.'

Ik wilde absoluut niet huilen in hun bijzijn. Ik kon het niet verdragen de oorzaak van nog meer verdriet te zijn.

'Ik zal je schrijven zodra ik kan,' beloofde ze.

Ik knikte nogmaals, omdat ik mijn stem niet vertrouwde. Ze streek een laatste keer met haar hand over mijn wang en klom in de koets.

Etan, die er nogal indrukwekkend uitzag op zijn paard, kwam naar me toe. 'Ik zal ze echt beschermen, hoor. Wat u ook van mij, mijn koning of Isolte vindt, u moet geloven dat ik mijn leven zou geven voor mijn familie.'

Ik knikte. 'Ik ook. Maar in plaats daarvan gaf mijn familie hun leven voor mij.' Ik ademde diep in. 'Het spijt me. Het is nog steeds pijnlijk.'

'Dat zal het nog lang zijn. Het wordt wel makkelijker.'

Ik moet er nogal deerniswekkend hebben uitgezien, als iemand als Etan me enige vorm van barmhartigheid toonde.

'Dank je. En ik geloof echt wel dat je voor ze zult zorgen. Ik heb medelijden met iedereen die het tegen je opneemt,' zwoer ik.

Hij schonk me een snelle hoofdknik en toen waren ze weg. Langzaam reden ze mijn wereld uit. Even vroeg ik me af wat voor leven ik zou hebben als zij niet bij me waren.

Ik keek ze na tot ze aan het einde van onze oprijlaan waren. Nadat ze de hoek om waren geslagen bleef ik buiten totdat de koets over de top van de lage heuvel verdween. En daarna bleef ik nog een poosje langer staan, omdat ik dat enorme huis niet alleen in kon lopen.

Het moet een hele tijd hebben geduurd, want toen de opzichter naast me opdook, merkte ik dat mijn wangen een tikje verbrand waren door de zon.

'Vrouwe Brite?'

'Ik heet nu Eastoffe,' corrigeerde ik hem.

'Dat is ook zo. Sorry, vrouwe. Oude gewoonten, ziet u. Welke hutkoffers moeten we inladen?'

Ik haalde diep adem en ging naar binnen. Maar ik kwam niet verder dan de hal.

Er had net zo goed een muur tussen mij en de rest van het landhuis in kunnen staan, zo moeilijk was het om naar binnen te lopen. Ik ademde oppervlakkig en wist dat ik misschien zou flauwvallen als ik mijn ademhaling niet onder controle kreeg. Ik greep de grote ronde tafel vast en ademde diep in.

'Ik... Er staan twee hutkoffers bij mijn bed. Wat ik vergeten ben krijg ik vast wel in het kasteel,' zei ik, en dat was genoeg om wat tijd te winnen.

Hij maakte een buiging en liep naar boven om mijn koffers te halen. Ik ging op de bank bij het raam zitten met de bedoeling de wereld buiten Varinger Hall te bekijken tot het tijd was om te vertrekken. Een vreemd gevoel kriebelde in mijn borst en ik wreef over mijn borstkas in een poging ervanaf te komen. Toen kwam er een waterval van gevoelens over me heen. Ik was bang om verder te gaan maar wist dat ik niet kon blijven stilstaan. Ik was onzeker over het gezelschap dat ik binnenkort zou hebben maar wist dat ik niet alleen kon blijven. Ik kwam nooit helemaal bij het einde van een gedachte uit voordat er een nieuwe door me heen schoot, die me overspoelde met een andere stroom van vragen die ik mezelf niet wilde stellen.

De zon aan de hemel verschoof met het verstrijken van de tijd en ik voelde weer dat rare gekriebel in mijn borst. Maar nee, het was geen jeuk of gekriebel. Helemaal niet. Het was als... als een touwtje dat aan mijn hart trok.

Mijn ademhaling versnelde toen ik me concentreerde op het gevoel om er absoluut zeker van te zijn. Ja. Ja, het was hetzelfde. En wat me ook zou overkomen, ik moest het volgen.

Ik keek naar de zon, die nog net boven de toppen van de verre bomen uit kwam. Ik had niet veel tijd.

Ik rende naar mijn kamer en pakte leren tassen uit mijn kleerkast; Madge kon geen hutkoffers dragen. Ik vouwde drie van mijn eenvoudigere jurken op en stopte ze in een tas, samen met een borstel en wat parfum. Met de andere tas ging ik naar de kist die Jameson me had gestuurd en ik begon er munten in te scheppen.

'Hester!' riep ik. 'Hester, ik heb papier nodig!'

Ik verruilde mijn schoenen voor rijlaarzen en stopte de kleine schoenen in mijn andere tas. Al was het niet veel, het moest voldoende zijn.

Met papier en inkt in haar handen hobbelde Hester naar binnen.

'Dank je.' Ik pakte ze aan. 'Luister, Hester. Ik weet dat iedereen van plan is het huis op orde te houden, maar ik weet niet zeker hoe lang ik deze keer weg zal zijn. Ik zal schrijven zodra het me lukt.'

'Goed, vrouwe.'

'En deze kist,' zei ik terwijl ik hem naar haar toe duwde. 'Verberg hem. Ik wil dat hij veilig wordt bewaard.'

'Ja, vrouwe.'

Ik begon verwoed te schrijven.

Koning Jameson,

Tegen de tijd dat u dit leest ben ik in Isolte. Ik bid dat u me zult vergeven dat ik er opnieuw niet voor u ben, terwijl ik heb gezegd dat ik zou komen. Ik hoop uit het diepst van mijn hart dat ik op een dag kan komen om uw huwelijk met de vrouw van uw keuze te zegenen. Maar ik kan nog niet naar het kasteel komen. Net als veel dingen in mijn leven is dat moeilijker dan ik had gedacht.

Ik wens dat u de gelukkigste koning van het hele continent zult worden en hoop dat mijn pad me ooit weer naar u toe zal leiden.

Tot die tijd blijf ik uw nederigste dienares.

Hollis

Ik vouwde de brief haastig op en legde hem in Hesters hand. 'Naar het kasteel. Zo snel als je kunt, graag.'

'Ja, vrouwe. En doe alstublieft voorzichtig,' voegde ze er vriendelijk aan toe.

Ik knikte, pakte mijn mantel en ging op weg naar de stallen. Ik checkte de ene box na de andere tot ik Madge vond. 'Daar ben je dan, meisje!'

Ik zadelde haar zo snel mogelijk op, want ik besefte hoe gauw het daglicht opbrandde. Toen ik daarmee klaar was gooide ik de tassen over haar rug en hees mezelf in het zadel.

Ze was door en door mijn meisje, want ze voelde mijn urgentie en bewoog op topsnelheid. Ik had een globaal idee van de richting die ze op waren gegaan maar wist niet welke wegen naar Isolte leidden. Ik blies een kus naar Silas' graf toen ik het passeerde en hoopte met alles wat ik in me had dat ik ze zou vinden als ik op deze koers bleef.

Die dag waren de wegen erg leeg en kurkdroog. Ik voelde dat vuil mijn huid bedekte terwijl ik over het platteland stoof op zoek naar een koets.

'Kom op, meisje!' zei ik bemoedigend om Madge over te halen de zon na te jagen in de richting van het westen.

Ik vroeg me af of ik deze keer te ver was gegaan. Ik wist de weg niet, binnenkort zou de avond vallen en ik was helemaal alleen. Met tot spleetjes geknepen ogen zocht ik bij elke bocht de horizon af in de hoop dat ik... een donkerblauwe koets met een lange, dunne ruiter ernaast zou ontdekken.

'Wacht!' schreeuwde ik, en ik reed als een maniak naar de koets in de verte. 'Wacht, ik ga ook mee!'

Ze hoorden het niet, dus ik bleef roepen. Etan zag me als eerste en hij gebaarde naar de koetsier dat hij moest stoppen. Scarlet stak vermoeid haar hoofd uit het raam om te zien wat er aan de hand was en kort daarna deed haar moeder hetzelfde.

'Wat doe jij hier in hemelsnaam?' vroeg Lady Eastoffe. 'Je ziet er niet uit. Is alles goed met je?'

'Nee, allesbehalve,' antwoordde ik uitgeput. Ik steeg af en liep naar hen toe. Mijn spieren schreeuwden het uit van de pijn. 'Ik kan niet teruggaan naar het kasteelleven en ik kan jullie niet zonder mij laten vertrekken.'

Lady Eastoffe hield haar hoofd schuin. 'Daar hebben we het al over gehad.'

'Nee. Ú hebt het erover gehad. Ik wil niet achtergelaten worden zonder inspraak in de keuzes over mijn eigen leven. Ik ben nu de vrouwe van Varinger Hall en uw dochter... U moet me mijn zegje laten doen.'

Ze opende de deur, stapte uit en kwam naast me staan.

'Goed dan.'

Ik ademde een paar keer diep in, vies en uitgeput. Ik wist niet zeker hoe ik moest verwoorden wat ik wilde zeggen.

'Ik ben een Eastoffe. Ik draag nog steeds zijn ring en de uwe. Jullie zijn mijn familie,' zei ik simpelweg. 'Daarom weiger ik jullie te verlaten. Als jullie het gevaar tegemoet rijden dan... dan kan ik jullie niet zonder mij laten gaan.'

'Wat een onzin,' protesteerde Etan.

'O, ga me alsjeblieft weer negeren!'

'Kunt u ons niet gewoon weer haten?' ketste hij terug.

'Ik haat jullie niet,' zei ik terwijl ik Lady Eastoffe in de ogen keek. 'Nou ja, jou misschien wel,' zei ik tegen Etan. 'Maar niet heel erg.'

'O, hartelijk bedankt.'

'Etan,' zei Lady Eastoffe resoluut en ze rolde met haar ogen. Dat was genoeg om hem het zwijgen op te leggen. Ze richtte haar aandacht weer op mij. 'Wil je echt je volk achterlaten? Je thuis?' vroeg ze zacht. 'Wij weten hoe het is, en ik kan je verzekeren dat het veel moeilijker is dan je denkt.'

'Ik wil u eren. Ik wil Silas eren. Een leven leiden, lang of kort, dat meer is dan de kleinzieligheid aan het hof of de eenzaamheid in mijn huis.' Smekend wrong ik mijn handen ineen terwijl ik probeerde mijn tranen binnen te houden. 'Ik wil koning Quinten geen kwaad doen, als u dat kunt geloven. Er is te veel bloed vergoten en ik wil niet nog meer bloedvergieten uitlokken. Maar ik wil antwoorden hebben. Ik wil een manier vinden om onweerlegbaar te maken wat er is gebeurd. Ik wil dat die man me in de ogen kijkt en bekent dat hij mijn man heeft vermoord, dat hij me vertelt waarom.'

'Hollis...' begon ze zachtjes. Haar vastberadenheid leek te wankelen.

'Ik kan niet meer terug,' zwoer ik. 'En als u me niet in uw koets laat, ben ik gedwongen jullie op dit nogal indrukwekkende paard te volgen. U zult erachter komen dat ik heel vasthoudend ben, vrees ik.'

Ze keek naar Scarlet, die voor het eerst in weken glimlachte.

'Blijkbaar staat je besluit vast.'

'Jazeker.'

'In de koets dan met jou. Koetsier, kun je dit paard achter de koets vastbinden? Lady Hollis wil haar vast meenemen.'

'U kunt haar niet in die koets laten stappen!' zei Etan met klem. 'Ze kan niet met ons mee.'

'Ik neem geen bevelen van u aan, sir. Ik volg mijn familie. En zoals we weten is niets eervoller dan je leven aan je familie te geven.' Ik schonk hem een vastberaden blik.

Hij slaakte een zucht en draafde naar de voorkant van de koets terwijl Madge aan de achterkant werd vastgebonden. Ik haalde de tassen van haar rug en nam ze met me mee de koets in. Pas toen we wegreden kalmeerde ik.

'Je hebt niet veel bij je,' zei Scarlet.

'En maar de helft is kleding,' vertelde ik haar. Ondertussen haalde ik uit een van de tassen een handvol goud.

'Is dat het geld dat je van de koning hebt gekregen?' vroeg Lady Eastoffe op gedempte toon, alsof iemand het boven het geluid van de wielen uit kon horen.

'Niet al het geld. Ik dacht dat we misschien wel wat nodig zouden hebben. Voor de basisbehoeften. Of steekpenningen. Of om Varinger Hall van te kunnen opknappen als ik gedwongen word terug te gaan.'

Ze lachte. 'Dat vond Silas altijd leuk aan je. Je vastberadenheid. Je moet alleen niet vergeten dat dit niet makkelijk zal zijn. Ik weet niet wat ons in Isolte te wachten staat.'

Ik nam de ernstige uitdrukking op haar gezicht en dat van Scarlet in me op en keek naar de starre gestalte van Etan buiten het raam. Ik wist dat ik het onbekende tegemoetging, mogelijk zelfs de dood. Maar het trekkerige gevoel in mijn hart was gekalmeerd, dus ik wist dat het beter was om het te volgen dan terug te gaan naar alles wat ik al kende.

'Maakt u zich geen zorgen, moeder,' verzekerde ik haar. 'Ik ben niet bang.'

Dankwoord

Hé daar, schoonheid. Bedankt voor het lezen van mijn boek. Ik mag je wel.

Leuk feitje: ik heb dit niet allemaal in m'n eentje in elkaar gezet. Dus als je ervan hebt genoten (en eerlijk gezegd, zelfs als dat niet zo is), neem dan even de tijd om samen met mij de mensen te bedanken die hun tijd en energie in dit project hebben gestoken:

Mijn geweldige agent, Elana Parker, die mij altijd heeft gesteund. Dat is indrukwekkend, gezien de hoeveelheid steun die ik nodig heb. Ook het hele team van Laura Dail Lit, inclusief de mooie Samantha Fabien, mijn internationale literair agent, die het mogelijk maakt mijn verhalen over de hele wereld te delen.

Mijn supergetalenteerde redacteur, Erica Sussman, die mijn woorden oppoetst totdat ze schitteren, en Elizabeth Lynch, die aan haar zijde heeft gewerkt om dit boek zo mooi te maken.

Over mooi gesproken: Gus Marx heeft de omslagfoto gemaakt, en Alison Donalty en Erin Fitzsimmons hebben het omslag ontworpen.

De groep bij HarperTeen: Aubrey Churchward, Shannon Cox, Tyler Breitfeller, Sabrina Abballe en talloze anderen die mijn ideeën perfectioneren en promoten. Serieus, in dit kleine dankwoord zou ik dagenlang door kunnen gaan.

Er zijn legers nodig om boeken te maken, en ik ben iedereen die er de hand aan heeft gelegd heel dankbaar.

Northstar Church, waar ze me voortdurend hebben gesteund en voor me hebben gebeden. Met name mijn groepje: Erica, Jennie, Rachel, en Karen, die wekelijks naar alles luisteren (zonder zich te vervelen!) en me bemoedigen.

Mijn ouders, Bettie en Gerry, en mijn schoonvader en -moeder, Jennie en Jim. Ze denken echt dat ik alles kan. En zo zijn ouders nou eenmaal, dat weet ik, maar zij lijken er wel heel erg goed in te zijn.

Mijn man, Callaway. Hij is de beste. Jullie zijn allemaal jaloers op me, en jullie weten de helft nog niet.

Mijn Guyden, die mijn talent voor het geven van goede knuffels heeft geërfd en ze me vaak aanbiedt. En dat is geweldig, want ik heb ze nodig.

Mijn Zuzu, die de beste cheerleader ter wereld is en door wie ik nooit meer dan een kwartier ergens aan kan twijfelen.

Tot slot, maar dit is het belangrijkste, wil ik mijn oneindige dank aan God schenken. Het schrijven werd me als een touw aangereikt toen ik verdronk. Tot op de dag van vandaag sta ik perplex van de verbazingwekkende grootmoedigheid van Jezus, mijn redder. Dat ik de kans heb gekregen om verhalen te vertellen voor de kost vind ik nog steeds absoluut verbazingwekkend... en dat is slechts een fractie van de zegeningen die ik heb ontvangen.

En jou, lezer, heb ik al bedankt, maar nogmaals bedankt. Je bent me er eentje.

Meer lezen van Kiera Cass?

ISBN 978 90 00 33834 4

ISBN 978 90 00 33836 8

ISBN 978 90 00 33865 8

ISBN 978 90 00 34518 2

ISBN 978 90 00 34520 5

ISBN 978 90 00 35208 1

ISBN 978 90 00 35314 9